Angelika B. Klein

SEHNSUCHT

die du

sehnlichst suchst

(Teil 2)

Zweiteilige Jugendromanze

Fortsetzung von „Leidenschaft, die dir Leiden schafft"

Weitere Titel von Angelika B. Klein:
Leidenschaft, die dir Leiden schafft
Schuld, die dich schuldig macht
Im Schatten des Unrechts

Autorin

Angelika B. Klein wurde 1969 geboren und lebt mit ihrem Ehemann sowie den beiden Kindern in München. Sie schreibt spannende Liebesromane für Jugendliche und Erwachsene.

Alle Handlungen und Personen in diesem Roman sind frei erfunden. Sollten sich einzelne Namen oder Örtlichkeiten auf reale Personen beziehen, so sind diese rein zufällig.

www.facebook.com/AngelikaB.Klein

Für meinen Sohn

Danny

Bibliografische Informationen der Deutschen Nationalbibliothek:
Die Deutsche Nationalbibliothek verzeichnet diese Publikationen in der Deutschen Nationalbibliografie, detaillierte bibliografische Daten sind im Internet über http://dnb.dnb.de abrufbar.

© 2013 Angelika B. Klein
Herstellung und Verlag
BoD – Books on Demand, Norderstedt
ISBN: 9-783739-204116

PROLOG

Während eines ruhigen Liedes, schaut er zu mir herunter. Warum sieht er mich so an? Fast etwas traurig? Langsam bewegt er sich an den Rand der Bühne und geht die Stufen zum Sicherheitsstreifen hinunter. Die Fans kreischen und strecken ihre Hände nach ihm aus. Er kommt von der linken Seite langsam näher in meine Richtung. Kurz bevor er auf meiner Höhe ankommt, fängt seine Solo-Strophe an. Er beginnt zu singen und schaut mir dabei fest in die Augen. Ich bin von seinem Blick gefesselt und kann nicht wegsehen. Er streckt mir seinen Arm, zwischen den Köpfen der Fans, entgegen. Meine Gedanken überschlagen sich. Will er mich berühren? Und noch während ich überlege, ob ich nach ihm greifen soll, bewegt sich mein rechter Arm auf ihn zu. Als unsere Fingerspitzen sich berühren, jagt ein elektrischer Impuls durch meinen Arm direkt in meinen Körper. Im nächsten Moment trennen sich unsere Finger wieder. Die Fans haben ihn in Beschlag genommen und schieben ihn von mir weg.

Kapitel 1

„Julie, Julie!", höre ich die aufgeregten Rufe meiner besten Freundin. Neugierig drehe ich mich um und suche den breiten Gang der Universität München nach ihr ab. Winkend und hüpfend löst sich Rose aus einer Gruppe Mädchen, um auf mich zuzulaufen.

„Julie! Stell dir vor, ich habe bei Radio Energy drei Karten für die Premiere des neuen Films mit Brad Pitt gewonnen! Die Darsteller erscheinen persönlich im Kino! Du kommst doch mit, oder? Leo kommt auch mit!"

„Wow! Und wann findet das statt?", frage ich überrascht.

„Am Dienstagabend um 19.00 Uhr!"

„Ich weiß nicht, ob ich da mit kann... wegen Emily... aber ich versuche einen Babysitter zu finden."

Enttäuscht zieht Rose einen Schmollmund. „Kann nicht deine Mutter ausnahmsweise mal aufpassen? Die Premiere ist doch nur einmal!"

Besänftigend lege ich meinen Arm um ihre Schultern. „Ich weiß, ich würde auch gerne mitkommen, aber ..."

„Nichts aber! Frag deine Mutter! Und wenn sie nicht aufpassen will, dann finden wir einen anderen Weg!", teilt Rose fest entschlossen mit.

„In Ordnung! Habe ich überhaupt eine andere Option?"

„Nein!", antwortet Rose mit einem strahlenden Lächeln, während wir gemeinsam die Uni verlassen.

Es ist Freitagnachmittag. Ich liege auf meinem Bett und höre Radio. Gerade, als ich krampfhaft überlege, wen ich bitten könnte, am Dienstag auf Emily aufzupassen, höre ich die ersten Töne des Liedes *you love another* von den Dizzy Boys. Mein Herz zieht sich schlagartig zusammen und ich erinnere mich an die schmerzhafte Zeit vor zehn Monaten, als ich bei Lucas in London war. Die Zeit mit ihm war so schön, hat dann jedoch so abrupt und enttäuschend geendet. Der Liebeskummer, die Sehnsucht und die Angst vor einer Schwangerschaft.... Ich schüttle die quälenden Gedanken ab und konzentriere mich auf die Musik. Plötzlich fällt mir wieder ein, dass Rose Karten für das Konzert in Berlin gekauft hat. Ich habe mich anfangs energisch dagegen gewehrt und ihr klar und deutlich gesagt, dass ich auf keinen Fall jemals wieder zu einem Konzert von DB gehen werde. Rose ließ sich jedoch nicht davon abbringen, drei Karten für die Arena zu kaufen. Obwohl das Konzert erst in vier

Wochen stattfindet, bin ich mir absolut sicher, dass ich nicht mitfahren werde.

Das Klingeln meines Telefons reißt mich aus meinen Gedanken.

„Hey Julie! Weißt du schon, ob du zur Premiere mitkommen kannst?", will Rose neugierig wissen.

„Nein! Ich hatte noch keine Gelegenheit meine Mutter zu fragen", antworte ich ehrlich.

„Dann mach das endlich! Und Julie ... denk dran, nächsten Monat ist das DB Konzert! Wir müssen gleich am Samstag in der Früh nach Berlin fahren und ..."

„Rose!", unterbreche ich sie gereizt, „ich habe dir schon tausendmal gesagt, dass ich nicht mitkommen will!".

Die plötzliche Stille in der Leitung beunruhigt mich.

„Rose? Bist du noch dran?", hake ich vorsichtig nach.

„Mann Julie! Bist du immer noch nicht über Lucas hinweg? Lass dir doch von ihm nicht deine ganze Zukunft versauen! Außerdem gehen wir nicht wegen Lucas dorthin, sondern wegen der Musik! Die Jungs spielen super geile Lieder und wir rocken dazu!"

Genervt verdrehe ich die Augen, da mir klar ist, dass Rose nicht so schnell aufgeben wird, wenn sie sich etwas in den Kopf gesetzt hat. Diese Eigenschaft an meiner Freundin kann manchmal recht nützlich sein, allerdings finde ich sie in diesem Fall eher beängstigend.

„Mal sehen Rose! Ich muss jetzt zum Abendessen nach unten, bis bald", sage ich schnell und beende das Gespräch.

Kapitel 2

Nachdenklich trotte ich nach unten in die Küche und setze mich zu meinen Eltern sowie meinem Bruder Danny an den Tisch. Mein Bruder erzählt gerade von seiner Arbeit als Grafikdesigner, während meine Eltern ihm interessiert zuhören. Mein Vater ist, seit seinem Herzinfarkt vor zehn Monaten, stark gealtert. Er ist oft müde und nicht mehr stark belastbar. Seine Krankheit war damals auch der Grund, warum ich so plötzlich aus London zurückkehren musste. Die Ärzte hatten wenig Hoffnung auf Genesung, weshalb es für uns wie ein Wunder war, dass er überlebt hat.

„Wie geht's mit deinem Studium voran?", wendet sich meine Mutter aufmerksam an mich.

„Alles in Ordnung - viel zu lernen!", antworte ich knapp. Nach der Rückkehr aus England habe ich mich an der Uni für Jura eingeschrieben. Mich hat keines der anderen Studienfächer wirklich interessiert und um dem Drängen meiner Eltern nachzugeben, habe ich mich eben für Jura entschieden. Ich gehe nach wie vor dreimal wöchentlich in die Tanzschule, fest integriert in einer Gruppe, die auch für kleinere Auftritte gebucht wird.

Meinen größten Wunsch, in London Tanz zu studieren, habe ich noch nicht aufgegeben, fühle mich allerdings emotional noch nicht im Stande, wieder nach England zu gehen.

Plötzlich fällt mir wieder die Premiere ein. „Mama? Hast du am Dienstagabend vielleicht Zeit auf Emily aufzupassen? Rose hat Karten für eine Premierevorstellung und ich würde da so gerne hingehen."

Tadelnd blickt meine Mutter mich an. „Julie! Du weißt, dass du Nicole versprochen hast, die ganze Woche auf ihre Tochter aufzupassen? Ich kann am Dienstagabend nicht, da bin ich beim Stepptanz!".

Enttäuscht schaue ich auf meinen Teller. Nicole ist unsere Nachbarin. Sie ist alleinerziehend mit einer süßen zweijährigen Tochter. Nächste Woche hat sie jeden Abend Unterricht an der Volkshochschule, weshalb ich ihr fest zugesagt habe, während dieser Zeit auf ihr Kind aufzupassen.

Wenn ich an Emily denke, überwältigen mich häufig die Gefühle und Gedanken von jener Zeit. Damals … als ich dachte, ich wäre von Lucas schwanger. Glücklicherweise haben sich die Sorgen nach einer Woche in Luft aufgelöst, als meine Periode eingesetzt hat.

Mit allem mir zur Verfügung stehenden Charme wende ich mich an meinen großen Bruder. „Danny? Kannst du vielleicht auf Emily aufpassen?"

Langsam dreht er sich zu mir. Mit klimpernden Wimpern grinse ich ihn unschuldig an. Das wirkt meistens.

„In Ordnung! Ich will ja nicht schuld sein, dass du verpasst, Brad Pitt live zu sehen!", antwortet Danny liebevoll, und boxt mir schließlich freundschaftlich in den Arm.

„Danke, du hast was bei mir gut!", antworte ich glücklich.

Nach dem Abendessen ziehe ich mich in mein Zimmer zurück, schaue noch etwas fern und gehe anschließend schlafen.

Kapitel 3

Am nächsten Tag kommt Rose, um mich zu einem Stadtbummel abzuholen. Wir fahren in die Innenstadt und laufen durch unsere Lieblingsgeschäfte. Als wir hungrig werden, setzen wir uns in ein Cafe und bestellen uns einen Kaffee Latte.

„Was ist jetzt am Dienstag? Kommst du mit?", fragt Rose unsicher.

„Ja! Stell dir vor, Danny passt auf Emily auf", antworte ich fröhlich. Voller Vorfreude auf den gemeinsamen Abend, erzählt Rose mir von einem neu eröffneten Laden aus England, der günstige Klamotten anbietet.

Plötzlich wird Rose nachdenklich und schaut mich ernst an. „Bist du sicher, dass du nicht zum Konzert mitkommen willst?"

„Ich kann einfach noch nicht, Rose!", gebe ich bedauernd zu.

„Bist du noch sauer auf Lucas?"

„Nein! Sauer bin ich nicht mehr, aber ich habe Angst, dass alles wieder hoch kommt, wenn ich ihn wieder sehe".

„Julie, es ist zehn Monate her! Klar, die ersten drei Monate warst du wirklich kaum ansprechbar. Aber ich habe das Gefühl, dass du jetzt über ihn hinweg bist.

Also bitte, bitte komm doch mit zum Konzert", bettelt Rose regelrecht.

Ich denke über Roses Worte nach und lasse mir Zeit mit meiner Antwort. „Vielleicht hast du Recht! Mit dem Besuch beim Konzert kann ich mir beweisen, dass es mir nichts mehr ausmacht, Lucas zu sehen. Erst dann kann ich mir sicher sein, dass ich über ihn hinweg bin!"

Glücklich umarmt Rose mich und plappert sofort drauf los: „Super! Wir werden einen riesen Spaß in Berlin haben! Leo, du und ich!"

Plötzlich bin ich mir nicht mehr so sicher, ob das die richtige Entscheidung war. Aber ich lasse es einfach darauf ankommen und werde sehen, was passiert.

Wir klappern noch eine weitere Stunde verschiedene Geschäfte ab. Auf dem Rückweg wende ich mich an Rose. „Macht es dir eigentlich gar nichts mehr aus, wenn du Miguel siehst?"

Gelangweilt zuckt sie die Schultern. „Jetzt nicht mehr! Es wäre eh nicht gut gegangen zwischen uns. Für mich wäre das nichts, so in der Öffentlichkeit vorgeführt zu werden. Außerdem hat er jetzt seine Ivana, mit der er anscheinend glücklich ist". Ich beobachte Rose von der Seite, bemerke aber, dass sie es wirklich aufrichtig meint, was sie sagt.

Am Dienstagabend gehen wir zusammen mit Leo auf die Premiere des neuen Films mit Brad Pitt. Wir genießen den Auftritt der Schauspieler sowie den Film. Und natürlich ist es auch nicht schlecht, Brad Pitt endlich einmal aus der Nähe zu sehen.

Kapitel 4

Die nächsten Wochen verbringe ich tagsüber an der Uni und abends an meinem Schreibtisch. Die Zeit vergeht wie im Flug, so dass plötzlich Freitag ist, der Tag vor dem Konzert.

Rose und Leo besuchen mich zu Hause. Wir sitzen in meinem Zimmer und planen das bevorstehende Wochenende. Plötzlich klopft es an der Tür und Danny streckt seinen Kopf zum Türspalt herein. „Hey! Habt ihr gerade Zeit?", fragt er in die Runde.

„Klar! Was gibt es Danny?", antworte ich neugierig.

Freudestrahlend tritt er ein. „Ihr wollt doch morgen nach Berlin fahren, oder?" Nachdem wir einstimmig nicken, fährt er fort: „Ich habe gerade erfahren, dass ich zur Computermesse nach Berlin muss, wir können also zusammen fahren, wenn ihr wollt."

„Super! Dann muss ich die lange Strecke nicht alleine mit dem Auto fahren. Vorallem müssen wir nicht mit Mamas altem Polo nach Berlin tuckern."

Danny grinst mich schelmisch an. „Klar, mit meinem BMW sind wir sicher auch schneller dort! Wo übernachtet ihr eigentlich?", will er jetzt wissen.

Leo antwortet umgehend: „Meine Freundin wohnt in Berlin, bei der können wir schlafen."

„Gut! Ich kann bei meinem Kollegen pennen. Dann fahren wir am Sonntagmittag wieder zurück." Aufgeregt plappert Rose drauflos. „Können wir gleich in der Früh um sieben Uhr los fahren? Damit wir mittags in Berlin sind. Ich möchte unbedingt weit vorne an der Bühne stehen. Dazu müssen wir uns aber früh genug anstellen".

„Das wollte ich eh vorschlagen, da ich am Nachmittag schon auf der Messe sein muss", stimmt Danny zu. Ich erspare mir einen Kommentar dazu, denn mir wäre es lieber, nicht in erster Reihe vor der Bühne zu stehen. Danny verabschiedet sich und verlässt mein Zimmer.

Leo verzieht leicht den Mund und meint wenig begeistert: „Du willst fünf Stunden vor der Halle warten?"

„Klar, wir haben Arena-Karten! Da gilt, wer zuerst da ist, bekommt die besten Plätze! Wenn wir zu weit hinten stehen sehen wir doch gar nichts", antwortet Rose vorwurfsvoll.

Nachdem wir noch kurz besprochen haben, was wir alles mitnehmen wollen, verabschieden sich Leo und Rose von mir.

Ich bin auf dem Konzert, stehe in der ersten Reihe - vor mir auf der Bühne steht Lucas und schaut mich an. Er lächelt, ich lächle zurück. Er reicht mir die Hand, zieht mich zu sich hoch und führt mich hinter die Bühne. Mit traurigem Blick entschuldigt er sich bei mir, dass er sich nicht gemeldet hat und beteuert wie sehr er mich vermisst habe. Ich verzeihe ihm und falle ihm in die Arme. Wir küssen uns leidenschaftlich. Plötzlich werden wir auseinander gerissen. Isabel steht hinter ihm. Sie stößt mich weg und beschimpft mich. In diesem Moment geht Lucas wieder hinaus auf die Bühne, holt sich ein anderes Mädchen aus dem Publikum und geht auch mit ihr hinter die Bühne. Vor meinen Augen umarmt und küsst er sie. Schockiert beobachte ich die Situation. Unsere Blicke treffen sich. Verwirrt schaue ich ihn an. Er hat jedoch nur einen verachtenden Blick für mich übrig. Plötzlich kommen die anderen Jungs von der Bühne und stellen sich neben Lucas. Alle reden gleichzeitig auf mich ein. Ich verstehe sie nicht. Nur einzelne Wortfetzen dringen zu mir durch: „…nicht angerufen…hast ihn sitzen gelassen… selbst schuld". Sie kommen immer näher und werden immer lauter.

„NEIIIN!", schreie ich laut und wache schwer atmend auf. Ich streiche mir die verschwitzen Haare aus dem Gesicht, während ich mich im Bett aufsetze. Was war das denn? Ich hatte seit der Zeit in London keine Albträume mehr. Anfangs habe ich mich oft in den Schlaf geweint und auch von Lucas geträumt. Aber niemals war er im Traum gemein zu mir. Gebe ich mir etwa selbst die Schuld daran, dass Lucas sich nicht gemeldet hat? Ich habe ihm doch einen Brief geschrieben. Ich habe ihm erklärt, dass ich glaube, er nütze mich nur aus. Und ich habe ihn gebeten, sich bei mir zu melden, wenn es nicht wahr sei.

Ein Blick zum Wecker verrät mir, dass es erst fünf Uhr ist. Na prima! Jetzt lohnt es sich nicht mehr einzuschlafen. Langsam stehe ich auf und mache mich im Bad für die Fahrt nach Berlin fertig. Anschließend gehe ich in die Küche, frühstücke eine Kleinigkeit und trinke gemütlich einen Kaffee. Um sechs Uhr erscheint Danny und setzt sich mit einer dampfenden Tasse Kaffee zu mir an den Tisch. Wir besprechen die Details der heutigen Fahrt und brechen pünktlich um halb Sieben auf, um Rose und Leo abzuholen.

Nach sechsstündiger Fahrt kommen wir voller Vorfreude in Berlin an. Danny lässt uns an der O2-Arena aussteigen und fährt weiter zur Messe. Natürlich sind wir nicht die einzigen Fans, die sich einen Platz in der ersten Reihe sichern wollen. Ungefähr fünfzig Mädchen, jünger oder im gleichen Alter wie wir, sitzen, liegen und stehen bereits vor der Absperrung am Eingang. Geduldig stellen wir uns neben die Wartenden. Ich mache es mir auf dem Boden, auf meiner Tasche sitzend, bequem. So warten wir drei Stunden, bis es langsam so voll wird, dass wir nur noch stehen können. Es wird gedrängt, geschoben, geschrien und gesungen. Eine freudige Anspannung liegt in der Luft. Plötzlich fängt rechts neben mir eine Gruppe Mädchen an zu kreischen: „Eddie, Eddie!" Reflexartig halte ich mir die Ohren zu. „Eddie war an der Tür und hat zu uns rausgeschaut!", schreit eines der Mädchen hysterisch. Dabei zittert sie am ganzen Körper, als wäre das schon die Erfüllung ihrer Träume. Ich schüttle verständnislos den Kopf. War ich letztes Jahr auch noch so fanatisch? Daran kann ich mich nicht mehr erinnern. Vor meinem inneren Auge erscheinen Bilder vom London Eye und vom Hyde Park. Ich erinnere mich an die Fans dort und wie extrem sie reagiert haben. Mein Blick schweift über die Menge. Es werden immer mehr Leute. Noch zwei Stunden, dann werden die Tore geöffnet.

Gegen 18.00 Uhr werden die Fans ungeduldig. Sie schieben und drängen und rufen laut „Aufmachen!". Es dauert noch ganze fünfzehn Minuten bis die Security die ersten Tore öffnet und die ungeduldigen Fans in die Halle lässt.

Kaum sind wir durch die Kontrolle, packt Rose mich an der Hand und läuft los. Ich kann gerade noch nach Leos Arm greifen, um sie hinter mir herzuziehen. Wir stürmen mit der Menge in die Arena, um uns dort die besten Plätze zu sichern.

Vor uns stehen bereits zwei Reihen mit Fans. „Mist! Ich wollte ganz nach vorne!", klagt Rose beleidigt.

„Wir sehen doch hier auch ganz gut", antworte ich besänftigend, wobei ich insgeheim froh bin, nicht in der ersten Reihe zu stehen. Die Mädchen ganz vorne werden an ein Absperrgitter gedrängt. Davor befindet sich ein Sicherheitsstreifen von zwei Metern und erst dann beginnt die Bühne.

Nachdem die Halle sich fast vollständig gefüllt hat, beginnt die Vorband zu spielen. Wir wiegen uns zum Takt der Musik und ich fange langsam an, den Abend zu genießen.

Leider sollte das nicht lange so bleiben.

Kapitel 5

Endlich um acht Uhr wird ein Film auf den Bühnenmonitoren abgespielt. Die Jungs von Dizzy Boys werden in kurzen lustigen Szenen dargestellt, während die Menge kreischt und lärmt. Nachdem der Film aus ist wird es in der Halle plötzlich dunkel.

Mit einem lauten Knall erscheinen die fünf Mitglieder der Band auf der Bühne und stimmen ihr erstes Lied *You love another* an. Die Menge tobt. Vor, hinter und neben mir wird gehüpft, gekreischt und laut mitgesungen. Beim Anblick von Lucas überkommt mich eine Sehnsucht, die ich seit Monaten verdrängt habe. Unsicher beobachte ich die Jungs auf der Bühne, ob sie mich entdecken. Nachdem ich beruhigt feststelle, dass mich keiner von ihnen erkannt hat, werde ich gelassener. Ich singe, tanze und hüpfe zum Rhythmus der Musik. Etwa nach vier Liedern wird für fünf Minuten ein kleiner Film eingespielt. Während dieser Zeit gehen die Bandmitglieder hinter die Bühne und erfrischen sich oder ziehen sich um.

Nach neunzig Minuten hat die Stimmung in der Halle ihren Höhepunkt erreicht. Als nächstes Lied kommt *winter dreams*. Bereits bei den ersten Tönen kommen sofort die Erinnerungen in mir hoch. Das ist einer der Songs, bei dem ich letztes Jahr mittanzen durfte. Für mich ist es einer der romantischsten Songs. Die Jungs stellen sich vorne auf der Bühne auf und beginnen zu singen. Anders, als bei den vorherigen Liedern, hüpfen sie nicht umher, sondern stehen ruhig nebeneinander und betrachten die Fans im Publikum. Einige Meter entfernt von mir steht Lucas, daneben Eddie. Ängstlich schaue ich von einem zum anderen. Plötzlich schaut Eddie mir direkt in die Augen und ich merke sofort, dass er mich erkennt. Sein Blick bleibt auf mir ruhen, während er mich anlächelt. Vor lauter Schreck fällt mir mein Handy aus der Hand. „Mist!", fluche ich und bücke mich zwischen den vielen fremden Körpern. Ich taste mit beiden Händen den Boden ab, bis ich endlich fündig werde. Erleichtert tauche ich aus der Menge auf. Mit einem Lächeln auf den Lippen blicke ich nach oben und sehe …. Lucas direkt in die Augen. Schlagartig hört er auf zu singen, starrt mich nur ungläubig an. Ich kann meinen Blick nicht von ihm wenden, mir zerreißt es mein Herz. Unkontrolliert schießt mir die Hitze in jede Faser des Körpers und ich habe das Gefühl, nicht mehr klar denken zu können. Plötzlich wird Lucas von Eddie leicht angerempelt und aus seiner Erstarrung gerissen. Wenig später ist das Lied zu Ende und die Jungs verschwinden hinter der Bühne. Ein weiterer kurzer Film wird auf den Bühnenmonitoren abgespielt.

Zur gleichen Zeit auf der Bühne:

Lucas stellt sich neben Eddie auf der Bühne auf, denn jetzt kommt *winter dreams*, das ruhigste Lied. Sie beginnen zu singen, während ihre Blicke über die Fans wandern. Plötzlich sieht Lucas direkt vor sich in der dritten Reihe Rose und Leo. Ihm wird schlagartig heiß und er sucht hektisch die Reihen nach Julie ab. Er kann sie aber nicht entdecken. Fragend schaut er zu Eddie neben sich, dann wieder in das Publikum. Und wie aus dem Nichts taucht plötzlich Julie in seinem Blickfeld auf. Sie schaut ihm direkt in die Augen. Abrupt erstarrt er und kann seinen Blick nicht von ihr wenden. Erst Eddie, der ihn von der Seite anrempelt, löst ihn aus seiner Starre. Nach Ende des Songs geht Lucas mit den anderen hinter die Bühne.

Lächelnd geht Eddie auf Lucas zu. „Hast du gesehen? Julie ist im Publikum!"

Abwesend flüstert Lucas vor sich hin. „Ich hätte nicht gedacht, dass ich sie jemals wieder sehe". Nachdenklich geht er zu den Getränken. Er spürt eine Mischung aus Sehnsucht und Wut in sich aufsteigen. Er hat fast ein halbes Jahr gebraucht, um über Julie hinweg zu kommen. Er hat ihren Brief sicher hundert Mal gelesen, wollte aber einfach nicht wahrhaben, was die Zeilen ihm sagten. Die letzten Monate ging es ihm besser, er hat nur noch selten an Julie gedacht und jetzt das!

Noch während Lucas darüber nachdenkt, wie er sich jetzt verhalten soll, geht Aaron an ihm vorbei und zieht ihn mit auf die Bühne. The Show must go on! Die Show muss weitergehen!

Kapitel 6

Während des Kurzfilmes drehe ich mich zu meiner Freundin. „Rose! Lucas hat mich entdeckt und er war total schockiert!", flüstere ich aufgeregt.

„Ja, und? Nur weil er dich damals abserviert hat, kann er dir doch nicht verbieten auf eines seiner Konzerte zu gehen!", antwortet Rose genervt. Nachdem der Film zu Ende ist kommt die Band zurück auf die Bühne. Wie soll ich mich jetzt verhalten? Soll ich ihn anlächeln oder ignorieren? Es war eine blöde Idee, mit auf das Konzert zu gehen! Jetzt weiß ich, dass ich nicht über ihn hinweg bin, wie ich es mir einreden wollte!

Die Jungs sind auf der Bühne ständig in Bewegung. Sie scherzen viel miteinander, und tragen ein Lied nach dem anderen vor. Während eines relativ ruhigen Liedes, Eddie singt gerade sein Solo, schaut Lucas zu mir herunter. Ich erkenne in seinen Augen einen fragenden Blick. Warum sieht er mich so an? Fast etwas traurig. Langsam bewegt er sich an die Seite der Bühne, geht vorsichtig die Stufen zum Sicherheitsstreifen hinunter. Die Fans kreischen und strecken ihre Hände nach Lucas aus. Aaron und Ryan bemerken was Lucas vorhat und folgen ihm. Lucas kommt von der linken Seite langsam näher in meine Richtung. Kurz bevor er auf meiner Höhe ankommt, fängt seine Solo-Strophe an. Er beginnt zu singen, wobei er mir fest in die Augen schaut. Sein Blick fesselt mich, ich kann nicht wegsehen. Er streckt seinen Arm in meine Richtung, zwischen den Köpfen der Fans hindurch. Meine Gedanken überschlagen sich. Will er mich berühren? Und noch während ich überlege, ob ich nach ihm greifen soll, bewegt sich mein rechter Arm auf ihn zu. Als sich unsere Fingerspitzen berühren, jagt ein elektrischer Impuls durch meinen Arm bis in den Körper. Im nächsten Moment ist seine Hand wieder weg. Die Fans haben ihn in Beschlag genommen und schieben ihn von mir fort. Jetzt sehe ich Aaron, der mich ebenfalls erkennt und mir seine Hand reicht. Er lächelt mich freundlich an. Ryan tut es ihm gleich. Lucas geht auf der anderen Seite der Bühne die Stufen wieder hinauf und bringt das Lied in gewohnter Perfektion zu Ende. Es folgen noch drei weitere Lieder, dann ist die Show zu Ende. Die Jungs verabschieden sich von ihren Fans und verschwinden hinter der Bühne.

Kapitel 7

Nach Ende des Konzerts dauert es ein paar Minuten, bis sich die Menschenmenge in der Arena Richtung Ausgang bewegt. Wir treiben mit den Fans mit, als plötzlich eine kräftige Hand meine Schulter packt und mich festhält. Erschrocken drehe ich mich um, will die Hand abschütteln. Da erkenne ich, dass es sich um einen der Security-Leute handelt, die vor der Bühne standen.

„Was ist los?", frage ich verwundert.

„Du sollst hinter die Bühne kommen, die Jungs wollen mit dir reden", teilt er mir freundlich aber bestimmt mit.

Reflexartig greife ich nach meinen Freundinnen. „Rose, Leo, die Jungs wollen uns hinter der Bühne treffen". Die beiden strahlen freudig überrascht, was meiner momentanen Gemütsverfassung nicht gerade entspricht. Gehorsam folgen wir dem Typen mit der neongelben Weste.

Als wir hinter der Bühne ankommen lösen sich Leo und Rose von mir und laufen zu Miguel, Ryan, Eddie und Lucas. Sie begrüßen sie herzlich und unterhalten sich mit ihnen. Ich dagegen stehe wie angewurzelt da, während Aaron auf mich zukommt.

Freundschaftlich begrüßt und umarmt er mich. „Hey Julie! Wie geht's dir?", fragt er interessiert.

„Gut, danke! Und dir?", bringe ich verlegen heraus.

Nach ein paar höflichen Floskeln schaut er mich fragend an. „Sag mal, was war eigentlich damals mit dir und Lucas los? Warum ist das so plötzlich auseinander gegangen?"

Verblüfft schaue ich Aaron an. „Hast du meine Nachricht nicht bekommen? Ich habe dich gebeten mich anzurufen. Und Lucas habe ich einen Brief geschrieben."

„Nein! Ich habe keine Nachricht bekommen. Aber Lucas hat von deinem Brief erzählt, allerdings keine Einzelheiten."

Ich blicke zu der Gruppe, bei welcher Rose und Leo stehen und bemerke, dass Lucas verstohlen zu mir rüber schaut.

„Glaubst du, Lucas will mit mir reden?", wende ich mich unsicher an Aaron.

„Ich weiß es nicht! Er war damals sehr gekränkt und enttäuscht. Er hat lange versucht dich zu vergessen, was ihm, glaube ich, nie ganz gelungen ist."

Während ich noch überlege, warum Lucas von mir enttäuscht sein soll, nimmt Aaron meine Hand und zieht mich mit zu den anderen. Die Gruppe unterhält sich ausgelassen und scherzend miteinander.

Plötzlich verkündet Eddie eine Idee. „Habt ihr heute Abend noch was vor? Kommt doch mit uns ins Hotel. Wir könnten etwas zusammen trinken und uns weiter unterhalten."

Rose und Leo blicken sich ungläubig an und antworten ohne lange zu überlegen: „Klar kommen wir mit, gerne". Währenddessen schiele ich zu Lucas hinüber erkenne, dass er nachdenklich auf den Boden starrt. Es scheint fast, als wäre es ihm unangenehm, dass wir noch mitkommen.

Einige Zeit später folgen wir den Jungs über den Hinterausgang zu den zwei wartenden Limousinen. Ich steige mit Aaron, Eddie und Leo in eines der Fahrzeuge. Lucas geht mit Rose, Miguel und Ryan zu dem anderen Auto. Wir fahren durch Berlin, bis wir vor einem luxuriösen Hotel anhalten. Als wir aussteigen, werden wir sofort von Security-Leuten an den Fans vorbei in das Foyer geführt. Wieder einmal wird mir bewusst, wie wenig Privatsphäre die Jungs haben, da die Fans ihnen ständig und überall auflauern. Mit dem Lift fahren wir in den zweiten Stock und gehen einen schmalen, mit rotem Teppich ausgelegten Gang entlang. Beim Zimmer mit der Nummer 203 bleiben wir stehen. Eddie zieht seine Schlüsselkarte hervor und öffnet die Tür.

Eine geräumige Suite erstreckt sich vor uns. Ein großer Aufenthaltsraum mit Sofa, Sesseln und einer kleinen Bar, wobei das gesamte Zimmer in Blautönen gehalten ist. Durch eine Tür geht es in den Schlafbereich mit zwei großen Kingsize-Betten. Kurz blitzt die Erinnerung an die Nacht im ME Hotel in London in mir auf. Lucas und ich engumschlungen… die ganze Nacht … und der Morgen danach. Schnell schüttle ich die mich aufwühlenden Gedanken ab und setze mich zu Leo und Aaron auf das bequeme Sofa. Verstohlen beobachte ich Lucas, der sich jedoch, mit dem Rücken zu mir, mit Miguel unterhält. Ryan geht an die Bar, wo er unsere Wünsche entgegennimmt. Bier, Champagner oder Longdrinks, für jeden Geschmack ist etwas dabei. Während der angeregten Unterhaltung wird viel gescherzt und gelacht. Eddie flirtet auffällig mit mir, was Lucas argwöhnisch beobachtet. Nach einiger Zeit, in welcher der Alkohol schon reichlich geflossen ist, kommt Aaron auf eine Idee. „Was haltet ihr davon, wenn wir Wahrheit oder Pflicht spielen?" Die Mehrheit der Gruppe ist begeistert - ich dagegen fürchte mich ein wenig vor peinlichen Fragen und verziehe skeptisch den Mund.

Kapitel 8

Eddie und Aaron räumen eilig den Tisch ab und holen eine leere Flasche aus der Bar.

„Aaron, du fängst an", bestimmt Eddie. Aaron dreht die Flasche, welche auf Rose zeigend liegen bleibt. „Wahrheit oder Pflicht?", fragt Aaron ernst.

Rose überlegt nur kurz. „Wahrheit".

Aaron denkt einen Moment nach, bevor er Rose anlächelt: „Wann und wo hattest du deinen ersten richtigen Kuss?" Ich merke sofort, dass diese Frage Rose peinlich ist, denn sie bekommt rote Wangen und druckst herum.

Schließlich antwortet sie leise: „Letztes Jahr in London". Miguel reißt die Augen auf und wirkt überrascht. Die anderen Jungs fangen an zu lachen und zu scherzen. Dabei klopfen sie Miguel anerkennend auf die Schultern. Warum verhalten sich junge Männer so idiotisch? Was ist schlimm daran, dass sie auf den Richtigen gewartet hat? Insgeheim fürchte ich mich vor solch einer Frage und überlege, was ich wohl an ihrer Stelle antworten würde. Jetzt dreht Rose die Flasche, welche auf Lucas gerichtet stehen bleibt.

„Wahrheit oder Pflicht?"

„Wahrheit", sagt Lucas ohne zu zögern. Rose hat sich ihre Frage anscheinend schon zurechtgelegt, denn ohne lange zu überlegen will sie wissen: „Hast du Julie voriges Jahr nur ausgenutzt?" Plötzlich wird es totenstill im Zimmer. Alle Blicke sind auf Lucas gerichtet.

Dieser schaut Rose fest in die Augen, schielt nur kurz zu mir herüber und antwortet dann selbstsicher: „Nein".

Die Anspannung im Raum fällt ab. Mir wird erst jetzt bewusst, dass ich die ganze Zeit die Luft angehalten habe. Nein? Wie soll ich denn das verstehen? War alles was Claire mir erzählt hat etwa gelogen? Das kann ich mir nicht vorstellen. Warum sollte Claire solche Gerüchte verbreiten? Verwirrt schaue ich Lucas an, während er mir ernst in die Augen blickt.

Langsam greift er zur Flasche und dreht sie. Dieses Mal muss sich Leo zwischen der Wahrheit und der Pflicht entscheiden. Sie entscheidet sich für die Pflicht.

„Tanze mit einem von uns Jungs einen erotischen Tanz", verlangt Lucas. Leo springt auf und schnappt sich spontan Aaron. Eddie stürmt zur Stereoanlage und stellt den Radio an. Die Stimme von Whitney Houston ertönt mit ihrem Lied *I will always love you*. Theatralisch nimmt Aaron Leo in den Arm und fängt an engumschlungen mit ihr zu tanzen. Dabei gleiten seine wie auch ihre Hände verführerisch über den Körper des anderen. Mit Pfiffen und lauten Rufen werden sie von den Anwesenden angefeuert. Wir genießen die Darbietung und amüsieren uns über die gespielten erotischen Anzüglichkeiten. Gelegentlich schiele ich heimlich zu Lucas. Einmal blickt er tatsächlich in diesem Moment zu mir, so dass unsere Blicke sich treffen. Ein ziehender Schmerz breitet sich in meiner Brust aus, daher halte ich dem Blick nicht lange stand, sondern schaue schnell wieder zu Leo und Aaron. Diese beenden ihren Tanz und kassieren regen Applaus. Die Stimmung wird immer ausgelassener und ungehemmter.

Das Spiel geht weiter, die Flasche wird immer wieder aufs Neue gedreht. Als Eddie an der Reihe ist, zeigt der Korken auf mich. Nach der typischen Frage antworte ich mutig: „Wahrheit".

Eddie muss nicht lange überlegen, was er mich fragen möchte. „Hast du Lucas letztes Jahr nur benutzt?", will er ernst wissen. Entsetzt schaue ich von Eddie, zu Lucas und Aaron. Was ist das für eine Frage? Ich habe ihn doch nicht benutzt! Wie kommt Eddie auf so etwas?

„Nein!", rufe ich etwas lauter als beabsichtigt aus. Im Raum herrscht erneut eine unangenehme Stille.

Jeder der Anwesenden weiß, dass zwischen Lucas und mir nicht alles geklärt ist.

Leo ergreift als Erste wieder das Wort. „Leute! Das soll ein lustiger Abend werden und keine Trauerfeier!" Sie schiebt mir das Spielgerät zu. „Los dreh!" Noch immer schockiert von der an mich gestellten Frage drehe ich die Flasche. Es trifft Aaron, der sich für die Pflicht entscheidet und für uns alle einen Striptease, natürlich nur bis zur Boxershort, hinlegen muss. Von lauter Musik und tiefem Gegröle begleitet, zeigt er uns seine Darbietung.

Die Stimmung ist auf dem Höhepunkt, als Aaron die Flasche nimmt und dreht. Es trifft erneut Lucas. Aaron lächelt Lucas, der Pflicht gewählt hat, an. „Küsse Julie!"

Aufgrund des lauten Geräuschpegels, haben die Anderen Aarons Aufforderung nicht richtig verstanden, deshalb reagiert niemand besonders darauf. Ich dagegen warte gespannt ab, wie Lucas sich verhält. Für einen Moment schaut er mich abschätzend an, steht jedoch anschließend auf. Mein Herz schlägt mir bis zum Hals. Wird er mich wirklich küssen? Wenn er nicht einmal mit mir reden will? Er geht um den Tisch herum und beugt sich zu mir hinunter. Vorsichtig hebt er mein Kinn leicht an und gibt mir einen kurzen, aber zärtlichen Kuss auf die Lippen. Ein Schauer durchfährt meinen Körper. Ich reagiere genauso wie damals. Schlagartig wird mit bewusst, dass sich an meinen Gefühlen seither nichts geändert hat. Ich liebe ihn! Im nächsten Augenblick ist der flüchtige Kuss vorbei und Lucas entfernt sich von mir.

Das Spiel geht weiter, während dessen Verlauf zum Teil interessante Intimitäten ausgeplaudert werden. Nachdem Eddie an der Reihe ist und der Flaschenhals auf ihn selbst zeigt, befiehlt er sich selbst: „Schön! Dann entscheide ich mich für die Pflicht und fordere mich selbst auf, ein Mädchen in dieser Runde zu küssen". Die anderen Jungs protestieren. Eddie setzt sich jedoch durch. Er sieht abschätzend von mir zu Leo, weiter zu Rose und wieder zurück. Schließlich steht er auf und kommt auf mich zu. Der Alkohol zeigt auch bei mir mittlerweile seine Wirkung. Ich beschließe mitzuspielen, wobei ich ihn verführerisch angrinse. Eddie zieht mich an der Hand nach oben, umschließt sodann mit beiden Händen mein Gesicht. Zärtlich küsst er mich auf die Lippen. Ich lasse meinen angestauten Gefühlen freien Lauf, ziehe ihn näher an mich heran. Ein langer leidenschaftlicher Zungenkuss folgt. Dass meine Emotionen eigentlich Lucas gelten, merkt niemand. Erst als die Gruppe zu grölen und pfeifen beginnt, lassen wir voneinander ab.

„Wow!", stößt Eddie aus, während er zurück zu seinem Sessel geht. Lachend falle ich zurück auf das Sofa. Ich fühle mich entspannt und ausgelassen. Erst als mein Blick zufällig auf Lucas fällt, bemerke ich, dass ein Schmerz in seinen Augen liegt, der mich schlagartig ernüchtern lässt. Sekundenlang können wir unsere Blicke nicht voneinander losreißen. Erst Aarons lautes Lachen bringt mich in die Realität zurück. „Los Ryan, das schaffst du!"

Fragend schaue ich zu Leo, die neben mir sitzt. Diese springt jedoch auf und geht zu Ryan. Sie öffnet ihre Handtasche und zieht einen rosafarbenen Lipgloss heraus. „Hiermit wirkt es noch echter", sagt sie, während sie Ryans Lippen bemalt. Plötzlich stehen alle auf und gehen mit Ryan zur Tür. Ich schließe mich ihnen an, obwohl ich nicht weiß, was Ryan verpflichtet ist zu tun.

Mit dem Lift fahren wir nach unten in die Lobby und gehen in die Bar. Wir setzen uns in einer abgelegenen Ecke auf eine Sitzgruppe. Aufmunternd nicken die Jungs Ryan zu.

„Was muss Ryan denn machen?", will ich von Rose wissen.

„Er muss Virgin spielen! Hast du das vorhin nicht gehört?", fragt sie ungläubig. Erneut wenden wir uns Ryan zu, der langsam auf einen älteren Gast an der Bar zusteuert. Der Mann im grauen Anzug und mit

Halbglatze sieht aus wie ein Geschäftsmann, der sich um diese Zeit in Ruhe betrinken will.

Ryan stellt sich neben ihn und stemmt die linke Hand gekonnt in seine Hüfte. „Hallo! Mein Name ist Virgin. Bist du ganz alleine hier?", säuselt er mit weiblich angehauchter Stimme. Der Typ an der Bar dreht sich langsam um, mustert Ryan von oben bis unten.

Neugierig und angespannt warten wir auf seine Reaktion.

„Hallo Virgin! Ja ich bin alleine hier. Hast du Lust mich ein bisschen zu unterhalten?", fragt der Gast interessiert.

Lautes Gelächter bricht in unserer Ecke aus. Wir wälzen uns auf dem Sofa und selbst dem Typen an der Bar bleibt nicht verborgen, dass wir über ihn lachen. Die Röte schießt ihm ins Gesicht. Er fühlt sich ertappt und wendet sich verlegen von Ryan ab. Dieser zuckt nur die Schultern und sagt mit normaler Stimme: „Naja, vielleicht ein anderes Mal".

Ryan steuert auf uns zu und wird für seinen Auftritt gefeiert. Lachend und gutgelaunt verlassen wir die Bar wieder, um zurück in den zweiten Stock zu fahren. Im Hotelzimmer stelle ich fest, dass es bereits zwei Uhr morgens ist.

An Rose und Leo gewandt, äußere ich meine Bedenken. „Mist, schon so spät! Glaubt ihr wir können jetzt noch zu Lena fahren?" Entsetzt fällt jetzt auch Leo ein, dass wir Lena, ihrer Freundin, nicht einmal Bescheid gesagt haben, dass wir später kommen. Schuldbewusst schauen wir uns an und überlegen, was wir jetzt machen sollen.

Aaron bemerkt sofort unsere angespannte Stimmung. „Was ist los? Gibt's ein Problem?" Nachdem wir ihm kurz unsere Situation erklärt haben, meint er lächelnd: „Das ist nicht schlimm. Ihr könnt doch hier übernachten. Wir haben drei Suiten zur Verfügung. Ich schlafe einfach bei Eddie und Lucas und ihr könnt mein Zimmer haben." Wir überlegen kurz, ob wir das annehmen können, freuen uns aber über diese unkomplizierte Lösung.

„Ist das den Anderen auch recht?", frage ich unsicher.

Aaron dreht sich um und ruft durch das Stimmengewirr in die Runde: „Jungs, habt ihr was dagegen, wenn die drei jungen Damen heute Nacht in meinem Zimmer schlafen?" Die übrigen Anwesenden schütteln nur kurz den Kopf. Damit ist das Thema für sie erledigt.

Müde und leicht beschwipst wünschen wir allen gute Nacht und lassen uns von Aaron sein Zimmer zeigen. Wir schlüpfen aus unseren Jeans und hüpfen in die großen Betten. Leo beschlagnahmt ein Bett für sich alleine, während Rose sich mit mir das andere große Bett teilt. Wir unterhalten uns noch eine Weile über das Konzert sowie den gelungenen Abend. Leo schläft als Erste ein, dann Rose. Ich dagegen wälze mich unruhig von einer Seite auf die andere.

Kapitel 9

Nachdem ich mich eine Stunde lang im Bett von einer Seite zur anderen gewälzt habe, bin ich es leid, wach neben den beiden Schlafenden zu liegen. Rose macht sich furchtbar breit, so dass ich keine bequeme Stellung mehr finde. Meine Müdigkeit ist mittlerweile auch verflogen. So beschließe ich aufzustehen und ein bisschen im Hotel umherzuirren. Immer noch besser, als hier im Dunkeln zu sitzen und den beiden beim Träumen zuzusehen.

Leise schlüpfe ich in meine Jeans und schleiche zur Zimmertür. Auf dem dunklen Hotelflur leuchtet nur die Nachtbeleuchtung. Ich überlege, welche Richtung ich einschlagen soll, entscheide mich dann für rechts, da es sowieso egal ist, wohin ich um diese Uhrzeit laufe. Langsam schlendere ich den Gang entlang. Am Ende des Flurs geht es um eine Kurve. Gedankenverloren, mit Blick auf den Boden gerichtet, biege ich ab .... und knalle plötzlich mit der Stirn an einen Oberkörper.
„Ooh!", entfährt es mir. Ich hebe meinen Kopf und schaue direkt in Lucas blaue Augen.
„Sorry!", sagt er schnell, während er einen Schritt zurückweicht.

„Äh, ich kann nicht schlafen", stottere ich verlegen.

„Ich auch nicht, Aaron redet die ganze Zeit im Schlaf", antwortet Lucas und kommt wieder einen Schritt näher. Ein kalter Schauer jagt mir über den Rücken, was sich durch Gänsehaut auf meinen Armen bemerkbar macht. Spontan schlinge ich meine Arme um meinen Oberkörper.

„Ist dir kalt?", fragt Lucas besorgt.

„Ich hätte nicht gedacht, dass es hier draußen so kühl ist", antworte ich nickend. Ohne lange zu überlegen, zieht Lucas seinen weißen Strickpulli aus und reicht ihn mir.

„Hier! Zieh den an, der ist schön warm".

Dankend nehme ich den Pullover entgegen. Jetzt ist mir zwar warm, aber Lucas steht mit nacktem Oberkörper vor mir, was mir nicht weniger unangenehm ist. Ich kann meine Blicke kaum beherrschen. Unkontrolliert tasten meine Augen seine Schultern und seinen Oberkörper bis zu seinem Bauch ab.

Nach einer gefühlten Ewigkeit, die wir uns schweigend gegenüberstehen, schaut Lucas mich unsicher an. „Julie, kann ich dich etwas fragen?"

Ich nicke.

„Ist es wahr, dass du mich nicht benutzt hast?"

„Ja! Ich meine nein! Ich habe dich nicht benutzt! Wie kommst du darauf?"

„Warum hast du das dann in dem Brief geschrieben?"

In Sekundenschnelle gehe ich meine geschriebenen Zeilen im Gedächtnis durch, überlege, was er damit meinen könnte. „Ich war mir nicht sicher, wie du zu mir stehst. Ich habe auf einen Anruf von dir gewartet".

Irritiert schaut Lucas mich an. „Das habe ich aber ganz anders verstanden! Eher so, dass du mit mir nichts mehr zu tun haben willst."

WAS? Habe ich mich in meinem Brief etwa falsch ausgedrückt und nur deshalb hat er sich nicht gemeldet?

Liebevoll greift er nach meinen Händen. „Julie, ich gebe zu, ich war gekränkt und sauer auf dich, aber trotzdem habe ich nie aufgehört dich zu lieben". Im Herz spüre ich einen Stich, meine Knie werden augenblicklich weich. Langsam beugt er sich zu mir hinunter bis sich unsere Lippen berühren. Zärtlich küssen wir uns.

Plötzlich löst Lucas sich ohne ersichtlichen Grund von mir. „Wir sollten das nicht tun, Julie. Du hast doch sicher einen Freund."

„Nein, ich habe keinen Freund. Aber... bist du wieder mit Isabel zusammen?", widerspreche ich leise.

Auch er schüttelt den Kopf. „Nein, wir sind nur noch gute Freunde".

Langsam ziehe ich seinen Kopf zu mir heran und küsse ihn erneut. Anfangs behutsam, dann immer fordernder und stürmischer. Die ganze Sehnsucht des letzten Jahres bricht aus mir heraus. Meine Hände vergraben sich in seinen Haaren, während ich meinen Körper fest an ihn drücke. Ungehemmt küssen wir uns auf dem Flur des Hotels. Plötzlich knallt eine Tür zu. Das Geräusch reißt uns auseinander. Ich schaue den Flur entlang und sehe eine alte Dame, die mit Morgenmantel und Schlappen bekleidet auf uns zu steuert.

Als sie an uns vorbei kommt, schaut sie uns kurz an, grinst und zwinkert mit einem Auge. „Lasst euch von mir nicht stören, ich bin gleich wieder weg!" Sie geht um die Ecke und verschwindet aus unserem Sichtfeld.

„Wir sollten jetzt vielleicht besser schlafen gehen", meint Lucas unsicher. Hand in Hand gehen wir zu meinem Zimmer. Bevor ich die Tür öffnen kann, zieht er mich zu sich heran. „Komm bitte mit nach London, Julie. Ich habe dich so sehr vermisst", bettelt er.

Traurig schaue ich ihm in die Augen. „Ich habe dich auch vermisst, aber das ist nicht so einfach, ich habe hier mein Studium." Ich beginne, Lucas Pulli auszuziehen.

Ruckartig hält er mich zurück. „Du kannst ihn vorerst behalten. Dann hast du etwas, das dich an mich erinnert und einen guten Grund, dass wir uns bald wieder sehen." Dankend küsse ich ihn zum Abschied und verschwinde anschließend in meinem Zimmer.

Im Bett versuche ich erneut neben der schlafenden Rose eine bequeme Stellung einzunehmen. Wie hat Lucas das gemeint, er habe den Brief anders verstanden? Wenn er mich nicht ausgenutzt hat, hat Claire dann doch gelogen? Was ist wahr an den Affären, die er angeblich mit anderen Mädchen gehabt hat? Ich muss Lucas unbedingt noch einmal darauf ansprechen. Ich drücke mir seinen Pulli an die Nase und atme seinen Geruch tief ein. Die Sehnsucht überkommt mich erneut, so dass ich ernsthaft überlege, zu seinem Zimmer zu gehen. Vielleicht ist er noch wach? Und dann? Wo sollen wir dann hin? Ich verwerfe den Gedanken wieder. Stattdessen überlege ich, ob ich vielleicht doch mit nach London gehen soll.

Ohne eine endgültige Entscheidung getroffen zu haben, übermannt mich die Müdigkeit und zieht mich in einen traumlosen Schlaf.

Kapitel 10

Es hämmert an die Tür. „Aufstehen!", ruft eine Stimme, die ich zuerst nicht zuordnen kann. Ich öffne die Augen und schaue auf meine Armbanduhr. Es ist neun Uhr. Ich fühle mich total gerädert. Ein Blick zu Rose und Leo bestätigt meine Befürchtung, dass die beiden noch tief und fest schlafen. Erneut klopft es laut an der Tür.

„Ich komme schon!", rufe ich genervt und krieche aus dem Bett.

Nachdem ich die Tür geöffnet habe, grinst mich ein fröhlicher Aaron an. „Guten Morgen! Steht auf und kommt rüber, bei uns gibt es ein erstklassiges Frühstück!"

Ich zwinge mir ein Grinsen auf die Lippen. „Gebt uns ein paar Minuten, wir kommen gleich rüber". Hundemüde trotte ich zurück zum Bett. Erst nachdem ich den beiden erzählt habe, dass ein leckeres Frühstück auf uns wartet, schaffe ich es, sie zum Aufstehen zu bewegen.

Unmittelbar nachdem Rose angeklopft hat, wird die Tür von Eddie geöffnet. „Hereinspaziert", begrüßt er uns mit einer verbeugenden Geste. Wir setzen uns auf die gleichen Plätze wie vergangene Nacht und bestaunen das reichhaltige Frühstück.

„Kaffee oder Tee?", will Miguel wissen.

„Kaffee", antworten wir wie aus einem Munde. Die Jungs trinken ausschließlich Tee, was aufgrund ihrer Herkunft wohl normal ist. Lucas setzt sich neben mich und lächelt mich zaghaft an. Die Jungs erzählen, dass sie heute noch weiter nach Dänemark fliegen. Plötzlich klingelt ein Handy. Ich schaue auf den Tisch und erkenne, dass Lucas Handy aufleuchtet. Ein kurzer Blick auf das Display verrät mir, dass Isabel anruft.

Lucas hebt das Gerät auf und drückt den grünen Knopf. „Hallo!", sagt er freundlich in den Hörer, steht dabei auf und geht zum Fenster. Neugierig beobachte ich ihn, kann aber nur Wortfetzen von dem Gespräch verstehen. Mir fällt auf, dass seine Stimme zärtlich und liebevoll klingt. „Ich weiß Honey, ich vermisse dich auch, … in einer Woche bin ich wieder zu Hause, …bitte weine doch nicht, …ich liebe dich, bye". Er legt auf und dreht sich zu uns um. Schnell wende ich mich Rose zu und täusche vor, in ihre Unterhaltung mit Miguel vertieft zu sein.

Innerlich brodelt es in mir. Er hat mit Isabel telefoniert! Und es hat sich nicht so angehört, als wären sie getrennt. *Honey, ich vermisse dich und ich liebe dich.* Klar, das kann man auch zu einer guten

Freundin sagen, aber nicht in diesem Tonfall. Er hat so liebevoll und traurig geklungen. Ich spüre einen Kloß im Hals und bin mir unsicher, ob ich ihn darauf ansprechen soll. Plötzlich klingelt mein Handy. Hektisch suche ich es in meiner Handtasche. Ich schaue aufs Display und lese *Danny*. Schnell hebe ich ab und begrüße ihn. Nachdem ich meinem Bruder erklärt habe, in welchem Hotel wir uns befinden, beende ich das Gespräch.

„Leo, das war Danny, er ist bereits in fünf Minuten da."

„Jetzt schon?", schmollt Leo enttäuscht. Anschließend erhebt sie sich und ruft in die Gesprächsrunde: „Jungs, wir müssen leider schon los, unser Limo-Service kommt gleich."

Während wir unseren Kaffee austrinken, dreht sich Lucas zu mir. „Bitte überleg dir das mit London noch einmal. Vielleicht kannst du doch kommen." Meint er es ernst?

Aaron nimmt mich in den Arm. „Ich hoffe, wir sehen uns bald wieder".

Ich schaffe es, trotz meiner Traurigkeit, ihn anzulächeln. Nachdem ich mich auch von den anderen Jungs verabschiedet habe, gehe ich erneut zu Lucas. Ich bin immer noch etwas verwirrt wegen Isabels Anruf.

Lange schaue ich ihm in die Augen. „Ich denke noch einmal darüber nach, wie wir uns wieder sehen können".

Wir umarmen uns lange und fest, bis ich Leos Stimme von der Tür her höre. „Julie, kommst du?". Ich löse mich aus seinen Armen und folge Leo aus dem Zimmer. Im Lift spüre ich, wie mir die Tränen in die Augen steigen. Ich fühle mich unendlich traurig und mir blutet das Herz. Im Erdgeschoss angekommen begebe ich mich mit schnellen Schritten zum Ausgang. Auf der anderen Straßenseite sehe ich Danny, der an seinen BWM gelehnt, auf uns wartet. Und plötzlich überschlagen sich meine Gefühle. Ich laufe auf ihn zu und falle ihm in die Arme. Schluchzend drücke ich mein Gesicht an seine Schulter, während er mich einfach nur fest hält und mir liebevoll über die Haare streicht. Mittlerweile sind auch Rose und Leo beim Auto angekommen. Sie schauen mich mitfühlend an und steigen ein.

Danny schiebt mich vorsichtig von sich und nimmt mein Gesicht in beide Hände. „Was ist passiert? Warum bist du so aufgelöst?"

„Ich glaube, er hat mich wieder belogen!", platzt es aus mir heraus. Meine Tränen versuchen den Schmerz aus mir hinaus zu spülen. Danny legt seine Stirn an meine und schaut mich bemitleidend an. Dann dreht er sich um und schiebt mich zur Beifahrertür. „Steig erst einmal ein und dann erzählst du mir alles in Ruhe", versucht er mich zu beruhigen. Ich lasse mich auf den Beifahrersitz fallen, schnalle mich an und wir fahren los.

Zur gleichen Zeit im Hotelzimmer:

Nachdem die drei Mädchen das Zimmer verlassen haben, geht Lucas ans Fenster und schaut hinaus. Er sieht auf der gegenüberliegenden Straßenseite einen weißen BMW. Davor steht ein gutaussehender junger Mann, lässig an den Kotflügel gelehnt. Aaron stellt sich neben Lucas und beobachtet ebenfalls die Straße. Plötzlich schaut der junge Mann auf. Julie läuft auf ihn zu und wirft sich in seine Arme. Ungläubig beobachtet Lucas die Szene. Der Typ umschließt Julies Gesicht mit seinen Händen und küsst sie. Lucas spürt einen Stich im Herzen. Arm in Arm lässt sie sich von dem Mann um das Auto herumführen und steigt ein.

„Sie hat mich wieder belogen!", presst Lucas wütend hervor.

Aaron dreht sich verständnislos zu seinem Freund. „Was meinst du damit? Warum ist zwischen Julie und dir so eine Anspannung? Lucas, was hat Julie in ihrem Brief geschrieben?"

Lucas und Aaron setzen sich auf das Sofa.

Nachdem Lucas einmal tief durchgeatmet hat, fängt er an zu erzählen: „Julie hat mir damals geschrieben, dass es ein Fehler war, mit mir zusammen zu sein. Sie wollte nur einmal etwas mit einem berühmten Jungen haben und hat es genossen, beim Videodreh mitmachen zu dürfen."

Aaron bekommt große Augen. „Und das glaubst du? So kenne ich Julie gar nicht!"

„Sie hat auch geschrieben, dass in Deutschland ein Freund auf sie warte, den sie liebt. Ich solle mich auf keinen Fall mehr bei ihr melden." Lucas steigen Tränen in die Augen.

Tröstend legt Aaron einen Arm um Lucas Schultern. „Und warum sagst du, sie hätte dich *wieder* belogen?"

„Gestern Nacht haben wir uns zufällig auf dem Flur getroffen und sie hat mir versichert, dass sie keinen Freund hat und dass sie mich damals nicht ausgenutzt habe", antwortet Lucas gereizt. In sanfterem Ton erzählt er weiter: „Wir haben uns auch geküsst und es hat so gut getan, ihre Nähe zu spüren. Aber wie es aussieht, ist sie wohl doch vergeben. Sie hat mich also wieder belogen."

Aaron überlegt laut. „Vielleicht war das eben gar nicht ihr Freund?"

„Selbst wenn nicht. Warum hat sie dann diesen Brief geschrieben?", wendet Lucas traurig ein.

„Keine Ahnung! Vielleicht solltest du sie fragen?" Aaron boxt Lucas leicht in die Seite. „Kopf hoch, Dude, das wird sich schon aufklären. Wer hat dich eigentlich vorhin angerufen, hat ja sehr verliebt geklungen".

„Das war Amy. Sie ist mit Isabel unterwegs und hatte so starke Sehnsucht nach mir, dass sie mich unbedingt anrufen wollte."

„Süß, so ein kleines Schwesterchen!", grinst Aaron.

Lucas wird wieder nachdenklich. „Warum hat sie mich wieder belogen?"

Kapitel 11

„Warum hat er mich wieder belogen?", frage ich laut, ohne ernsthaft eine Antwort darauf zu erwarten.

Danny legt beruhigend eine Hand auf meinen Arm. „Beruhige dich erst mal und dann erzähl mir, was passiert ist."

„Wir haben uns gestern Nacht auf dem Flur im Hotel getroffen. Und er war wirklich betroffen wegen meines Briefes. Er hat ganz anders reagiert, als ich es erwartet habe." Nachdenklich schaue ich aus dem Fenster. „Dann hat er mir erzählt, dass er nicht mehr mit Isabel zusammen sei und wir haben uns geküsst." Ich lege eine kurze Pause ein, weil meine Gedanken abschweifen.

Neugierig beugt sich Rose nach vorne. „Und wie kommst du jetzt darauf, dass er dich wieder belogen hat?"

„Der Anruf, den er vorhin bekommen hat - das war Isabel." Rose schaut mich übrrascht an. Noch bevor sie ihre Frage stellen kann, erzähle ich weiter: „Ich habe auf dem Display gesehen, dass es Isabel ist. Und es hat sich nicht so angehört, als wären sie getrennt."

Danny streichelt beruhigend meinen Arm. „Was hast du in den Brief geschrieben, den du ihm hinterlegt hast?", will er neugierig wissen.

Ich muss nicht lange überlegen, um den Inhalt meines Abschiedsbriefes wiedergeben zu können. „Ich habe ihm geschrieben, dass ich erfahren habe, dass er mich nur benutzt, ich es aber nicht glauben will. Er solle sich bei mir melden, um die Sache aufzuklären, wenn es nicht so ist." Nach einer kurzen Pause fahre ich fort: „Er hat sich aber nie gemeldet."

Nachdenklich kratzt sich Danny am Kopf. „Glaubst du, dass er dich nur ausgenutzt hat? Dass er es nicht ernst gemeint hat?"

„Ich weiß es nicht! Eigentlich konnte ich es nicht glauben, aber Claire hat mir ziemlich eindeutige Beweise geliefert".

„Claire?", rufen Rose und Leo gleichzeitig von der Rückbank. „Die kam mir in der Disko schon so komisch vor", meint Rose nachdenklich.

„Julie, vertraue nicht auf das, was dir irgendwelchen Leute erzählen - vertraue nur auf dein Gefühl!", tadelt mich Danny. Momentan weiß ich gar nicht mehr was ich glauben soll. In meinem Kopf herrscht das absolute Gefühlschaos! Nachdem ich die ganze Zeit über geschwiegen habe, und selbst meinen besten Freundinnen nur erzählt habe, dass Lucas sich nicht gemeldet hat und ich ihn nicht erreichen würde, tut es gut, allen die Wahrheit erzählt zu haben. Ich war so gekränkt von Lucas Verhalten, dass es mir anfangs peinlich und später zu schmerzhaft war, darüber zu sprechen. Ich lehne meinen Kopf an die Seitenscheibe und hänge meinen Gedanken nach. Irgendwann schlafe ich ein.

Nach einer langen Autofahrt setzen wir Rose und Leo bei ihren Wohnungen ab. Danach fahren wir nach Hause, wo ich mich umgehend in mein Zimmer zurückziehe. Traurig lege ich mich auf mein Bett und vergrabe mein Gesicht in Lucas Pulli. Mit seinem Geruch verbinde ich die bisher schönste Zeit meines Lebens.

Die nächsten Tage und Wochen hole ich jedes Mal, wenn die Sehnsucht zu groß wird, den weichen weißen Pulli aus meinem Schrank und träume mit seinem Geruch in der Nase von vergangenen Zeiten.

Kapitel 12

Zwei Monate später sitze ich gerade an meinem Schreibtisch, wo ich Paragraphen und Gesetzestexte pauke, als es an meiner Zimmertür klopft.

„Herein", sage ich in Gedanken versunken.

Die Tür öffnet sich und meine Mutter betritt mein Zimmer. In ihrer Hand hält sie ein Briefkuvert, mit welchem sie strahlend wedelt. „Julie, ein Brief für dich - aus England". Aufgeregt springe ich auf und reiße ihr den Umschlag aus der Hand. Der Absender der Sendung verrät mir, dass es die von mir sehnlichst erwartete Antwort aus London ist. Ängstlich blicke ich meine Mutter an.

„Los, mach schon auf!", ermutigt sie mich lächelnd. Ich lese nochmals langsam und genau den Absender des Kuverts: *Roehampton University of modern Dance*. Dann wird meine Neugierde zu groß. Ungeduldig reiße ich den Umschlag auf. Schnell überfliege ich den Brief, bis ich die von mir erträumten Worte finde. Ich kann einen Jubelschrei nicht mehr unterdrücken. „Oh mein Gott! Sie nehmen mich! Ich habe tatsächlich eine Zusage bekommen!", rufe ich hysterisch. Zitternd falle ich meiner Mutter um den Hals. Die ganze Anspannung der letzten

Wochen fällt von mir ab, so dass ich die Tränen nicht mehr zurückhalten kann.

Eine Woche nach der Rückkehr vom Konzert in Berlin habe ich mich endlich dazu entschlossen, mein Studium in München abzubrechen und nach London zu gehen, um dort Tanz zu studieren. Ich schickte voller Hoffnung meine Bewerbungsunterlagen los. Allerdings war mir klar, dass die Chancen, gerade bei dieser Universität angenommen zu werden, sehr gering sind. Jungs und Mädchen aus der ganzen Welt bewerben sich in Roehampton, weil sie dort Tanz studieren wollen. Und ich gehöre nun zu den Auserwählten!

„Ich muss sofort Rose und Leo davon erzählen", sprudelt es aus mir heraus, während ich hektisch nach meinem Telefon greife. Meine Mutter zwinkert mir noch kurz zu, dann verlässt sie mein Zimmer.

„Rose!", rufe ich aufgeregt in den Hörer, als sie endlich abhebt. „Stell dir vor, ich habe eine Zusage aus London bekommen! Ich darf dort studieren!"

Ruhiger als erwartet kommt ihre Antwort. „Wow! Glückwunsch Julie! Das freut mich wirklich für dich! Das hast du dir solange gewünscht." Nach einer kurzen Pause fügt sie traurig hinzu: „Aber dann bist du wieder so lange weg. Ich vermisse dich jetzt schon!"

„Ach Rose, du kannst mich doch jederzeit besuchen, oder ich besuche euch".

„Wann fängt das Studium denn an?"

„In einem Monat schon. Ich bin so gespannt, wie es dort wird!", sprudelt es aus mir heraus. Wir unterhalten uns noch eine Weile über das, was mich dort erwartet und beenden anschließend das Gespräch.

Beim Abendessen erzähle ich meinem Vater sowie meinem Bruder von der Zusage der Universität.

Wie erwartet, zeigt mein Vater wenig Begeisterung. „Und jetzt willst du hier alles hinwerfen und nach England gehen? Was ist mit deinem Jura-Studium? Und wie willst du das Studium in England überhaupt finanzieren?"

Fast unsichtbar verdrehe ich die Augen. Dieses Gespräch hatten wir vor zwei Monaten schon einmal geführt. „Papa, das Semester ist doch in vier Wochen vorbei. Und ich kann jederzeit wieder einsteigen, wenn es mir in London nicht gefallen sollte." Ich unterbreche meine Erklärung kurz und denke im Stillen: Das wird allerdings nicht passieren. Warum sollte es mir in London nicht gefallen? „Ich kann im Studentenwohnheim wohnen und ab dem zweiten Semester werden viele Studenten schon für kleinere Auftritte gebucht."

Meine Mutter unterstützt mich, indem sie ebenfalls versucht, meinen Vater zu überzeugen. „Sie hat doch die Ausbildungsversicherung, die deckt die Kosten des ersten halben Jahres leicht ab." Wenig begeistert gibt sich mein Vater geschlagen. Gegen unsere Argumente kann er nichts entgegensetzen.

Danny dreht sich zu mir. „Julie, sag mal. Wie hast du es nur geschafft, dass du bei dieser Uni angenommen wurdest? Ich habe gehört, es sei fast unmöglich, eine Zusage zu bekommen, bei so vielen Bewerbern."

„Keine Ahnung! Vielleicht hat es mir ja einen kleinen Vorteil verschafft, dass ich das Video eingeschickt habe, in welchem ich als Backround-Tänzerin bei Dizzy Boys aufgetreten bin."

„Schon möglich, aber das alleine kann es nicht gewesen sein. Anscheinend bist du eine wirklich gute Tänzerin!" bemerkt er anerkennend.

Die nächsten vier Wochen gehe ich noch zur Uni und schließe das erste Semester ordnungsgemäß ab. Dann kommt der Tag der Abreise und niemand konnte ahnen, wie sehr sich mein Leben ändern wird.

Kapitel 13

Um acht Uhr läutet mein Wecker. Nervös springe ich aus dem Bett und ziehe mich an. Meine langen braunen Haare verhalten sich heute besonders widerspenstig und es fällt mir schwer, sie zu einer anständigen Frisur zu bändigen.

Beim Frühstück merke ich meiner Mutter an, dass sie unruhiger ist als ich selbst. Sie redet ohne Pause auf mich ein und will wissen, ob ich dieses und jenes eingepackt habe. Ich versuche sie zu beruhigen, was mir allerdings nur schwer gelingt. Mein Vater sitzt schweigend und in sich gekehrt am Tisch und schlürft seinen Kaffee. Ist er böse oder gar enttäuscht von mir? Ich vermute, er ist einfach nur traurig, dass ich meinen Traum so hartnäckig verfolge und wieder ins Ausland gehe.

Lautes Gepolter kündigt Danny an, der die Treppe herunter stürmt. Er ist wieder einmal spät dran. Mit knappen Worten verabschiedet er sich von mir: „Melde dich mal, ob alles in Ordnung ist. Ich komme dich auf jeden Fall besuchen". Er drückt mich kurz und hetzt im nächsten Moment zur Tür hinaus.

Um zehn Uhr kommen Rose und Leo vorbei, um sich von mir zu verabschieden. Wir liegen uns schluchzend in den Armen und versichern uns, dass wir weiterhin regelmäßigen Kontakt pflegen.

Mittags brechen wir auf zum Flughafen.

Nach einer innigen und herzlichen Umarmung meiner Mutter sowie tausend Küssen zum Abschied gehe ich durch die Sicherheitskontrolle und setze mich vor dem Gate 10 auf einen der Stühle. Ich denke an meinen Vater, der sich bereits zu Hause von mir verabschiedet hat. Die Aufregung am Flughafen wäre ihm zu groß, hat er gesagt. Glücklicherweise hat er mir versichert, dass er lediglich traurig sei, dass ich so weit weg gehe. Aber er wünsche mir viel Glück, Erfolg und dass mein Traum wahr werde.

Von der Durchsage des beginnenden Boardings werde ich aus meinen Gedanken gerissen. Unauffällig wische ich mir eine verirrte Träne von der Wange.

Voller Vorfreude stelle ich mich in die Reihe der Wartenden. Endlich geht es los! Ich komme meinem Traum, Berufstänzerin zu werden, einen großen Schritt näher. Hoffentlich bin ich gut genug! Die Probezeit an der Universität beträgt drei Monate, dann wird seitens der Leitung entschieden, wer weiter bleiben darf und wer gehen muss.

Ich steige in das Flugzeug, gehe den schmalen Gang zwischen den Sitzreihen entlang und halte Ausschau nach meinem Platz. Nachdem ich einen älteren Herrn habe aufspringen lassen, um mich auf den mittleren Sitz der Reihe zu platzieren, lehne ich mich entspannt zurück. Ohne Vorwarnung schießen mir die Bilder in den Kopf, als ich vor über einem Jahr das erste Mal nach London geflogen bin. Die Piloten, die sich mit ihren Namen vorgestellt haben, welche ich falsch verstanden habe... die Stewardess, die die gleiche Frisur wie Aaron hatte. Ich kann mir ein Grinsen nicht verkneifen. Mit den Kopfhörern in den Ohren schließe ich die Augen und träume von meiner Zukunft.

Kapitel 14

Nach zwei Stunden Flug landet die Maschine am Flughafen Stansted. Nachdem ich meinen Koffer vom Band gezogen habe, gehe ich zum Ausgang. Wieder erinnere ich mich an damals, als ich David, dem Vater der Familie, das erste Mal begegnet bin. Während ich der Zeit nachtrauere, begebe ich mich zum Busbahnhof und steige in einen Bus, der Richtung London City fährt. Nach zweimaligem Umsteigen komme ich am Stadtrand von London an der Universität Roehampton an. Mit großen Augen stehe ich vor dem Gebäude. Es ist beeindruckend. Es sieht aus wie ein altes englisches Schloss.

Ich bin so in den Anblick versunken, dass ich nicht bemerke, wie ein Mädchen neben mir stehen bleibt und mich anspricht: „Das ist Wahnsinn, oder? Und hier dürfen wir studieren!" Überrascht drehe ich mich zu ihr um, wobei mich zwei freundliche blaue Augen anblicken.

„Hallo, ich bin Lucy", stellt sie sich vor.

„Ich bin Julie", erwidere ich, während wir uns die Hand reichen.

„Wollen wir zusammen rein gehen?", fragt Lucy freundlich. Gemeinsam marschieren wir, unsere schweren Koffer hinter uns herziehend, los. Auf dem

Weg zum Haupteingang erzählt mir Lucy, dass sie aus Dublin komme. Ihre aufgeweckte Art gefällt mir und erinnert mich ein wenig an Leo. Lucy wirkt mit ihren roten kurzen Locken frech, aber sehr sympathisch.

In der großen Eingangshalle der Universität stehen zwei Tische für die Anmeldung. Jedem Studenten wird ein farbiger Zettel ausgehändigt, je nach Art des Tanzstils, für welchen er sich einschreibt. Erleichtert stellen Lucy und ich fest, dass wir beide einen blauen Zettel in der Hand halten, was der Stilrichtung Hip-Hop/Modern Dance entspricht. Die Jungen und Mädchen verteilen sich auf die farblich markierten Räume, entsprechend ihren Karten. Meine Gruppe besteht aus etwa fünfzehn Mädchen und fünfzehn Jungen.

Ein junger Mann, sportlich und sehr muskulös tritt vor uns. „Hallo zusammen. Ich bin Leon, euer Tanzlehrer für das erste Semester. Die Choreographen lernt ihr später kennen. Nach drei Monaten wird ungefähr die Hälfte von euch nicht mehr dabei sein. Einige von euch werden an ihre Grenzen stoßen und merken, dass sie den körperlichen Anforderungen nicht gewachsen sind, die anderen werden einfach nicht gut genug sein. Ich verlange von euch immer und jederzeit vollsten Einsatz und absolute Konzentration. Hier auf dem Tisch liegen eure Stundenpläne und daneben liegen zwei Listen mit freien Zimmern im Studentenheim. Tragt euch in die Liste ein. Mary, die gute Seele unserer Uni, zeigt euch dann, wie ihr zum Wohnheim kommt. Sie wartet bereits vor der Tür."

Während die meisten Mädchen und Jungen bereits auf den Tisch zusteuern, kommt Lucy auf mich zu. „Hey Julie! Wollen wir zusammen in ein Zimmer gehen?"

„Ja, gerne", freue ich mich über das Angebot. Glücklicherweise finden wir noch ein freies Zimmer auf der Liste. Es handelt sich fast ausschließlich um Zwei-Bett-Zimmer. Wir tragen uns in Zimmer Nr. 6 ein und nehmen uns einen Stundenplan vom Stapel.

Vor der Tür erwartet uns bereits Mary, eine ältere rundliche Dame, die in barschem aber freundlichem Ton ihre Befehle austeilt. „Los geht's! Alle die zum Wohnheim wollen, mir hinterher!"

Nach etwa zweihundert Metern quer über den Campus kommen wir zu zwei nebeneinander liegenden Gebäuden. Mary erklärt uns, dass das eine für die Jungs, das andere für die Mädchen sei und gegenseitige Besuche nicht gerne gesehen werden. Neugierig laufen wir ins Haus und finden im ersten Stock unser Zimmer.

„Klein aber fein", meint Lucy beim Anblick des nur mit dem Nötigsten ausgestatteten Zimmers. Am

Fenster hängen gelbe Vorhänge mit großen Blüten darauf, welche den Raum freundlich aussehen lassen.

Wir werfen uns auf die Betten und rätseln, was uns noch alles erwartet.

Kapitel 15

Am nächsten Tag beginnt das harte Trainingsprogramm. Gleich morgens nach dem Frühstück steht eine Stunde Ausdauertraining an. Danach sieht der Stundenplan Choreographie vor und kurz vor der Mittagspause gibt es theoretischen Unterricht im Klassenzimmer. Nach dem Mittagessen dürfen wir uns eine Stunde frei beschäftigen.

Lucy und ich sitzen auf einer Bank im Garten und unterhalten uns angeregt. Lucy will wissen, ob ich schon einmal einen öffentlichen Auftritt hatte. Ich erzähle ihr, dass ich mit meiner Tanzschule des Öfteren kleinere Auftritte bei Firmenevents und Ähnlichem hatte.

„Und hast du dich auch mit einem Video von diesen Auftritten beworben?", will sie jetzt von mir wissen.

„Nein, das war ein Video mit den Dizzy Boys."

Die Hoffnung, dass Lucy die Band vielleicht nicht kennt, zerplatzt augenblicklich. „Du hast mit DB getanzt?", fragt sie ungläubig, wobei ihre Augen ihr Erstaunen ausdrücken.

Verlegen schaue ich zu Boden. „Ja, habe ich".

„Wie kam es dazu?"

„Das ist eine lange Geschichte Lucy, die erzähl ich dir mal in Ruhe" antworte ich bescheiden.

In diesem Moment gehen zwei Jungs aus unserer Gruppe an uns vorbei. „Ihr seid doch auch in unserem Kurs, oder?"

Wir nicken bestätigend.

„Kommt ihr gleich mit zum Unterricht?", fragt der Größere der beiden. Sofort fällt mir der französische Akzent auf, den ich jedoch sehr charmant finde. Er hat eine sehr sportliche Figur und hellbraune etwas längere Haare.

„Gerne", antworten wir lächelnd.

Der Junge mit dem französischen Akzent dreht sich zu mir und reicht mir die Hand: „Ich bin James".

Verdutzt lege ich meine Hand in seine. „Ich bin Julie. Bist du aus Frankreich?"

„Ja, mein Akzent lässt sich wohl nicht verbergen."

„Aber James ist doch kein französischer Name", erkläre ich verwirrt.

„Ich weiß! Aber meine Eltern sind Amerika-Fans und James fanden sie besonders toll. James Dean, James Brown … du weißt schon", erklärt er lächelnd.

Erst jetzt bemerke ich, dass James meine Hand immer noch hält. Schüchtern ziehe ich sie zurück, wobei ich merke, wie ich leicht erröte. Jetzt geht das wieder los! Bitte nicht!

Die nächste Unterrichtsstunde besteht aus diversen Tanzschritten und Kombinationen, welche ständig wiederholt werden. Zum Abschluss des Tages findet eine Stunde Dehnung und Körperbeherrschung statt. Dann ist Feierabend und wir ziehen uns in unsere Zimmer zurück.

Nach dem Duschen kommt Lucy auf mich zu. „Julie, du wolltest mir noch erzählen, wie du zu den Dizzy Boys kamst". Ich überlege kurz, wie viel ich ihr von der ganzen Geschichte erzählen soll. Nach reiflicher Überlegung entscheide ich mich dazu, ihr meine Beziehung zu Lucas zu verschweigen. Stattdessen kläre ich sie kurz über mein Zusammentreffen mit der Band auf. Lucy ist trotzdem begeistert.

Nachdem auch ich geduscht habe und mit dem Handtuch um meinen Körper auf dem Bett sitze, klopft es an der Tür. Als Lucy die Tür öffnet, ruft Mary sofort herein: „Julie, Telefon für dich!"
Überrascht schaue ich auf. Einerseits, weil Mary meinen Namen kennt und andererseits, weil mich jemand hier anruft. „Für mich?", frage ich ungläubig.
„Ja! Ein Aaron ist dran und will dich sprechen".
„Aaron?", bemerke ich erstaunt.
Im selben Moment ruft Lucy fast hysterisch: „Aaron?" Ihre Augen werden groß und ihr Mund

bleibt offen stehen. Schnell springe ich auf und schiebe mich an Lucy vorbei zur Tür hinaus.

Zügig laufe ich zum einzigen Telefon auf dem Flur und nehme den Hörer an mein Ohr. „Hallo?", melde ich mich zaghaft.

„Julie?", höre ich Aarons Stimme am anderen Ende.

„Aaron! Was …wie …?", stottere ich. Die Emotionen überkommen mich und mir steigen Tränen in die Augen. Ich habe ihn wirklich vermisst. Er ist einer meiner besten Freunde und ich hatte Angst, dass der Kontakt zu ihm wieder abgebrochen ist.

„Wir haben gerade ein paar Tage frei. Und da dachte ich, ich ruf dich einfach mal an. Es sind …"

„Woher weißt du, dass ich hier bin?", unterbreche ich ihn neugierig.

„Ich habe bei dir zu Hause angerufen. Dein Bruder erzählte mir, dass du in Roehampton studierst. Julie, du hast den Schritt wirklich gewagt, deinem Traum näher zu kommen", sagt er bewundernd.

„Wie geht es dir? Und wie geht es den anderen?"

„Uns allen geht es gut. Es war bis jetzt eine anstrengende Tournee und in zwei Tagen geht es weiter nach Südamerika. Dort sind wir wieder zwei Monate unterwegs."

„Wenn ihr wieder da seid, können wir uns dann mal sehen?", frage ich vorsichtig.

„Ja, klar, auf jeden Fall! Ich wollte mich nur kurz mal melden, bevor wir wieder weg sind. Wie gefällt es dir an der Uni?"

„Gut, aber ich bin erst gestern angekommen, ich kann noch nicht viel sagen. Aber die Leute hier sind alle nett."

„Also, dann mach's gut und trainiere schön. Ich melde mich wieder, wenn wir zurück sind."

„Danke für den Anruf ... und Aaron, richte den anderen auch schöne Grüße von mir aus", bitte ich ihn abschließend.

Nach einem kurzen Abschied, lege ich auf.

In Gedanken versunken drehe ich mich um. Lucy steht an der Tür zu unserem Zimmer und beobachtet mich. Wie soll ich ihr erklären, warum Aaron mich privat angerufen hat? Jetzt werde ich nicht mehr umhin können, ihr ein paar Einzelheiten über meine Freundschaft zu ihm zu erzählen.

Kapitel 16

Wir sitzen auf unseren Betten, während ich Lucy eine Zusammenfassung von meinem Aufenthalt bei Lucas Eltern als Au-per-Girl erzähle. Als ich über meine Freundschaft zu Aaron berichte, merkt sie an meiner Reaktion, dass er allein nicht der Grund dafür sein kann, dass ich so aufgewühlt bin. Sie bohrt schließlich so lange nach, bis ich ihr von Lucas und mir erzähle. Gebannt sitzt sie mir gegenüber und saugt mitfühlend jedes meiner Worte auf.

Als meine Geschichte zu Ende ist, seufzt sie laut: „Oh Julie! Wenn dir das nicht wirklich passiert wäre, dann wäre es eine tolle Vorlage für einen Roman." Auf ihrem Bett liegend schaut sie verträumt zur Decke. „Ich bin nicht der größte Fan von den Dizzy Boys, aber allein die Liebesgeschichte ... die ist so schön", schwärmt sie verträumt.

„Ja, aber nur wenn du nicht selbst betroffen bist. Glaube mir, ich habe damals echt unter der Situation gelitten!", antworte ich ernüchternd. Dass ich Lucas und die Jungs vor drei Monaten erneut getroffen habe, verschweige ich ihr.

Nach dem Abendessen treffen wir uns noch mit einigen Jungs und Mädchen aus unserer Klasse im

Aufenthaltsraum. James und sein Freund Brian sind auch, wobei mir auffällt, dass James suchende Blicke oft zu mir wandern. Seine braunen leuchtenden Augen schauen mich eindringlich an. Geschmeichelt blicke ich zu Boden, während sich meine Wangen rot färben.

Die nächsten vier Wochen vergehen im täglichen Trott mit Tanztraining, Theorieunterricht und Dehnübungen. Lucy und ich treffen uns häufig mit James und Brian. Mir ist nicht entgangen, dass Lucy sich zu Brian hingezogen fühlt. Immer öfter kapseln sich die beiden von uns ab und stehen tuschelnd und flirtend in der Ecke. Auch James und ich kommen uns näher. Er ist lustig, nett, zuvorkommend und ein super Tänzer.

Eines Abends, als wir uns wieder treffen, um nach dem Essen noch zu trainieren, stehen wir auf der Bühne. Lucy und Brian sind heute nicht anwesend, da Lucy sich eine leichte Zerrung zugezogen hat und Brian bei ihr bleiben will.

James erklärt mir bereits zum vierten Mal, wie ich eine bestimmte Drehung sowie den folgenden Sprung ausführen soll. Bisher war ich der Meinung, dass ich ganz gut tanze, aber im Vergleich zu James bin ich eine Anfängerin! Er setzt die neu gelernten Schritte schnell und sicher um. Und er ist sehr ehrgeizig, wenn es darum geht, das Gelernte nach Feierabend noch zu vertiefen.

Ich stelle mich also in Position und warte, bis James einzählt. Im nächsten Moment laufen wir aufeinander zu, ich führe eine Drehung aus und setze zum Sprung an. Es ist beabsichtigt, dass wir uns in der Luft an den Händen fassen und zusammen auf dem Boden landen. Schon beim Absprung bemerke ich jedoch, dass etwas nicht stimmt. Noch bevor ich irgendwie reagieren kann, krache ich mit James zusammen und wir landen unsanft auf dem Boden. Ein leiser Schmerzensschrei entfährt ihm, da ich mit meinem Ellbogen auf seiner Brust gelandet bin.

Besorgt beuge ich mich über ihn. „James, ist alles o.k.? Sorry, ich hab's schon wieder vermasselt." Gerade als ich aufstehen will, legt James seine Hand an meine Schulter und hält mich zurück. In diesem Moment durchfährt mich ein Kribbeln wie ein elektrischer Schlag. Seit vier Wochen trainieren wir fast täglich zusammen, doch noch nie habe ich so für ihn empfunden. Langsam zieht er mich zu sich heran und kommt meinem Gesicht entgegen. Im nächsten Moment treffen seine Lippen zärtlich auf meine. Es ist ein kurzer, aber intensiver erster Kuss, der ein Gefühl in meinem Bauch hervorruft, welches ich seit langem nicht mehr empfunden habe.

Fragend schaue ich ihm in die Augen. „Warum fühlt es sich plötzlich anders an als bisher?"

„Ich weiß es nicht! Es hat wohl auf einmal gefunkt!", erklärt er lächelnd. Wir küssen uns erneut, länger und leidenschaftlicher als zuvor. Als wir unser Training an diesem Abend beenden, gehen wir glücklich Arm in Arm zurück zu unseren Wohnhäusern.

Kapitel 17

Die nächsten zwei Monate schwebe ich wie auf Wolken. Jeden Abend treffe ich mich mit James. Auch Brian und Lucy sind meistens dabei. Wenn wir nicht gerade trainieren, sitzen wir einfach nur zusammen und albern herum. Da die Hausordnung den Jungs strengstens untersagt, in die Mädchenhäuser zu gehen, und genauso auch andersherum, ist es für verliebte Pärchen schwer, auf dem Gelände der Uni einen ungestörten Ort zu finden. Nachdem Lucy und Brian einmal beinahe von Mary in Brians Zimmer erwischt wurden, haben sie akribisch nach einem sicheren Ort gesucht. Seitdem ziehen sie sich regelmäßig in einen Abstellraum im Wohngebäude der Jungs zurück, in welchem sie ungestört ihre Zweisamkeit genießen können. James und ich haben uns lange gesträubt, diese Abstellkammer aufzusuchen. Da wir aber keine andere Möglichkeit sehen, unserem Drang nach körperlicher Nähe nachzukommen, sind auch wir mittlerweile in dieser, alles andere als romantischen, Behausung gelandet.

Schneller als erhofft kommt der Tag, an dem die Probezeit endet und unsere Lehrer entscheiden, wer noch bleiben darf und wer leider gehen muss.

Alle Erstsemester treffen sich vor der Bühne im Theatersaal. Unsere Klasse wird als Erste der drei Klassen aufgerufen. Aufgeregt begeben wir uns auf die Bühne, wo wir Hand in Hand nebeneinander stehen bleiben. Die Anspannung jedes Einzelnen hängt spürbar im Raum.

Freundlich wendet sich Leon an uns. „Heute ist der Tag der Entscheidung. Einige von euch haben es leider nicht geschafft, ins zweite Semester aufzurücken. Die Personen, deren Namen ich gleich nennen werde, können sich heute noch in Ruhe von ihren Freunden verabschieden, müssen aber bis spätestens acht Uhr das Unigelände verlassen. Sollte einer von euch die Entscheidung so nicht akzeptieren wollen, so kommt bitte später zu mir ins Büro, dann erkläre ich euch die entscheidungserheblichen Details in aller Ruhe." Unruhig drehe ich mich zu James und drücke aufgeregt seine Hand. Was wird aus uns, wenn einer von uns beiden gehen muss? Leichte Übelkeit macht sich in mir breit. Es werden insgesamt zehn Namen aufgerufen! James, Brian, Lucy und ich sind zum Glück nicht darunter. Erleichtert fallen wir uns in die Arme und freuen uns, dass wir die Probezeit überstanden haben.

Nachdem die zehn Auserwählten die Bühne verlassen haben, tritt Leon erneut vor uns. „Für euch, die weitergekommen sind, habe ich eine Überraschung!" Er setzt eine künstlerische Pause ein und lässt die Worte auf uns wirken. „Justin Timberlake sucht ein paar Tänzer für seinen Auftritt bei den BRIT Awards. Am Freitag kommt er mit seinen Beratern hier an und wird sich seine Tänzer auswählen."

Mit großen Augen schauen wir uns ungläubig an. Während wir noch sprachlos versuchen, das Gehörte zu begreifen, kreisen in Lucys Kopf bereits andere Gedanken. „Wählt er nur aus unserer Klasse oder auch aus den höheren Semestern?"

Leon hat diese Frage anscheinend schon erwartet. „Er möchte Erstsemestern eine Chance geben und wählt deshalb nur aus eurer Klasse Tänzer aus. Also trainiert die nächsten vier Tage noch ausreichend und gebt euer Bestes!" Wir können unsere Freudenschreie nicht mehr unterdrücken und hüpfen aufgeregt umher.

Am Abend sitzen wir im Clubhaus zusammen und diskutieren über den kommenden Freitag.

„Wir müssen jetzt jeden Abend noch mehr trainieren, dass wir wirklich fehlerlos tanzen, wenn Justin kommt", erklärt James bestimmend.

„Das ist der Wahnsinn! Wir sind im 1. Semester und dürfen schon mit einem Weltstar auf die Bühne? Wer hat schon so ein Glück?", bemerkt Brian fasziniert.

„Ach, für Julie ist das nichts so Besonderes mehr. Sie hat nämlich schon mit DB auf der Bühne gestanden", wirft Lucy gelangweilt ein.

James und Brian schauen augenblicklich auf. „Das hast du uns gar nicht erzählt! Du kennst die Jungs von Dizzy Boys?", will James verwundert wissen.

Mein strafender Blick trifft Lucy. „Ja, stimmt! Ich habe mit DB ein Musikvideo gedreht. Aber das ist schon über ein Jahr her und das mit Timberlake ist etwas ganz anderes. Da dürfen wir zu den BRIT Awards, da sind Tausende von Zuschauern!", rufe ich begeistert aus. Die anderen geben sich vorerst mit meiner Antwort zufrieden und haken nicht weiter nach.

Nachdem wir uns von unseren Freunden verabschiedet haben, bringt James mich noch vor mein Wohnhaus. Er nimmt mich liebevoll in den Arm, wobei er mich abschätzend anschaut. „Sag mal ... das mit Dizzy Boys. Wie hat sich das eigentlich ergeben, dass du ein Video mittanzen durftest?"

Obwohl die Alarmglocken in mir schrillen, zucke ich gelangweilt die Schultern. „Ich war Au-per-Girl bei der Familie von Lucas Sheffield. Als er erfahren hat, dass ich tanze, durfte ich eben mitmachen", versuche ich möglichst neutral zu erzählen.

„So einfach war das?", fragt James skeptisch.

„Ja so einfach war das!", antworte ich ohne zu zögern, da ich keine Lust habe, auf dieses Thema näher einzugehen. Zum Abschied küssen wir uns lange, bevor ich in mein Zimmer gehe.

Kurz vor dem Einschlafen denke ich seit langem wieder an die Zeit mit Lucas zurück. Es war eine schöne, aufregende und traurig endende Zeit. Mittlerweile bin ich allerdings davon überzeugt, dass ich nur noch freundschaftliche Gefühle zu Lucas habe. Ich bin wirklich in James verliebt und es fühlt sich auch richtig an. Zufrieden schlafe ich an diesem Abend ein.

Kapitel 18

Der Freitag kommt schneller, als von uns erhofft. Wir haben jeden Abend bis zur Erschöpfung trainiert. Allerdings waren wir nicht mehr die einzigen, die den Ehrgeiz zeigten, abends zusätzlich zu proben. Die anderen Tänzer aus unserer Klasse wollen ebenfalls von Timberlake ausgewählt werden.

Vormittags findet der reguläre Unterricht statt. Nach der Mittagspause werden wir endlich auf die Bühne gerufen, wo wir uns, mit vor Nervosität feuchten Händen, aufstellen. Die Tür geht auf und es erscheint Justin Timberlake. Die Aufregung im Saal nimmt spürbar zu. Obwohl es uns schwer fällt, uns professionell zu verhalten, schaffen wir es alle, ruhig und diszipliniert nebeneinander stehen zu bleiben. Timberlake setzt sich mit seiner Crew in eine der mittleren Reihen des Zuschauerraumes. Im nächsten Moment beginnt die Musik, woraufhin wir den von uns eingeübten Tanz vorführen. Unsere Gruppe wird immer wieder geteilt und neu zusammengestellt. Ich durfte zweimal vortanzen und mein Bestes geben. Ich hoffe, dass es gereicht hat!

Nach einer nicht enden wollenden Beratungszeit wird von einem der Crewmitglieder verkündet, dass sie sich entschieden hätten, ausschließlich Mädchen zu nehmen. Die Jungs nehmen enttäuscht im Zuschauerraum Platz. Insgesamt sind wir acht Mädchen. Nervös stehen wir Hand in Hand auf der Bühne.

„Danielle, Susan und Julie", ruft einer der Berater. Ängstlich treten wir einen Schritt nach vorne. Meine Selbstzweifel drohen mich aufzufressen.

Plötzlich kommt Justin selbst an die Bühne heran und schaut uns ernst an. „Glaubt ihr, dass ihr gut genug seid, um mit mir bei den BRIT Awards zu tanzen?", fragt er mit einem schelmischen Grinsen im Gesicht. Unsicher schauen wir drei Auserwählten uns an und zucken leicht mit den Schultern. Was will er von uns hören? Was ist jetzt die richtige Antwort? Ja? Nein?

Glücklicherweise erlöst uns Timberlake in diesem Moment. „Klar, seid ihr gut genug! Ich will genau euch!" Dabei lacht er uns offen an. Wir sind total überrumpelt und bleiben starr vor ihm stehen. Plötzlich springt James auf und fängt an zu klatschen. Die Spannung im Saal fällt augenblicklich ab, so dass auch der Rest der Anwesenden applaudiert. Nur langsam begreife ich, was das für mich bedeutet.

Später am Abend sitzt Lucy enttäuscht auf ihrem Bett.

„Lucy, es tut mir so leid für dich. Du hättest es auch verdient", versuche ich sie zu trösten.

„Vielleicht klappt es ja das nächste Mal", gibt sie traurig von sich. Ich hoffe, dass sie Recht behält.

Die nächsten zwei Wochen bis zu unserem Auftritt müssen wir täglich die Choreografie zu Timberlakes neuem Song einstudieren. Dazu werden wir mittags von der Uni abgeholt und fahren in ein Tanzstudio in London. Meistens üben wir alleine, manchmal allerdings ist auch Justin dabei.

An einem Mittwoch, als wir gerade auf den Wagen warten, der uns abholen soll, meint Danielle nebenbei: „Was glaubt ihr? Warum hat Justin gerade uns ausgewählt?"

„Ich glaube, da war auch Glück dabei. Die anderen in unserer Klasse tanzen auch nicht schlechter als wir. Vielleicht ist es auch Typsache", antwortet Susan, die wegen ihrer langen schönen Locken von allen nur Curly genannt wird.

Ich blicke zuerst zu Curly, dann zu Danielle, die ebenfalls lange braune Haare hat. „Kann gut sein ... vielleicht wollte er nur brünette Mädchen?", stelle ich nachdenklich fest.

Durch unser tägliches Training verbindet uns inzwischen eine enge Freundschaft, was Lucy gelegentlich mit missbilligenden Blicken kommentiert. Direkt darauf angesprochen, versicherte sie mir jedoch, dass sie nur traurig sei, nicht unter den Auserwählten zu sein. Zu den Essenszeiten sitzen wir mittlerweile zu sechst an einem Tisch und kommen alle sehr gut miteinander aus.

Meinem Bruder Danny habe ich natürlich sofort von meinem bevorstehenden Auftritt bei den BRIT Awards erzählt, woraufhin er mir versprochen hat, rechtzeitig nach London zu kommen, um meinen Auftritt live verfolgen zu können.

Am Morgen des großen Tages ahne ich noch nicht, welchem Gefühlschaos ich ausgesetzt werde.

Kapitel 19

Die Sonne scheint durch die Vorhänge ins Zimmer. Ich bin so aufgeregt, dass ich bereits dreißig Minuten vor meinem Wecker aufgewacht bin. Nach dem Duschen ziehe ich mich schnell an und laufe hinüber zum Frühstückssaal. Danielle, Curly sowie Leon erwarten mich bereits. Ohne lange zu überlegen, greife ich nach einem Kaffee sowie einem kleinen Gebäck und setze mich zu ihnen an den Tisch.

Leon gibt uns noch kurze Anweisungen. „Mädels, bleibt ruhig und tanzt, wie ihr es geprobt habt. Ihr könnt die Schritte, es kann nichts passieren!" Er versucht uns zu beruhigen, was ihm aber nicht wirklich gelingt.

Einige Zeit später kommt das Taxi. Leon kommt als Begleitperson mit. Er kennt sich auf solchen Events aus und steht uns mit hilfreichen Tipps zur Seite.

Als wir in den Studios des BRIT Award ankommen herrscht bereits reges Treiben. Die Bühnendekorationen werden noch fertig gestellt, Markierungen auf der Bühne angebracht und Stühle mit Bildern von Prominenten belegt. Aufgeregt betreten wir die große Halle, wo wir staunend, mit offenen Mündern, stehen bleiben. Leon beobachtet uns amüsiert. Er führt uns in einen großen Raum.

„Hier ist eure Garderobe. Ihr teilt sie euch mit anderen Tänzern. Eure Kostüme sind mit euren Namen beschriftet. Zieht euch kurz um und kommt dann zur Generalprobe auf die Bühne." Anmutig betreten wir den Raum mit den vielen Spiegeln und bestaunen die vielen bunten Kostüme. Unsere Kleider sind alle drei dunkelgrün mit Glitzersteinen, kurzem Rock und einem langen sowie einem kurzen Ärmel. Aufgeregt ziehen wir unsere Kostüme an und begeben uns danach wieder hinaus zu Leon. Vor der Bühne treffen wir auf Justin. Gemeinsam nehmen wir unsere Plätze ein und beginnen unsere Performance. Trotz unserer Aufregung verläuft die erste Probe gut und ohne Zwischenfälle. Wir müssen allerdings den Tanz wiederholen, da die Tontechniker sowie die zuständigen Leute für das Licht ihre Einstellungen noch nicht ganz abgeschlossen haben. Die zweite Probe beginnt. Nach der Hälfte des Liedes, bewegen wir uns, wie von der Choreographie vorgegeben, nur langsam hinter Justin hin und her. Da meine Nervosität mittlerweile etwas nachgelassen hat, schweift mein Blick während dieser langsamen Schritte neugierig durch den Saal. Plötzlich bleibt mir das Herz stehen. Ich erstarre und kann mich nicht mehr bewegen. Er steht nur fünf Meter von mir entfernt und schaut mir direkt in die Augen. Lucas!

Curly bemerkt, dass ich nicht weitertanze und stupst mich von der Seite an. Sie reißt mich aus meiner Erstarrung und ich versuche angestrengt, mich die restlichen zwei Minuten wieder auf die Tanzschritte zu konzentrieren.

Zur gleichen Zeit vor der Halle:

Die Jungs von Dizzy Boys steigen aus der Limosine aus und gehen durch eine Nebentür in die Studios des BRIT Awards. Sie sollen heute Abend einen Preis übergeben, wozu sie vorher zur Probe erscheinen müssen. Gut gelaunt und scherzend kommen sie in der Halle an. Sie sehen Justin Timberlake mit drei Tänzerinnen auf der Bühne, wobei eine von ihnen durch Justin verdeckt ist.
Lucas beugt sich scherzend zu Aaron. „So heiße Tänzerinnen hätte ich auch mal gerne."
Während sie weitergehen dreht er sich zur Bühne um. Plötzlich fällt sein Blick auf die Tänzerin hinter Justin und er bleibt abrupt stehen. Sein Herz setzt einen Schlag aus. Ungläubig starrt er auf Julie - kann seinen Blick nicht von ihr wenden. Mittlerweile hat auch sie ihn entdeckt und beide schauen sich sekundenlang fest in die Augen. Warum schmerzt

plötzlich sein Herz so? Er dachte, er wäre längst über sie hinweg. Allerdings dachte er das bereits in Berlin, was keineswegs der Fall war. Jetzt steht sie vor ihm und alle Gefühle kommen wieder in ihm hoch. Erst Aaron reißt ihn aus seinen Gedanken, indem er ihn anstößt. „Hey Lucas! Da ist Julie! Cool, sie hat einen Gig mit Timberlake bekommen!"

„Wusstest du etwa, dass sie Tänzerin ist?", wirft er seinem Kollegen vor.

Verlegen schaut Aaron zur Seite, antwortet dann aber selbstsicher. „Ja, ich habe euch doch schöne Grüße von ihr ausgerichtet. Habe ich nicht erwähnt, dass sie in Roehampton studiert?"

„Nein, hast du nicht!", presst Lucas wütend hervor. Zügig gehen sie weiter zu ihren Stühlen.

Als das Lied zu Ende ist, verlassen wir die Bühne. Ich bin verwirrt! Einerseits, dass die Jungs von DB da sind, andererseits, und das ist viel schlimmer, über meine aufkommenden Gefühle. Warum bringt es mich so aus der Fassung, Lucas zu sehen? Ich bin doch glücklich mit James zusammen! Noch während wir mit Justin und Leon hinter der Bühne stehen, kommen die Jungs um die Ecke. Eddie, Ryan, Aaron, Miguel und zuletzt Lucas. Ein ziehender Schmerz legt sich über meine Brust. Die Jungs begrüßen mich herzlich und freuen sich mich zu sehen. Aaron nimmt mich in die Arme, um mich fest zu drücken. Er gratuliert mir zu dem Engagement mit Justin. Einer nach dem anderen schieben sie sich an mir vorbei, die Stufen zur Bühne hinauf.

Als Lucas auf mich zukommt, bleibt er kurz stehen und reicht mir die Hand. „Hi Julie", sagt er unsicher. „Wie geht's dir?" Ich lege meine Hand in seine und spüre sofort wieder die Anziehungskraft zwischen uns. Es ist, als würden die letzten achtzehn Monate nicht existieren. Meine Gefühle für ihn sind noch genauso stark wie am Tag der Abreise aus London.

„Danke gut … und dir?", bringe ich zögernd hervor. Nach einem höflichen Nicken geht er weiter, die Treppe zur Bühne hinauf.

In unserer Garderobe ziehen wir uns wieder um. Durch die Tür höre ich Lucas Stimme, der den Gewinner in der Kategorie Solo Artist ankündigt. Vor der Garderobe wartet bereits Leon auf uns, der es eilig hat, zurück zur Uni zu fahren. In einigen Stunden müssen wir zur Live-Show wieder hier sein.

Zurück auf dem Campus werden wir bereits neugierig von unseren Kommilitonen erwartet. Sie wollen jede Kleinigkeit über die Studios des BRIT Award von uns erfahren. Während wir zusammen im großen Aufenthaltsraum sitzen, erzählen Danielle und Curly aufgeregt von unserer Probe.

James legt den Arm um mich. „Julie, was ist los? Du bist so ruhig."

Bedrückt lege ich meinen Kopf an seine Schulter und überlege, ob ich ihm von meinem Treffen mit Lucas erzählen soll. Nach reiflicher Überlegung entscheide ich mich aber dagegen.

„Nichts! Ich bin nur nervös wegen heute Abend", erkläre ich mein ungewöhnliches Verhalten. Lucy schaut mich abschätzend an, sagt aber nichts.

Zur gleichen Zeit in London:

Lucas sitzt mit seinen Kollegen in seinem Penthouse in der Innenstadt von London. Er wohnt seit einem Jahr mit Eddie zusammen in einer WG. Bis sie am Abend wieder abgeholt werden, wollen die Jungs sich noch entspannen und abschalten.

Miguel und Aaron spielen auf der Playstation FIFA, während Ryan mit Fans twittert. Lucas sitzt mit Eddie auf dem Sofa. „Verdammt! Ich bin immer noch nicht über sie hinweg! Ich werde sie ewig lieben, auch wenn ich sie nicht bekommen kann", jammert Lucas vor sich hin.

„Lucas, Julie ist doch nicht das einzige hübsche Mädchen auf der Welt. Du kannst fast jede haben", bemerkt Eddie lapidar.

„Ich will aber nicht jede! Außerdem weißt du bei den Mädchen nie, ob sie wirklich dich mögen oder nur deinen Ruhm!"

Eddie schaut Lucas fragend an. „Das war dir bei Julie zwischendurch aber auch nicht ganz klar, oder? Nach ihrem Abschiedsbrief meine ich. Außerdem war Julie anfangs auch nur ein Fan, wie die anderen."

Lucas schüttelt energisch den Kopf. „Nein! Sie war noch nie ein typischer Fan! Aber jedes Mal, wenn ich sie sehe, überkommen mich die Gefühle. Ich komme nicht von ihr los!"

Aufmunternd klopft Eddie seinem Freund auf die Schulter. „Wer weiß? Wir bekommen doch jetzt auch Tänzerinnen. Vielleicht ist ja da eine für dich dabei?"

Plötzlich reißt Lucas die Augen auf. „Eddie, das ist es! Glaubst du Pete wäre einverstanden, wenn wir unsere Tänzer aus der Roehampton University auswählen?"

„Du willst Studenten nehmen?", hakt Eddie unsicher nach.

„Ja, warum nicht? Du hast sie doch heute bei Timberlake gesehen. Sie waren echt gut!"

„Dieser Vorschlag hat nicht zufällig damit zu tun, dass Julie auf dieser Universität ist?"

„Vielleicht? Aber wir können sie doch vortanzen lassen... und wenn sie gut genug ist...?", setzt Lucas vorsichtig an.

Eddie schüttelt nur den Kopf über Lucas Vernarrtheit. Anschließend wendet er sich Miguel sowie Aaron und ihrem Computerspiel zu.

Lucas ist jedoch fest entschlossen, Pete zu überreden, die gesuchten Tänzer genau von dieser Universität zu nehmen.

Am Abend werden wir von einer Limosine abgeholt. Obwohl wir heute Mittag bereits in den Studios waren, sind wir sehr nervös, da es eine Live-Sendung ist und tausende von Zuschauern in der Halle und Millionen vor dem Fernseher sitzen. Noch dazu lässt mich der Gedanke nicht mehr los, dass ich Lucas erneut sehe. Werde ich Gelegenheit haben, mit ihm zu reden?

Als der Wagen vor den Studios hält, bemerke ich, dass überall hinter den Absperrungen Fans stehen. Auf dem kurzen Weg bis zum Eingang verfolgen uns Fotografen, die Bilder von uns schießen, ohne genau zu wissen, wer wir eigentlich sind.

Ich habe keine Zeit nach Danny oder Lucas Ausschau zu halten, Leon beordert uns ohne Umwege in die Garderobe. Danny müsste sich eigentlich im Backstage-Bereich aufhalten, da Leon ihm, auf meine Bitte hin, eine VIP-Karte hinterlegt hat.

Wir ziehen uns um und werden von einer Make-up-Artistin geschminkt. Nach einer gefühlten Ewigkeit kommt endlich Leon in unsere Garderobe, um uns für den Auftritt abzuholen. Nervös schleichen wir hinter ihm bis zum Bühnenaufgang. Obwohl wir die Studios bereits kennen, kommt uns alles neu und verändert vor. Ständig laufen Leute herum, sprechen in ihre Funkgeräte oder geben Anweisungen an anderes Personal. Es ist lauter, hektischer und enger, außerdem liegt eine Anspannung in der Luft, die fast greifbar ist. Während wir hinter der Bühne auf unseren Auftritt warten, kommt Justin zu uns, um uns zu begrüßen.

„Ganz ruhig Mädels! Wir machen es genauso wie bei der Generalprobe." Er zwinkert uns zu, was uns ein wenig beruhigt, und stellt sich vor uns. Kurz bevor wir auf die Bühne gehen, kommen uns die Moderatoren entgegen. Wir quetschen uns an ihnen vorbei die Treppe hinauf. Es ist wirklich eng hier! Die Verantwortlichen hätten ruhig etwas mehr Geld für einen größeren Bühnenaufgang investieren können!

Mit zittrigen Knien nehme ich auf der Bühne meine Position ein. Als die Musik beginnt, lässt die Anspannung augenblicklich nach und wir präsentieren eine fehlerfreie Show.

Nach Ende des Liedes verlassen wir Tänzerinnen eilig die Bühne. Justin bleibt im Rampenlicht stehen und wird von den Moderatoren noch interviewt. Hinter der Bühne fallen wir uns strahlend in die Arme und beglückwünschen uns zum gelungenen Auftritt. Wir sind so aufgedreht und mit Adrenalin voll gepumpt, dass wir lachend die Stufen hinunter hüpfen.

Erst am Ende der Treppe bemerke ich, dass Eddie vor mir steht. „Super gemacht, Julie!", lobt er mich lächelnd. Ich grinse zurück, bis mir plötzlich bewusst wird, dass ich gleich auf Lucas stoßen werde. Langsam schieben wir uns an Eddie vorbei, dann an Miguel, Ryan und Aaron. Und auf einmal steht Lucas vor mir. Nachdem der Aufgang so eng gehalten ist, bleibt mir nichts anderes übrig, als mich auch an ihm vorbei zu schieben. Als unsere Körper sich berühren, streifen Lucas Hände kurz die meinen. Für den Bruchteil einer Sekunde verharre ich und schaue ihm in die Augen. Wir stehen so nah voreinander, dass ich seinen Atem auf meinem Gesicht spüren kann. Ich rieche den mir bekannten Duft und fühle erneut, wie mein Körper auf ihn reagiert. Sehnsucht! Ich sehne mich danach, ihn zu berühren und zu küssen. Bevor die Gedanken richtig Gestalt annehmen, werde ich von Curly weiter geschoben und Lucas geht die Treppe hinauf. Ich drehe mich nach vorne und sehe …. Danny! Freudig überrascht laufe ich auf ihn zu und falle ihm in die Arme. Er hebt mich überschwänglich hoch und küsst mich auf die Wange.

Zur gleichen Zeit im Publikum:

Die Jungs von DB sehen noch wie Timberlake und die Tänzerinnen auf die Bühne kommen und ihre ersten Schritte tanzen, dann machen sie sich auf den Weg in den Backstagebereich. Sie warten vor dem Bühnenaufgang, bis der Act mit Timberlake vorbei ist. Nach Ende der Musik tauchen Julie, Danielle und Curly hinter der Bühne auf und fallen sich glücklich in die Arme. Lucas beobachtet sie und lächelt gerührt. Die Mädchen hüpfen die Treppe hinunter und schieben sich an Eddie und den anderen vorbei. Lucas kommt Julie immer näher. Langsam bewegt er sich an ihr vorbei. Mit seinen Fingerspitzen berührt er ihre Hände und spürt sofort wieder das Verlangen, sie in die Arme zu nehmen und zu küssen. Noch bevor er auf dieses Gefühl reagieren kann, wird Julie von Curly weiter geschoben. Langsam steigt er die Stufen hinauf. Bevor er die Bühne betritt, dreht er sich noch einmal zu Julie um. Plötzlich stürmt diese los und springt einem jungen Mann in die Arme. Dieser hebt sie lachend hoch und küsst sie auf die Wange. Lucas runzelt die Stirn. Der Typ kommt ihm bekannt vor. Nach kurzem Grübeln fällt ihm wieder ein, woher er diesen Kerl kennt. Er hat Julie in Berlin vom Hotel abgeholt. Für Lucas besteht kein Zweifel, dass es sich um Julies Freund handelt. Mit blutendem Herzen geht er auf die Bühne und hält seine Ansprache.

„Danny!", rufe ich glücklich und springe ihm regelrecht in die Arme. Ich freue mich so sehr, ihn zu sehen.

Danny grinst mich liebevoll an. „Du hast super getanzt! Wenn ich es nicht besser wüsste, würde ich behaupten, dass du Profitänzerin bist", neckt er mich. Ich grinse beleidigt zurück und merke, dass mittlerweile auch Danielle und Curly an uns herangetreten sind.

Stolz stelle ich den beiden meinen großen Bruder vor. „Das sind Danielle und Curly. Und das ist mein Bruder Danny!" Sie begrüßen sich freundlich, wobei mir nicht entgeht, dass Curly beim Blick in Dannys Augen rote Wangen bekommt und verlegen zu Boden blickt. Auch Danny schaut Curly etwas länger an als üblich, bevor er sich wieder an mich wendet.

Völlig unerwartet spüre ich eine Hand auf meiner Schulter. Ich drehe mich um und blicke in Aarons grinsendes Gesicht.

„Ich wollte dir nur noch einmal sagen, dass ihr toll getanzt habt. Für mich seid ihr jetzt schon Profis", äußert er bewundernd.

Fragend schaut er von mir zu Danny, weshalb ich ihm schnell meinen Bruder vorstelle. „Ihr kennt euch, glaube ich, schon vom Telefon her. Danny hat dir erzählt, dass ich in Roehampton bin." Sie begrüßen sich mit Handschlag und sind sich von Anfang an sympathisch. Aaron verabschiedet sich wieder, da er zurück ins Publikum muss.

Danny, Danielle, Curly und ich setzen uns auf die Barhocker und unterhalten uns über den Auftritt sowie das Studium.

Zur gleichen Zeit im Publikum:

Aaron schleicht leise zurück zu den anderen und setzt sich auf seinen Stuhl.

Lucas, der am Bühnenausgang bemerkt hat, wie Aaron zu Julie ging, flüstert neugierig: „Wo warst du denn so lange?"

„Bei Julie, warum?", grinst Aaron. „Und Lucas, der Typ, den wir in Berlin gesehen haben, das ist nicht Julies Freund, sondern ihr Bruder!" Nachdenklich schaut Lucas vor sich hin. *Dann hat sie mich doch nicht belogen? Ich Idiot! Warum habe ich sie nicht schon früher danach gefragt?*

An diesem Abend fahren wir zurück, ohne dass ich nochmals auf Lucas treffe.

Kapitel 20

Nach dem Auftritt fahren wir mit Dannys Leihwagen zurück zur Uni und treffen uns mit James, Brian und Lucy. Wir gehen außerhalb des Geländes in eine Bar, um den gelungenen Tag zu feiern. Die Stimmung ist ausgelassen, so dass es mir gelingt kein einziges Mal an Lucas zu denken. Danny flirtet mittlerweile heftig mit Curly sowie Danielle, wobei beide ihn anhimmeln und um seine Gunst bemüht sind. Erst spät abends kehren wir nach Hause zurück. Für den nächsten Tag haben wir uns mit Danny verabredet, der morgen etwas mit uns unternehmen möchte.

Am Sonntagmorgen stürmt Lucy aufgeregt ins Zimmer. „Julie!", weckt sie mich unsanft. „Du glaubst nicht, was ich gerade auf dem Weg zum Bad am schwarzen Brett entdeckt habe!"

Verschlafen blinzle ich ihr entgegen und strecke mich. „Was denn? Gibt's einen neuen Lehrer?", frage ich desinteressiert.

Genervt verdreht sie ihre Augen. „Nein! Am Dienstag kommt Coldplay und sucht Tänzer für seine Tournee!", ruft sie begeistert.

Beeindruckt setze ich mich auf. „Suchen die auch Erstsemester?", frage ich gähnend.

„Erst- und Zweitsemester!", antwortet sie schnell.

Ihr ist anzusehen, dass sie sich dieses Mal Hoffnung macht, ausgewählt zu werden.

Ich würde es ihr wirklich vergönnen.

Wir ziehen uns an und gehen zum Frühstücken. Kurze Zeit später kommt Danny und holt uns ab. Gemeinsam ziehen wir los in die Stadt. Danny will unbedingt zum London Eye. Die anderen sind ebenfalls begeistert von dem Vorschlag, mit dem bekannten Riesenrad zu fahren. Als wir vor der Attraktion in der Warteschlange stehen, ziehen vor meinem inneren Auge wieder die Bilder von vergangener Zeit vorbei. Die Fans, die die Jungs belagerten ... die Flucht durch die Straßen ... und die Sorge um Lucas, der verprügelt wurde.

James merkt, dass ich meinen Gedanken nachhänge und nimmt mich in den Arm: „Hey Julie, was ist los? Du schaust so traurig."

Ich verziehe meinen Mund zu einem kläglichen Lächeln. „Nichts! Es ist alles o.k." Er küsst mich und wir wenden uns der angeregten Unterhaltung unserer Freunde zu.

Entgegen meiner Befürchtung, wird der Tag in London doch noch lustig und unterhaltsam. Am Abend kommen wir erschöpft auf dem Uni-Gelände an und verabschieden uns von Danny, der Morgen bereits in der Früh wieder nach Hause fliegt.

Ich umarme ihn herzlich, dabei flüstere ich ihm ins Ohr: „Hast du dich schon für eine von beiden entschieden?"

Grinsend flüstert er mir zu: „Nein, die sind beide so süß mit ihren langen lockigen Haaren".

Ich schüttle lachend den Kopf und winke ihm ein letztes Mal zu, bevor ich mit James Arm in Arm zu meinem Wohngebäude gehe. Als ich mich nach ein paar Metern noch einmal zu Danny umdrehe, sehe ich, wie Curly und Danielle beide schluchzend in seinen Armen liegen.

Der Tag der nächsten Entscheidung kommt schneller als erwartet und alle sind sehr aufgeregt, weil Coldplay heute kommt, um Tänzer auszuwählen.

Das Vortanzen verläuft ähnlich wie bei Timberlake, nur dass es etwas länger dauert, bis alle Tänzer und Tänzerinnen auftreten konnten. Zum Schluss werden zwei Jungs und zwei Mädchen ausgewählt. Die Überraschung ist groß! Lucy ist mit dabei! Ich freue mich ehrlich für sie und falle ihr in die Arme. Sie ist so aufgeregt, sie kann es einfach nicht begreifen. Sie darf einen Monat lang mit Coldplay auf Tournee gehen. Die anderen ausgewählten Tänzer sind allesamt aus dem zweiten Semester. Die Tournee soll bereits nächste Wochen beginnen, deshalb muss sie jetzt jeden Tag die neuen Tänze einstudieren.

Am Nachmittag, sitze ich im Klassenzimmer und folge müde dem Theorieunterricht. Gelangweilt male ich kleine Herzchen auf ein Blatt Papier.
Unser Lehrer, Mr. Brown, reißt mich aus meinen Träumereien. „Ich habe noch eine Neuigkeit für euch. Es ist sehr kurzfristig, aber morgen kommt nochmals eine Band, die Tänzer für ihre Tournee sucht. Die Anfrage kam erst heute Morgen rein, deshalb kann ich euch auch nicht mehr dazu sagen. Ich weiß nicht einmal um welche Band es sich handelt. Also, viel Glück für morgen!"

Ein paar Stunden zuvor in London:

„Pete! Bitte!", fleht Lucas.
Pete schüttelt den Kopf. „Auf keinen Fall, Lucas! Wir brauchen ausgebildete Tänzer, nicht Grünschnäbel, die noch keine Erfahrung mit Tourneen haben. Wir sind zwei Wochen ohne Pause unterwegs, das ist für so junge Studenten eine Strapaze."
Lucas versucht es erneut. „Pete! Ich habe die Tänzerinnen gesehen, die sind super! Ich finde, wir sollten den Nachwuchstänzern eine Chance geben!" Nach einer kunstvollen Pause fügt er hinzu: „Hättest du damals als Anfänger nicht die Chance bekommen,

wärst du nie das geworden, was du jetzt bist! Das hast du uns oft genug erzählt, Pete!" Lucas weiß, dass er Pete an seinem wunden Punkt getroffen hat.

Verzweifelt schaut Pete zu Lucas. „Wenn du mir so kommst, gehen mir die Argumente aus. In Ordnung! Am Donnerstag ist das Vortanzen der Profitänzer. Wenn wir uns die Studenten der Roehampton vorher ansehen wollen, muss das daher bereits morgen sein. Ich weiß nicht, ob das so kurzfristig klappt! Und selbst wenn, dann kann ich dir nicht versprechen, dass wir Tänzer von dort nehmen, verstanden?"

Spontan fällt Lucas Pete um den Hals und küsst ihn auf die Stirn. „Danke!", ruft er glücklich und stürmt im nächsten Moment aus der Tür.

Am Abend treffen wir uns erneut auf der Bühne und trainieren für den nächsten Tag. Für eine ganze Tournee engagiert zu werden, ist der Traum eines jeden Tänzers.

Kapitel 21

Vormittags findet noch der normale Unterricht statt, da die Band erst am Nachmittag erscheint. Wir sind alle mit den Gedanken beim Vortanzen und löchern Leon über Details der Band.

„Leute! Ich kann euch wirklich nichts sagen. Wir haben gestern einen Anruf vom Manager der Band erhalten, ob es möglich wäre, heute ein Vortanzen abzuhalten. Mehr wissen wir nicht! Er war sehr verschwiegen, was weitere Details angeht." Enttäuscht geben wir uns mit der Antwort zufrieden und führen weiter unsere Dehnübungen aus.

Nach dem Mittagessen ist es dann endlich soweit. Neugierig versammeln wir uns auf der Bühne. Die Band sitzt bereits im Zuschauerraum, allerdings ganz oben auf den hinteren Stuhlreihen, wo wir sie nicht erkennen können, da das Licht nicht bis dort reicht. Wir sehen schemenhaft, dass es sich um fünf Personen handelt. Eine Reihe tiefer sitzen weitere drei Personen.

Da dieses Mal alle Semester an dem Vortanzen teilnehmen dürfen, werden wir in mehrere Gruppen aufgeteilt. Gegen Abend ist die Gruppe der

Auserwählten auf zehn Jungs und zehn Mädchen geschrumpft. Neben Danielle bin ich das einzige Mädchen aus dem ersten Semester. Die anderen sind alle aus dem dritten und vierten Semester. Bei den Jungs sind James und Brian die einzigen aus unserer Klasse. Jetzt geht es in die entscheidende Phase des Vortanzens.

Bevor wir mit dem Tanz beginnen, versuche ich angestrengt die Bandmitglieder in den hinteren Rängen zu erkennen, was mir aber nicht wirklich gelingt. Nachdem wir unseren Tanz beendet haben, wird verkündet, dass die endgültige Entscheidung einige Minuten in Anspruch nimmt. Wir setzen uns auf die Bühne oder in den Zuschauerraum und warten ungeduldig, dass die Zeit vergeht.

Zur gleichen Zeit auf den oberen Rängen:

Der letzte Tanz der zwanzig Personen auf der Bühne beginnt. Sie geben alle ihr Bestes. Pete und die beiden Berater aus der Crew machen sich Notizen auf ihren Blöcken. Lucas stellt beeindruckt fest, dass Julie wirklich sehr gut tanzt. Allerdings weiß er nicht, ob Pete sich für sie entscheiden wird. Nachdem die Musik zu Ende ist, drehen sich Pete und seine beiden Crewmitglieder zu den Jungs um.

„Ich finde die 19, 35, 40, 47 und 51 perfekt", zählt Pete geschäftsmäßig auf. Lucas braucht nicht auf die Bühne zu sehen, um zu wissen, dass Julie die Nr. 27 hat.

„Pete, was ist mit Julie, der Nr. 27?"

Pete schaut Lucas an und zuckt die Schultern. „Ich weiß, dass du sie unbedingt dabei haben willst, Lucas. Sie ist nicht besser und nicht schlechter als die übrigen Tänzer, aber vom Typ her passen die anderen einfach besser zusammen."

Lucas flucht in sich hinein. Er will sich damit nicht zufrieden geben. „Pete! Bitte! Gib ihr eine Chance! Was ist mit der 19? Die ist der gleiche Typ wie Julie. Kannst du mir einen guten Grund nennen, warum du sie willst und nicht Julie?"

„Nein! Den kann ich dir nicht nennen! Das sagt mir mein Bauchgefühl, o.k.?", gibt Pete barsch zurück.

Beleidigt lehnt sich Lucas zurück. Aaron und Eddie bemerken Lucas Verzweiflung und wenden sich an Pete: „Pete? Kannst du nicht die Fünf mit Julie zusammen tanzen lassen? Dann sehen wir doch, wer gut zusammen harmoniert", schlägt Eddie vor.

Pete gibt sich schließlich geschlagen und verkündet die Entscheidung den Wartenden: „Alle auf die Bühne bitte!", ruft er laut.

Nervös sitze ich bei Lucy im Publikum und warte auf die Entscheidung. In der Luft liegt eine Anspannung, die ich nicht erklären kann. Erneut drehe ich mich um und blicke zu den oberen Rängen, kann aber immer noch nicht erkennen, wer sich dort oben aufhält. Plötzlich hören wir eine dunkle, kräftige Stimme durch den Saal: „Alle auf die Bühne bitte!" Augenblicklich runzle ich die Stirn, da mir die Stimme bekannt vorkommt. Während ich zur Bühne hinaufgehe, überlege ich angestrengt, woher ich diese Stimme kenne.

„Ich rufe jetzt sechs Nummern auf, welche gemeinsam nochmals den letzten Tanz vorführen. Unter diesen Tänzern wählen wir dann aus."

Aufgeregt schauen wir zu Leon, der uns aufmunternd zulächelt. Die Stimme spricht deutlich. „19, 27, 35, 40, 47 und 51." Als meine Nummer aufgerufen wird, springt mein Herz bis zum Hals. James mit der 40 und Brian mit der 47 sind auch dabei. Die anderen drei sind Mädchen aus den höheren Semestern.

Mit klopfendem Herzen stellen wir uns auf. Der gesamte Tanz harmoniert und läuft fehlerfrei ab. Am Schluss des Liedes drehe ich mich zu James und lächle ihn an. Er zwinkert mir zu und lächelt liebevoll zurück.

Anschließend stellen wir uns wieder nebeneinander auf der Bühne auf und warten gespannt auf die Entscheidung der Band.

Es dauert nicht lange, da hören wir erneut die entscheidende Stimme: „Eine von euch ist nicht dabei und das ist die Nummer ….19". Wir anderen jubeln und freuen uns, bevor Sabrina, die Nr. 19, von uns getröstet wird. Ich hüpfe zu Lucy hinunter und umarme sie glücklich. Anschließend steige ich wieder auf die Bühne und laufe James entgegen. Er nimmt mich in den Arm und hebt mich hoch. „Hey, Cherie! Wir haben es beide geschafft! Wir gehen zusammen auf Tournee!" Er küsst mich innig, wobei er mich fest an sich drückt. Als er mich absetzt schaut er unschlüssig an mir vorbei. Besorgt drehe ich mich um.

Zur gleichen Zeit vor der Bühne:

Nach der Verkündung läuft Lucas die Treppe hinunter. Er möchte Julie gratulieren und sich zu erkennen geben, da er sich sicher ist, dass ihre Liebe eine neue Chance bekommen hat. Abrupt bleibt er vor der Bühne stehen. Julie läuft gerade auf einen Jungen zu und wirft sich in seine Arme. Sie küssen sich eng umschlungen. Als der junge Mann Julie absetzt schaut er Lucas direkt in die Augen. Beide blicken sich abschätzend an. In diesem Moment ist Lucas klar, dass es ein Fehler war, Julie auszuwählen. Wenn sie und dieser Tänzer ein Paar sind, wird es für ihn unerträglich die beiden täglich zusammen zu sehen.

Ich traue meinen Augen kaum! Lucas? Im ersten Moment bin ich verwirrt, dann sehe ich, wie Aaron, Eddie, Miguel und Ryan die Stufen hinunter kommen. Jetzt fällt mir plötzlich auch ein, woher ich die Stimme kannet. Pete! Mir wird schwindlig. James stützt mich, während Lucas uns anspricht.

„Glückwunsch! Ihr geht mit uns für zwei Wochen auf Tournee". Ohne ein weiteres Wort dreht er sich um und verlässt die Bühne.

James blickt mich besorgt an. „Was ist los Julie? Geht's dir nicht gut?". Er führt mich zu den Stühlen und gibt mir etwas zu trinken. Ich kann es nicht fassen! Warum kommt Lucas ausgerechnet an meine Universität, um sich Tänzer auszusuchen? Ist das Zufall? Jetzt muss ich mehrere Wochen mit DB auf Tour gehen, wobei ich Lucas jeden Tag sehe! Wie soll ich das überstehen? Außerdem ist James dabei. Mir wird schlagartig bewusst, dass das nicht gut gehen kann. Plötzlich fühle ich mich miserabel. Ich springe auf und flüchte Richtung Ausgang. James läuft mir nach und hält mich zurück.

„Bitte James! Lass mich! Ich brauch jetzt einfach etwas Zeit für mich", bitte ich ihn inständig. Er lässt mich augenblicklich los und ahnt, dass mein Verhalten etwas mit Lucas Sheffield zu tun haben muss. Ich stürme aus dem Saal, ohne mich noch einmal umzusehen.

Über das mit Kies ausgelegte Gelände laufe ich zu unserem Wohngebäude. Dort lehne ich mich mit der Stirn an die kühlende Wand. Mir steigen Tränen in die Augen. Was soll ich jetzt tun? Wie soll ich mich verhalten? Wenn ich Lucas ständig vor meinen Augen sehe, kann ich nicht mehr klar denken! Das ist James gegenüber nicht fair. Ist es möglich, dass ich beide Jungs liebe? Ich kann meine Gefühle im Moment überhaupt nicht einordnen.

Während ich darüber nachdenke was ich tun soll, höre ich eine sanfte Stimme hinter mir. „Julie?"
Noch bevor ich mich umdrehe, weiß ich, dass es Lucas ist. Traurig schaue ich ihm in die Augen, während er besorgt näher kommt.
„Was ist los? Freust du dich nicht, dass du ausgewählt wurdest?"
„Nein! Doch natürlich! Aber…" Mir bleiben die Worte im Hals stecken. Lucas legt seine Hand an meine Wange und streichelt mir zärtlich die Tränen weg. Das Gefühl, das mich in diesem Moment überkommt, hatte ich zuletzt im Hotel in Berlin. Langsam zieht er mich zu sich heran und nimmt mich in den Arm. Ich kann meine Tränen nicht mehr

zurückhalten und weine hemmungslos an seine Schulter.

Nachdem ich mich etwas beruhigt habe, erkläre ich leise: „Lucas! Ich habe seit drei Monaten einen Freund."

„Das habe ich gesehen. Liebst du ihn?"

„Ja! Ich liebe James. Und trotzdem …. wenn ich dich sehe …"

Lucas versetzt es einen Stich ins Herz. „Ich habe so lange auf dich gewartet. Und jetzt komme ich zu spät", gibt er mit trauriger, leiser Stimme zu.

Verwirrt schaue ich ihn an. „Aber … bist du nicht mehr mit Isabel zusammen?"

Verwundert schüttelt er den Kopf. „Nein! Das habe ich dir doch in Berlin schon gesagt. Ich bin seit damals in London nicht mehr mit ihr zusammen. Wie kommst du darauf?"

Es ist mir peinlich, dass ich ihm nicht geglaubt habe. „Im Hotel … da hast du doch mit ihr telefoniert. Es hat sich so verliebt angehört, da dachte ich …"

Als ihm die Situation wieder ins Gedächtnis kommt, schaut er mich entsetzt an. „Du hast gedacht ich telefoniere mit Bel?" Ich nicke. Lucas lächelt erleichtert und erklärt zärtlich: „Das war Amy. Sie hat mich von Isabels Handy angerufen. Sie hatte Sehnsucht nach mir und wollte mit mir sprechen."

Schlagartig wird mir klar, dass er die ganze Zeit die Wahrheit gesagt hat.

Jetzt ist es Lucas der kleinlaut wird. „Es gibt auch einen Grund, warum ich mich nicht bei dir gemeldet habe."

Neugierig warte ich auf eine Erklärung.

„Ich dachte, dass Danny dein Freund ist. Ich habe euch in Berlin am Auto gesehen und auch bei den BRIT Awards."

Traurig versuche ich zu lächeln, da mir bewusst wird, welche Missverständnisse verhindert haben, dass wir zusammen kommen. Aber jetzt ist es zu spät.

„Was machen wir jetzt?", frage ich hoffnungsvoll. Er schaut mir tief in die Augen, bevor er traurig antwortet: „Du bist mit James zusammen. Und solange du ihn liebst, gehörst du zu ihm. Es wird auf der Tournee für mich schwierig, wenn ich dich ständig sehe und weiß, dass du ihm gehörst. Aber ich muss irgendwie damit klar kommen." Suchend greife ich nach seinen Händen und halte sie fest. Wie üblich, wenn ich ihn berühre, durchfährt mich ein leichtes Kribbeln. Ich würde ihn so gerne küssen und in den Arm nehmen, aber ich halte mich zurück. Ich will James nicht hintergehen.

Völlig unerwartet lässt Lucas meine Hände los. „Ich gehe jetzt besser zurück. Wir sehen uns ab morgen täglich zu den Proben. Und in zwei Wochen geht es los nach Amerika." Er lächelt mir zu. Dann dreht er sich um und geht zurück zu seiner Band.

Verzweifelt laufe ich in mein Zimmer und werfe mich auf mein Bett. Die Tränen fließen in Strömen. Warum liebe ich zwei Männer gleichzeitig? Liebe ich sie auch gleich stark? Ist das überhaupt möglich? Ich bin mir sicher, dass ich James liebe. Ich will mit ihm zusammen sein und fühle mich gut bei ihm. Allerdings sind die Gefühle, die Lucas in mir auslöst, so schwer zu beschreiben, dass ich mir nicht sicher bin ob das noch Liebe ist oder etwas viel größeres, unbeschreiblich Magisches.

Kapitel 22

Wir liegen eng umschlungen auf meinem Bett und küssen uns leidenschaftlich. Ich streiche James über seinen Rücken und weiß, dass ich mit ihm zusammen sein will. Seine Küsse wandern an meinem Hals hinunter zu meinem Dekoltee. Er blickt kurz auf und schaut mich an. Erschrocken starre ich ihn an. Die blauen Augen die mich ansehen gehören nicht James! Sie gehören Lucas! Er lächelt mich an, so dass mein ganzer Körper vor Verlangen schmerzt. Wir küssen uns erneut und plötzlich habe ich das Gefühl mit meiner Liebe zu Lucas zu verschmelzen. Ich drücke ihn fest an mich, um ihn nie wieder zu verlieren. Im nächsten Augenblick sehe ich wieder James über mir und meine Gefühle überschlagen sich. Eine Mischung aus Trauer, Verzweiflung und Liebe überkommt mich. Trauer – Lucas verloren zu haben, Verzweiflung – wie ich mich entscheiden soll, Liebe - zu beiden Männern.

Schlagartiger Szenenwechsel:

Ich stehe auf der Bühne. Vor mir befinden sich Lucas und James. Sie drehen sich zu mir um und reichen mir ihre Hände. Ich greife mit der rechten Hand nach Lucas und mit der linken nach James. Wir stehen vor dem Publikum, welches laut applaudiert.

Plötzlich entfernen sich die beiden von mir und versuchen mich mit sich zu ziehen. Lucas entfernt sich nach rechts, James geht nach links. Immer fester ziehen und zerren sie an meinen Armen. Der Schmerz wird unerträglich - ich versuche vergeblich von ihnen loszukommen. Unsere Hände sind wie verschmolzen, weshalb ich mich von keinem von beiden trennen kann. Sie ziehen noch fester an mir! Sie zerreißen mich! Ich stehe in der Mitte und kann nicht fliehen. Kurz bevor ich glaube, der Schmerz würde mich umbringen, schreie ich laut los …

Verschwitzt schrecke ich von meinem Bett hoch und brauche ein paar Sekunden, um zu begreifen, dass ich nur geträumt habe. Erschöpft, aber erleichtert, sinke ich auf mein Kissen zurück und starre an die Decke. Es ist noch dunkel draußen. Lucy dreht sich schmatzend zur Seite und schläft seelenruhig weiter.

Was für ein fürchterlicher Traum! Ich erinnere mich an die Szene auf dem Bett. Es war schön mit James, bei ihm fühlte ich mich wohl und behütet. Als ich aber erkannte, dass es Lucas war, der mich küsste, war das Gefühl anders, intensiver, mein Körper schmerzte vor Verlangen. Und es war fast unerträglich, als er wieder weg war. Dann auf der Bühne; beide Jungs zerrten an mir. Ich konnte keinen von beiden loslassen, um den Schmerz zu verhindern.

Ich weiß, dass Träume eine Bedeutung haben und was dieser Traum mir sagen will, ahne ich bereits.

Meine Erinnerungen schweifen in die Vergangenheit ab. So muss Lucas sich damals gefühlt haben, als er sich zwischen mir und Isabel entscheiden musste.

Ich stehe auf und schleiche leise zur Tür, um Lucy nicht zu wecken. Auf dem Weg zum Badezimmer treffe ich auf Mary. Sie kommt mir mit einem Bademantel bekleidet sowie einer Kanne Tee in der Hand entgegen. „Julie! Kannst du nicht schlafen? Oder bist du schon so früh wach?", fragt sie leise.
„Ich hatte einen furchtbaren Albtraum!", antworte ich wahrheitsgemäß.
Mitfühlend schaut sie mich an. „Möchtest du eine Tasse Tee mit mir trinken? Ich kann auch nicht mehr schlafen."
„Gerne, Mary", entgegne ich lächelnd. Gemeinsam gehen wir in ihr Zimmer und setzen uns auf die beiden Stühle.
Nachdem Mary den Tee in die Tassen geschenkt hat schaut sie mich aufmunternd an. „Jetzt erzähl mal, Kindchen! Was hast du denn schlimmes geträumt?"
Zurückhaltend überlege ich, ob ich ihr von meinem Traum erzählen soll. Mary bemerkt, dass ich unschlüssig auf dem Stuhl hin und her rutsche.

Liebevoll tätschelt sie mein Knie. „Du musst es mir nicht erzählen, wenn du nicht willst. Wir können auch einfach nur hier sitzen und den Tee genießen."

In diesem Moment steigen mir die Tränen in die Augen und kullern einzeln über die Wangen.

„Ohje! So schlimm?", fragt Mary fürsorglich. Ich nicke schluchzend, während Mary mich tröstend in den Arm nimmt.

Nachdem ich mich etwas beruhigt habe fange ich an zu erzählen: „Warum ist Liebe so kompliziert, Mary?" Sie betrachtet mich mit einem wissenden Blick, lässt mich aber ungestört weitererzählen. „Kann man zwei Männer gleichzeitig lieben? Und liebt man sie dann beide auch gleich stark? Ich weiß nicht was ich machen soll." Beschämt vergrabe ich mein Gesicht in meinen Händen.

Mary legt behutsam einen Arm um mich. „Natürlich kannst du zwei Männer gleichzeitig lieben. Aber ob du beide gleich stark liebst, musst du selbst herausfinden. Vielleicht ist es auch eine andere Art von Liebe?"

Ich schüttle leicht den Kopf, wobei ich ihr verzweifelt in die Augen schaue. Plötzlich platzt die ganze Geschichte aus mir heraus. Ich erzähle ihr von meinem Aufenthalt als Au-per-Girl in London, von Lucas, von meiner Trauer über die zerbrochene Liebe, von James und von der jetzt für mich so schwierigen

Situation. Zum Schluss erzähle ich ihr von meinem heutigen Traum. „Hast du einen Ratschlag für mich, wie ich mich jetzt verhalten soll?", will ich von Mary wissen.

Sie überlegt kurz. Dann schaut sie mir fest in die Augen. „Höre bei der Liebe nur auf dein Herz, niemals auf andere Leute. Und oft ist der richtige Weg nicht immer der einfache. Nimm dir die Zeit, um herauszufinden, für wen deine Gefühle stärker sind."

„Und wenn ich nicht weiß, wen ich mehr liebe?", schluchze ich verzweifelt.

„Irgendwann wirst du es wissen", antwortet Mary sicher. Ihre Worte beeindrucken mich. Sie hören sich so einfach an. Für mich erscheint es aber als ein unlösbares Problem, mich für eine Liebe zu entscheiden. Ich bedanke mich bei ihr für den Tee sowie das Gespräch und trotte zurück in mein Zimmer.

Leise ziehe ich meinen Koffer unter dem Bett hervor und öffne ihn. Ein einziges Kleidungsstück habe ich nicht in den Schrank geräumt. Den weißen Pulli von Lucas. Seit ich in Roehampton bin, habe ich ihn noch nicht herausgeholt. Ich lege mich auf mein Bett und drücke den Pulli an meine Brust. Mein Gesicht versinkt in dem weichen Stoff und ganz, ganz leicht riecht er noch nach Lucas. Während mich die

Erinnerungen an ihn überkommen, schlafe ich wieder ein.

Kapitel 23

Am nächsten Morgen weckt mich Lucy. Völlig übermüdet stehe ich auf und schlürfe ins Bad. Beim Blick in den Spiegel erschrecke ich vor meinem eigenen Spiegelbild. Ich bin blass, mit dunklen Ringen unter den Augen. Die Proben beginnen heute und ich werde von nun an jeden Tag mit James und Lucas zusammen in einem Raum verbringen. Einerseits freue ich mich darauf, andererseits weiß ich nach wie vor noch nicht, wie ich mit dieser Situation umgehen soll.

Beim Frühstück schaut James mich besorgt an. „Guten Morgen! Wie geht's dir? Du schaust echt fertig aus!" Er gibt mir einen Kuss und setzt sich neben mich.

„Danke, ich fühl mich auch so! Ich habe nicht gut geschlafen", gebe ich beiläufig zu.

Nachdenklich betrachtet er mich. „Julie? Dein Verhalten gestern ... hatte das etwas mit Lucas zu tun?"

Erschrocken schaue ich auf. „Wie meinst du das?"

„Ich habe bemerkt, wie ihr euch angesehen habt. Ist zwischen euch mal was gelaufen?", antwortet er mit ernster Miene.

„Ja ... aber das ist lange her."

„Hat es noch eine Bedeutung für dich?"

Zögernd schaue ich James in die Augen, während ich ihm ehrlich antworte: „Ich weiß es nicht James. Aber ich weiß, dass ich dich liebe. Das musst du mir glauben."

„Aber vielleicht ist er noch nicht über dich hinweg?", überlegt James laut.

Im Stillen denke ich: Wenn du wüsstest. Laut sage ich: „Ja, kann schon sein".

Ich umarme ihn, um ihn zu beruhigen. „Mach dir bitte keine Sorgen! Ich bin mit dir zusammen und ich liebe dich." Wir küssen uns und das Thema ist für ihn erledigt. Vorerst!

Gegen Mittag erscheint ein Fahrer, der uns zu unserem ersten Trainingstag abholt. Wir steigen in den schwarzen Van und fahren zu den Studios, in welchen die Proben stattfinden. Vor dem Studio 4 steigen wir aus und gehen in den Tanzsaal. Enttäuscht stelle ich fest, dass die Jungs von der Band nicht da sind, sondern nur Pete. Er begrüßt uns und erklärt in kurzen Sätzen, was wir die nächsten Wochen lernen werden und was ihm bei der Ausführung der Tanzschritte wichtig ist. James und Brian sowie die beiden Mädchen Olivia und Agnes hören ihm aufmerksam zu. Meine Gedanken jedoch schweifen ab. Ich hoffe insgeheim, dass ich die Jungs heute noch zu Gesicht bekomme.

Nach einem langen anstrengenden Training zerplatzt meine Hoffnung auf ein Wiedersehen mit Lucas. Müde und erschöpft falle ich am Abend in mein Bett und schlafe umgehend ein.

Kapitel 24

Am nächsten Morgen wache ich gutgelaunt auf, während Lucy unschlüssig vor ihrem Kleiderschrank steht. „Guten Morgen Julie! Hast du Lust, dass wir uns heute Abend in der Stadt treffen und etwas trinken gehen? Heute ist doch mein letzter Abend, da ich ab morgen mit Coldplay auf Tournee bin".

„Natürlich! Nach dem Training habe ich Zeit", antworte ich begeistert. Wir vereinbaren die Zeit und den Treffpunkt und gehen, nachdem ich mich angezogen habe, zum Frühstück. Unsere Freunde sitzen bereits am Tisch und warten auf uns. Lucy fragt auch Brian und James, ob sie heute Abend mitkommen wollen.

Brian verzieht entschuldigend das Gesicht. „Sorry Lucy! Wir treffen uns heute Abend mit den Jungs aus der Zweiten zum Kartenspielen. Ist es schlimm, wenn wir nicht mitkommen?" Dabei schaut er abwechselnd mich und Lucy fragend an. Lucy überspielt ihre Enttäuschung und winkt ab. „Nein! Schon o.k.! Wir werden auch ohne euch Spaß haben." Dabei lächelt sie mich frech an.

Bei den Proben am heutigen Tag muss ich enttäuscht feststellen, dass die Bandmitglieder wieder nicht anwesend sind. Konzentriert und mit viel Ehrgeiz trainieren wir an diesem Tag unsere Schritte. Dabei vergeht die Zeit wie im Flug.

Plötzlich klatscht Pete in die Hände. „Genug für heute Jungs und Mädels. Ihr wart super!. Morgen kommen die Jungs dazu, dann proben wir alle zusammen. Gute Nacht!" Erst jetzt bemerke ich, wie anstrengend der Tag war und wie erschöpft ich bin. Trotzdem freue ich mich auf den Abend mit Lucy und begebe mich mit schnellen Schritten zur Garderobe. Nachdem ich mich kurz geduscht habe, ziehe ich mich an und gehe zu James und Brian. „Viel Spaß bei eurem Kartenspiel. Ich treffe mich jetzt mit Lucy und wir trinken einen leckeren Cocktail, oder auch zwei!" Dabei grinse ich James spielerisch beleidigt an, worauf er mich in den Arm nimmt.

„Ja, mach das, aber glaube nicht, dass wir keinen Spaß haben werden." Er küsst mich zärtlich und drückt mich an sich. Erst nachdem Brian sich lautstark räuspert, trennen wir uns voneinander. James grinst mich noch einmal kurz an, dreht sich um und verschwindet anschließend mit Brian aus der Tür. Ich lege mir noch ein wenig Schminke auf und mache mich dann auf den Weg zu Lucy.

Fünf Minuten vor dem vereinbarten Zeitpunkt stehe ich am Piccadilly Circus und warte auf die Ankunft meiner Zimmergenossin. Dabei schweifen meine Gedanken ab. Ich stelle mir vor, wie es morgen bei den Proben wird, wenn Lucas und die Jungs dabei sind. Wie so oft, wenn ich an Lucas denke, zieht sich mein Herz schmerzhaft zusammen. Wenn das so weiter geht, bekomme ich noch Herzprobleme! Ich muss lernen, damit umzugehen, dass James und Lucas um mich herum sind, ohne ein schlechtes Gewissen oder Herzschmerzen zu bekommen. Außerdem muss ich mich überhaupt nicht zwischen den beiden entscheiden - ich bin mit James zusammen! Mit Lucas läuft nichts mehr - wir sind nur Kollegen auf der Tournee. Wenn ich es schaffe, Abstand zu ihm zu halten, dann kann es zu keiner intimen Situation mehr kommen und mein Herz wird nur noch für einen schlagen. Für James!

Eine laute Polizeisirene reißt mich aus den Gedanken. Ich schaue auf meine Uhr und stelle fest, dass Lucy bereits fünfzehn Minuten Verspätung hat. Ungeduldig trete ich von einem Fuß auf den anderen und hoffe, dass sie bald kommt. Plötzlich klingelt mein Handy. Nachdem ich es endlich geschafft habe, es aus meiner überfüllten Tasche zu ziehen, hebe ich schnell ab. „Hallo?"

„Hey Julie! Es tut mir so leid!", jammert Lucy. „Ich habe heute Abend leider doch keine Zeit, wir müssen noch proben. Eigentlich wollten wir heute früher Schluss machen, aber bei einer der

Choreographien mussten wir alles umstellen, deshalb müssen wir noch bleiben." Sie hört sich verzweifelt und traurig an.

Schnell versuche ich, ihr das schlechte Gewissen zu nehmen. „Ach Lucy! Ist schon in Ordnung! Mach dir keine Gedanken! Ich fahre jetzt einfach nach Hause, dann sehen wir uns später noch."

Sie beteuert mir nochmals, wie leid es ihr tue, dann verabschieden wir uns.

Unschlüssig schaue ich mich um. Soll ich jetzt wirklich schon nach Hause fahren? James ist mit Brian beim Kartenspielen. Ich könnte zu Olivia und Agnes gehen… nein, zu denen habe ich noch keinen so guten Kontakt, da käme ich mir irgendwie aufdringlich vor. Mein Blick fällt auf die belebte Straße vor mir. Spontan beschließe ich, Richtung Oxford Street zu laufen und ein wenig durch die Geschäfte zu bummeln.

Nach einer Weile fängt es an zu Regnen. Während ich noch überlege, wo ich mich unterstellen soll, öffnet der Himmel plötzlich seine Schleusen und es schüttet wie aus Kübeln. Völlig überrascht laufe ich die Straße entlang und hoffe, dass die nächste U-Bahn-Station bald auftaucht. Durch den dichten Regenschleier erkenne ich auf der gegenüberliegenden Straßenseite das rettende leuchtende Schild der U-Bahn. Meine nassen Haare hängen mir mittlerweile ins Gesicht, so dass mir das Wasser mir über die Augen läuft. Ich setze einen Fuß auf die Fahrbahn, um sie zu überqueren. Schlagartig ertönt ein lautes Hupen und das Geräusch rutschender Reifen. Reflexartig drehe ich mich um und kann mich gerade noch mit den Händen auf der Motorhaube abstützen, bevor ich von dem Auto erfasst werde. Geschockt bleibe ich stehen und starre auf den roten Lack eines Minis. Die Fahrertür öffnet sich und Jemand stürzt auf mich zu. Zwei Hände packen mich an den Schultern und schütteln mich leicht. Erst jetzt löse ich meinen Blick von der Motorhaube und schaue in die Augen von … Lucas.

Im nächsten Moment geben meine Knie nach und ich sinke in seine Arme.
„Julie!", ruft Lucas besorgt. „Was um alles in der Welt…"
Die weiteren Worte bleiben für mich unverständlich. Ich fühle mich wie in Watte verpackt und nehme von der Außenwelt nicht mehr viel wahr. Er führt mich schnell zur Beifahrerseite, öffnet die Tür und schiebt mich vorsichtig auf den Sitz. Anschließend steigt er selbst ein und spricht mich erneut an. „Julie, geht es dir gut? Bist du verletzt?" Ängstlich schaut er mich an. Mittlerweile fange ich unkontrolliert an zu zittern. Völlig durchnässt und

leicht geschockt habe ich meine Gliedmaßen nicht mehr unter Kontrolle.

„Es...geht...mir... gut", antworte ich stotternd. Lucas lässt den Motor an und gibt Gas. Wenige Minuten später fährt er in einer Tiefgarage auf einen freien Stellplatz. Vorsichtig zieht er mich aus dem Sitz und legt mir seine trockene Jacke um die Schultern. Ich zittere noch immer am ganzen Körper, lasse mich jedoch anstandslos von ihm zum Aufzug führen. Gemeinsam fahren wir in das oberste Stockwerk. Lucas zieht seinen Schlüssel aus der Hosentasche und öffnet eine Tür mit der Aufschrift „P". Langsam trete ich in die geräumige Wohnung ein.

„Setz dich erst einmal hin, ich mache dir einen heißen Tee", sagt Lucas fürsorglich, während er mich auf ein weißes Ledersofa schiebt.

Nachdem ich mich gesetzt habe und Lucas in der Küche verschwunden ist, schaue ich mich um. An den Wänden hängen bunte Bilder. Ein großer Fernseher schmückt die Wand gegenüber des Sofas, darunter befinden sich mehrere Spielekonsolen. Die Möbel sind in weiß und schwarz gehalten, wobei der gesamte Raum sehr modern eingerichtet ist. Vom Wohnzimmer aus gehen mehrere Türen ab, es handelt sich anscheinend um eine größere Wohnung. Ein Blick aus dem Fenster verrät mir, dass wir uns in einem Penthouse befinden, da sich im Außenbereich eine großzügige Dachterrasse befindet. Lucas erscheint mit zwei dampfenden Tassen Tee in der Hand und stellt sie auf dem Tisch vor mir ab.

Anschließend setzt er sich mir gegenüber. „Geht's dir wieder besser?"

Zaghaft nicke ich. „Ja! Danke! Es geht schon wieder. Mir ist nur etwas kalt." Lucas steht sofort auf und zieht mich vom Sofa hoch.

„Du musst aus den nassen Klamotten raus", erklärt er besorgt, während er mich in Richtung eines der Zimmer zieht. Er führt mich in ein Schlafzimmer, in welchem sich ein großes Bett befindet sowie ein Kleiderschrank, der sich über die gesamte linke Wandseite erstreckt. Er öffnet eine der Schranktüren und holt eine Jogginghose sowie einen Pullover heraus. Beides legt er auf das Bett.

„Geh schnell unter die Dusche und dann zieh das hier an, dann wird dir gleich wärmer", befiehlt er fürsorglich. Im nächsten Moment dreht er sich um und verlässt das Zimmer. Auf einmal erinnere ich mich an meine Gedanken, als ich auf Lucy gewartet habe. Wollte ich mich nicht von Lucas fernhalten? Das Wissen, jetzt allein mit ihm in seiner Wohnung zu sein, macht mich nervös. Mein Bauch kribbelt und mein Herz schlägt schneller.

Konsequent nehme ich mir vor, nach einer heißen Dusche die Wohnung wieder zu verlassen und nach

Haus zu fahren. Mein Instinkt sagt mir ganz genau, was passiert, wenn ich hier bleibe.

Kapitel 25

Fest entschlossen gehe ich in das angrenzende Badezimmer, um meine nassen Sachen auszuziehen. Das heiße Wasser der Dusche umhüllt mich und wärmt mich auf. Mit jedem Wassertropfen spüle ich mehr von dem Schrecken des Zusammenstoßes weg. Nachdem mir warm genug ist, steige ich aus der Dusche, trockne mich mit einem frischen Handtuch ab und streife mir Lucas Pulli sowie seine Jogginghose über. Danach gehe ich barfuß ins Wohnzimmer und setze mich wieder auf das Sofa. Langsam, mit kleinen Schlucken, trinke ich den mittlerweile lauwarmen Tee. Lucas sitzt mir gegenüber und betrachtet mich schweigend.

„Wohnst du schon lange hier?", frage ich, um die Stille zu unterbrechen.

Lucas schaut sich um. „Seit einem halben Jahr etwa. Eddie und ich sind zusammen hier eingezogen."

Fragend schaue ich ihn an, woraufhin er schnell antwortet. „Die Wohnung ist sehr groß, sie hat insgesamt vier Zimmer". Plötzlich lehnt er sich nach vorne, schaut mir in die Augen und wird ernst. „Sag mal, warum bist du eigentlich alleine im Regen umhergelaufen?"

„Ich war mit Lucy verabredet, aber sie hatte dann doch keine Zeit. So bin ich dann alleine durch die Straßen gelaufen, bis es zu regnen anfing. Ich wollte zur U-Bahn, als ..."

„Du hast nicht auf die Straße gesehen, bevor du sie überqueren wolltest", unterbricht er mich tadelnd.

Betreten schaue ich auf meine Tasse. „Ich habe wohl nach links geschaut, anstatt nach rechts. Sorry."

„Schon gut! Zum Glück ist ja nichts passiert!", antwortet Lucas erleichtert.

Nach einer Weile des Schweigens spricht er mich vorsichtig an. „Julie? Kann ich dich mal was fragen? Ich weiß aber nicht, ob du überhaupt darüber reden willst."

Meine feinen Antennen wittern Gefahr. „Was meinst du?"

Lucas betrachtet seine Hände und scheint zu überlegen, wie er das Gespräch beginnen soll. Mit sanfter Stimme fängt er an. „Hast du die Worte damals in dem Brief wirklich so gemeint, wie du sie geschrieben hast? Das hat mich nämlich ziemlich verletzt. Eigentlich wollte ich es nicht glauben."

„Es hat DICH verletzt? Verdrehst du da nicht etwas? Ich war die, die verletzt war, weil du mich nur ausgenutzt hast. ...Das glaubte ich damals jedenfalls."

„Von was sprichst du? Ich habe dich nie ausgenutzt. Alles was zwischen uns war, war ehrlich gemeint", wehrt er sich gegen meine Vorwürfe.

„Du hast aber nie mit Isabel Schluss gemacht."

„Doch! Habe ich! Das habe ich dir doch erzählt."

„Ich habe damals erfahren, dass du schon andere Mädchen vor mir hattest, mit denen du es genauso gemacht hast."

„WAS!", schreit Lucas entsetzt aus. „Von was redest du da? Was soll ich mit anderen Mädchen genauso gemacht haben?"

Seine heftige Reaktion lässt mich kurz zweifeln. Leise erkläre ich ihm meine Bedenken. „Du hast die Mädchen umgarnt, bis du sie im Bett hattest. Anschließend hast du sie fallen gelassen und bist wieder zu Isabel zurück."

Ungläubig starrt Lucas mich an. Nur schwer kann er seine Tränen unterdrücken. „Julie! Wer hat dir so einen Mist über mich erzählt? Und wie kannst du so etwas nur glauben?"

Plötzlich bin ich mir nicht mehr sicher, dass ich wirklich einen Grund hatte, auf ihn sauer zu sein. Lucas steht auf und setzt sich neben mich. Er packt mich an den Schultern und dreht mich zu sich. „Sag schon! Wer hat das behauptet?", will er mit Nachdruck wissen.

Mir steigen die Tränen in die Augen. Plötzlich bin ich unsagbar traurig. Erneut schüttelt Lucas mich leicht an den Schultern, bis ich schließlich schluchzend einen Namen nenne. „Claire!"

Wie von der Tarantel gestochen springt Lucas auf. „Claire?", schreit er wütend. Er dreht sich zu mir um und schreit mich an. „Und du hast ihr geglaubt? Sie ist ein verlogenes Miststück. Sie ist eine Stalkerin und hat oft genug versucht, Isabel gegen mich aufzuhetzen."

Mittlerweile kann ich meine Tränen nicht mehr zurückhalten, sie strömen ohne Unterlass über meine Wangen. „Es tut mir so leid, Lucas", bringe ich schluchzend hervor.

Lucas besinnt sich mittlerweile und setzt sich wieder neben mich. Er nimmt mich in den Arm und streichelt mir tröstend über meine immer noch feuchten Haare. „Sie hat alles zerstört! Ich hätte ihren Worten niemals geglaubt, wenn ich es nicht in deinem Brief gelesen hätte. Aber den hat wohl auch sie geschrieben."

Mir wird bewusst, welches Missverständnis und welche Intrige uns auseinander gebracht haben. Nachdem ich mich etwas beruhigt habe, schaue ich zu Lucas auf. „Was stand in dem Brief, den du von mir bekommen hast?"

Nachdenklich lehnt Lucas sich zurück. „Es stand drin, dass du nur eine Romanze mit mir wolltest. Du wolltest einmal etwas mit einem Star zu tun haben. Zu Hause warte ein Freund auf dich, den du liebst und mit dem du deine Zukunft aufbauen willst. Dann stand dort noch, ich solle mich auf keinen Fall bei dir melden, du möchtest mit mir abschließen." Meine Augen weiten sich mit jedem Wort, das ich höre. Wie konnte Claire mir so etwas antun? Sie wusste, dass ich Lucas liebe. Hat die Eifersucht sie so krank gemacht, so böse, so verbittert?

Lucas greift nach meiner Hand und schaut mich eindringlich an. „Versprich mir, dass du niemandem mehr glaubst - außer mir - wenn es um meine Liebe zu dir geht. Claire hat uns so viel Zeit gestohlen. Und vermutlich ist es jetzt zu spät." Wir schauen uns tief in die Augen und ich habe das Gefühl, als gäbe es um uns herum nichts außer diesem Augenblick. Dieser Moment der Zweisamkeit, den uns keiner nehmen kann. Langsam beugt sich Lucas zu mir und kommt mir mit seinen Lippen immer näher. Die Welt um mich herum verschwindet. Auch James existiert nicht mehr für mich. Ich komme seinem Gesicht entgegen, bis unsere Lippen aufeinander treffen. Das bekannte Gefühl in meinem Bauch breitet sich aus. Ich ziehe seinen Kopf näher an mich heran, während er mich fest in seine Arme schließt.

Plötzlich hämmert es laut gegen die Türe. Erschrocken trennen wir uns und schauen uns fragend an. Erneut klopft es laut von draußen.

„Willst du nicht aufmachen?", frage ich unsicher.

Lucas schüttelt langsam den Kopf. Ein drittes Mal hören wir ein Hämmern, welches dringlicher und aggressiver zu werden scheint. Beunruhigt beobachte ich Lucas Reaktion und bekomme es plötzlich mit der Angst zu tun. Still und starr sitzt er vor mir.

„Lucas! Was ist los? Wer ist das?", flüstere ich ängstlich.

„Keine Ahnung! Aber niemand, den ich hier als Gast haben will. Eddie hat einen Schlüssel und bei anderen Besuchern hätte der Pförtner vorher angerufen und den Besuch angemeldet", flüstert er unruhig.

„Kannst du nicht den Pförtner rufen, damit er ….?" Ein lauter Knall unterbricht mich. Im nächsten Moment fliegt die Haustüre auf. Erschrocken schauen wir zur Tür und sehen, wie drei schwarz bekleidete Männer sich mit schweren Werkzeugen Eintritt verschafft haben.

Kapitel 26

Blitzschnell springt Lucas auf und zieht mich hinter sich her in sein Schlafzimmer. Er stürmt zu der großen Schrankwand und reißt eine der fünf Doppeltüren auf. Dahinter verbirgt sich eine schwere Metalltüre die er ruckartig öffnet. Bevor ich realisiere, was gerade passiert, schubst mich Lucas in den kleinen Raum und schließt hinter uns die Türe. Er drückt schnell auf einen großen roten Knopf, woraufhin sich unmittelbar danach drei Sicherheitsstreben in die Wände schieben. Die Tür ist von innen verriegelt.

Zitternd stehe ich in der Mitte des etwa zehn Quadratmeter großen Raumes und schaue mich um. An der einen Seite steht ein Bett mit Decken darauf. An der gegenüberliegenden Seite befinden sich mehrere Bildschirme mit einem Schaltpult und vielen Knöpfen. Daneben steht eine Art Kühlschrank. Der Raum hat keine Fenster, jedoch eine Klimaanlage, die frische Luft zuführt.
„Wo sind wir hier?", frage ich ängstlich.
„Das ist mein Panic-Room", antwortet Lucas kurz.
„Ein Panic-Room?", stoße ich entsetzt aus.

Während Lucas die Bildschirme anstellt und an den Knöpfen dreht erklärt er beiläufig: „Ja! Den habe ich mir einbauen lassen." Als er sich zu mir dreht, bemerkt er, dass ich vor Angst zittere. Zweimal innerhalb weniger Stunden einem Schock ausgesetzt zu sein, das zerrt an den stärksten Nerven. Vorsichtig schiebt er mich auf das Bett und setzt sich neben mich. Ruhig klärt er mich auf. „Eddie und ich bekommen seit mehreren Monaten Drohbriefe."

„Drohbriefe? Wer sollte euch bedrohen wollen?", frage ich verwirrt.

„Wir haben nicht nur Fans, Julie. Wer Fans hat, hat auch Hater. Ob sie neidisch sind, oder Fan von einem anderen Popstar, was auch immer. Es gibt sie und sie sind nicht ungefährlich, wie du gerade gesehen hast".

Zur Unterstreichung seiner Worte knallt es laut gegen die Türe des kleinen Raumes. Lucas und ich schauen gleichzeitig zu den Monitoren und erkennen, dass eine der drei Personen vor der Türe zu unserem Versteck steht und mit einer Axt darauf einschlägt. Die anderen zwei Täter befinden sich im Wohnzimmer und schlagen mit ihren Werkzeugen auf die Möbel ein.

Ängstlich greife ich nach Lucas Arm und ziehe ihn zu mir. „Kommen die hier rein?", will ich mit zitternder Stimme wissen.

„Nein! Das schaffen sie nicht! Die Türe ist gepanzert und dreifach verriegelt. Die lässt sich nur von hier innen öffnen, von außen gibt es keine Möglichkeit, hier herein zu kommen."

„Und was machen wir jetzt?", frage ich zweifelnd.

„Jetzt haben wir ein Problem! Der Panic-Room ist noch nicht ganz fertig gestellt. Die Türe schließt und die Kameras funktionieren auch, aber die Verbindung zum Sicherheitsdienst ist noch nicht angeschlossen. Die Elektriker sollten in zwei Tagen kommen, um die letzten Anschlüsse vorzunehmen."

„Und was heißt das jetzt?", frage ich unsicher.

„Wir müssen hier drin bleiben, bis die Verrückten da draußen abziehen."

„Können wir nicht die Polizei rufen? Oder ist hier kein Empfang?"

„Natürlich haben wir hier Empfang. Hast du dein Handy dabei?"

Enttäuscht schüttle ich den Kopf. „Nein! Das habe ich in meiner Handtasche auf dem Sofa liegen."

„Mein Handy liegt auch draußen auf dem Tisch. Wenigstens sind wir hier drin sicher. Wenn nötig, können wir hier bis zu drei Tage aushalten." Er öffnet den Kühlschrank, der in Wirklichkeit ein Vorratsschrank ist und ich bemerke, dass sich darin Konserven, luftdicht verpackte Lebensmittel sowie einige Flaschen Wasser befinden.

„Und wenn ich mal zur Toilette muss?", frage ich schüchtern. Lucas dreht sich um und zieht unter einem kleinen Tisch eine Chemie-Toilette hervor. Eine solche, wie man sie in Wohnwägen und Wohnmobilen benutzt. Erneut kracht es laut an die Tür und ein Blick zum Monitor verrät uns, dass einer der Täter jetzt mit einem großen Vorschlaghammer auf die Tür einschlägt.

Langsam wächst mein Vertrauen zur Stabilität der Tür. Lucas beobachtet angespannt die Bildschirme. Mittlerweile hat sich die Zerstörungswut der Eindringlinge auf das Schlafzimmer von Eddie und auf die Küche ausgebreitet.

„Wann kommt denn Eddie zurück?", will ich von Lucas wissen.

„Keine Ahnung! Heute wahrscheinlich gar nicht mehr. Er ist mit Ryan in einem Club und übernachtet dann bei ihm."

Lucas setzt sich neben mich. Fürsorglich legt er den Arm um meine Schultern. „Geht es dir gut? Oder hast du noch Angst?"

„Was willst du hören? Mit dir an meiner Seite habe ich vor nichts Angst?" Ich lächle ihn schwach an.

Er verzieht den Mund zu einem leichten Lächeln. „Nein! Ich will die Wahrheit hören."

„Ja! Ich habe noch Angst. Aber nicht nur vor den Männern da draußen", flüstere ich unsicher.

Lucas schaut mich fragend an und ich halte seinem Blick stand. Nach einer kurzen Pause ergänze ich: „Ich habe auch Angst davor, was aus uns wird. Hier drinnen sind nur wir beide, aber da draußen, da gibt es James…" Ein dicker Kloß in meinem Hals verhindert, dass ich weiter spreche. Lucas nickt verständnisvoll. Erneut steht er auf und geht zu den Monitoren. Er schaltet ein paar Mal um. So können wir beobachten, wie die Männer es sich mittlerweile im Wohnzimmer bequem machen.

„Oh mein Gott!", sagt Lucas ungläubig. „Die wollen anscheinend warten, bis wir wieder raus kommen".

„Dann können wir nur hoffen, dass es ihnen zu lange dauert und sie irgendwann aufgeben", entgegne ich hoffnungsvoll.

Kapitel 27

Nachdem ich mich damit abgefunden habe, dass wir die Nacht in der kleinen Kammer verbringen müssen, lege ich mich seitlich auf das Bett und ziehe die Beine an. Lucas breitet die Decke über mir aus. Danach setzt er sich auf den einzigen Stuhl im Raum und verschränkt die Arme. Ich beobachte ihn und überlege, ob ich ihn bitten soll, sich zu mir zu legen. Ich bin mir unsicher, denn ich weiß, was passiert, wenn er neben mir liegt, mich im Arm hält und ich seine Nähe spüre. Zuerst würden wir uns küssen, dann würden unsere Hände an unseren Körpern entlang wandern und irgendwann könnte sich keiner von uns beiden mehr beherrschen und wir würden miteinander schlafen. Beim Gedanken daran kribbelt mein Bauch und ich spüre ein Ziehen im Unterleib. Mein Körper will es, aber mein Geist sträubt sich dagegen. Ich bin mit James zusammen und ich will ihm treu bleiben.

Als ich irgendwann aufwache, spüre ich einen Arm, der auf meinem Bauch liegt. An meinem Rücken lehnt ein warmer Körper und ich höre das gleichmäßige Atmen hinter mir. Schlagartig wird mir wieder bewusst, dass ich mit Lucas in seinem Panic-Room eingeschlossen bin. Langsam setze ich mich auf und betrachte den Monitor. Die drei Männer sitzen nach wie vor auf dem Sofa im Wohnzimmer. Von der rot leuchtenden Digitaluhr im Raum lese ich ab, dass es Zwei Uhr morgens ist. Vorsichtig drehe ich mich um und stütze mich auf meinen Ellbogen. Lucas muss sich, als ich bereits geschlafen habe, neben mich gelegt haben. Ich beobachte seine Gesichtszüge und erinnere mich an die Zeit, als ich ihn kennen gelernt habe. Wie glücklich wir damals waren, nach der Nacht im Hotel. Wir haben an eine gemeinsame Zukunft geglaubt. Dann kam so abrupt das Ende. Durch Lügen, die gemeiner nicht hätten sein können. Ich weiß jetzt, dass ich Claire niemals hätte glauben dürfen. Ich allein bin schuld daran, dass unsere Liebe zerbrochen ist. Und jetzt? Jetzt bin ich wieder schuld, dass unsere Liebe keine Chance hat. Weil ich mit James zusammen bin! Oder soll ich mit James Schluss machen? Jetzt, wo wir zusammen auf Tournee gehen? Das würde nicht gut gehen. Außerdem möchte ich ihm nicht wehtun. James würde sicher die Tournee absagen. Somit würde ich James auch noch seiner beruflichen Karriere im Wege stehen. Woran bin ich eigentlich nicht schuld? Ich lege mich auf den Rücken und starre an die Decke.

Plötzlich spüre ich eine Bewegung neben mir. Lucas öffnet die Augen und schaut mich an. „Bist du schon wieder wach?", fragt er schläfrig. „Was machen die Typen draußen?", will er mit Blick auf den Bildschirm wissen.

„Die fühlen sich wohl und denken nicht daran aufzugeben", antworte ich leise.

Lucas stützt sich seitlich auf und schaut mich zärtlich an. Ein Ziehen im Brustbereich signalisiert mir, dass seine Blicke nicht ohne Folge bleiben. Sehnsüchtig schauen wir uns an, bis Lucas es nicht mehr erträgt und mich zärtlich auf die Lippen küsst. Ich will ihn abhalten, schaffe es aber nicht, da mein Verlangen nach ihm zu groß ist. Wir umarmen und küssen uns innig und leidenschaftlich. Ich greife ihm in seine Haare und ziehe ihn näher an mich heran. Meine Hände wandern über seinen Rücken und unter sein Shirt. Seine Küsse werden immer fordernder. Seine Hand gleitet unter meinen Pulli. Ich habe keinen BH an, da dieser durchnässt im Badezimmer bei meiner anderen Kleidung liegt. Behutsam streichelt er meinen Bauch, wandert langsam hoch zu meinen Brüsten. Unser Atem wird schneller, das Verlangen immer größer. Lucas Hand gleitet nach unten zu der Jogginghose, die ich anhabe. Langsam schiebt er seine Hand in meine Hose ... Plötzlich, wie aus dem Nichts, sehe ich James Gesicht vor meinem inneren Auge. Erschrocken schiebe ich Lucas weg. „Nein!", wehre ich ihn ab.

Verwirrt schaut er mich an. „Was ist los? Ich dachte, du willst es auch?"

Augenblicklich kommen mir die Tränen. „Ich will es ja auch, aber ich kann nicht", flüstere ich verzweifelt.

Lucas runzelt die Stirn. Dann scheint er plötzlich zu verstehen, was mich abhält. „Ist es wegen James?"

Ich nicke und schaue betreten zur Seite. Lucas lässt sich neben mich auf das Bett fallen und deckt uns beide zu. Er sagt kein Wort, was in diesem Moment für mich unerträglich ist.

„Lucas! Es tut mir so leid! Bitte sei nicht sauer auf mich. Ich will es wirklich, aber ich bin mit James zusammen und ich will ihn nicht betrügen", erkläre ich flehend.

„Glaubst du im Ernst, dass du ihm noch treu bist? Du betrügst ihn bereits jetzt! Wenn du mich küsst und mir sagst, dass du es eigentlich willst!" Er schüttelt verständnislos den Kopf. „Julie! Der Betrug findet doch nicht erst im Bett statt. Der Betrug beginnt schon im Herzen."

Ich weiß nicht, was ich darauf sagen soll, deshalb weine ich still vor mich hin. Liebevoll nimmt Lucas mich in den Arm und streichelt meine Wange. „Liebst du ihn?", fragt er leise. Ich nicke. „Warum küsst du mich dann und sagst, dass du mit mir schlafen willst?", bemerkt er ernst. Dabei schaut er mir streng in die Augen. Ich weiß, er erwartet eine Antwort. Wie soll ich ihm klarmachen, dass ich ihn und James liebe? Dass ich mich nicht entscheiden kann, mit wem ich zusammen sein will.

„Weil ich dich liebe", antworte ich leise.

Sein strenger Blick wird fragend. „Du liebst uns beide?"

Erneut nicke ich.

„Und liebst du uns beide auch gleich stark?", will er neugierig wissen.

Darauf kann ich nicht gleich antworten. Ich überlege und wäge ab. Ich stelle mir die Zeit mit James alleine vor. Meine Gefühle für ihn und was es für mich bedeuten würde, ihn zu verlieren. Nachdenklich schaue ich Lucas an und versuche mir über meine Gefühle für ihn klar zu werden. Wie kann man Liebe unterscheiden?

„Ich weiß es nicht!", presse ich unschlüssig hervor.

„Wie war es damals bei Aaron?", bringt Lucas mich auf andere Gedanken.

Verwundert schaue ich ihn an. „Ich liebe ihn immer noch! Aber nur als Freund, als sehr guten Freund, mehr war es nie."

„Du hast aber auch mit ihm rumgeknutscht und das nicht gerade zurückhaltend."

„Ja! Aber das ging meistens von Aaron aus. Und im Theater, da wollte ich dich nur eifersüchtig machen, wegen Isabel", erkläre ich kleinlaut.

„Das ist dir auch gelungen", erwidert Lucas wenig begeistert.

Plötzlich fällt mir wieder ein, dass Lucas in der gleichen Situation war wie ich jetzt. Er war mit Isabel zusammen und hat sich in mich verliebt.

„Lucas? Wie hast du dich damals zwischen Isabel und mir entschieden?"

Er muss nur kurz überlegen. „Ich konnte mich anfangs nicht entscheiden! Aber nach diesem verrückten Traum, den ich hatte… Als ihr beide gestorben seid, da habe ich nur an dich gedacht und danach war es mir klar." Ich lächle und wünsche mir in diesem Moment, die Entscheidung würde mir auch so leicht fallen.

Während ich noch über meine Gefühle grüble dreht sich Lucas zur Seite. „Dann versuchen wir jetzt am besten noch zu schlafen. Die da draußen gehen heute Nacht sicher nicht mehr. Hoffentlich kommt Eddie nicht, solange die Typen noch da sind. Wer weiß, was die ihm antun, wenn sie ihn in die Finger bekommen." Nachdenklich nimmt er mich in den Arm. „Gute Nacht, Babe. Wenn es James ist, den du willst, dann werde ich dich nicht mehr anrühren, versprochen! Alles andere wäre ihm gegenüber nicht fair." Er küsst mich auf die Stirn, legt den Kopf zur Seite und schließt die Augen.

Will ich das? Dass Lucas mich nicht mehr berührt? Keine Küsse, keine Umarmungen mehr? Bei diesen Gedanken zieht sich mein Magen zusammen. Was ist denn nun das Richtige? Warum müssen Beziehungen manchmal so kompliziert sein?

Kapitel 28

Um Sieben Uhr ist für mich die kurze Nacht vorbei. Lucas schläft noch neben mir. Sofort springe ich auf und schaue auf den Monitor, muss jedoch feststellen, dass die Typen sich immer noch im Wohnzimmer aufhalten. Jetzt müsste doch langsam mal jemand bemerken, dass hier etwas nicht stimmt! Als wären meine Gedanken erhört worden, erkenne ich, wie die Eingangstüre auffliegt und eine bewaffnete Spezialeinheit der Polizei hereinstürmt. Innerhalb weniger Sekunden sind die Täter überwältigt und werden in Handschellen abgeführt. Wie erstarrt stehe ich vor den Bildschirmen und beobachte, wie ein Polizist an unserer Tür herantritt und kräftig anklopft.

In diesem Moment schreckt Lucas hoch und blickt auf den Monitor. Er braucht einen Moment, um die Situation zu begreifen, springt dann aber an die Tür, um einen Schalter neben dem roten Knopf zu betätigen. Leise fahren die Sicherheitsriegel zurück und die Tür öffnet sich.
„Ist alles in Ordnung?", fragt der Polizist geschäftsmäßig.

„Ja, danke! Aber woher wussten Sie, dass wir Hilfe brauchen?", will jetzt Lucas wissen.

In diesem Augenblick erscheint der Pförtner in der Tür und kommt besorgt auf Lucas und mich zugelaufen. „Lucas, ist alles o.k.?", fragt er mit ängstlicher Stimme.

Lucas nickt. „Woher wussten Sie, dass hier eingebrochen wurde?"

„Durch den Notruf, natürlich!"

„Welcher Notruf? Ich dachte die Leitung zum Sicherheitsdienst ist noch nicht eingerichtet?", bringt Lucas erstaunt hervor.

„Ist sie auch nicht! Aber im Haus gibt es ein internes Notrufsystem, an welches der rote Schalter schon angeschlossen ist."

Nachdenklich blickt Lucas den nervösen Portier an. „Und warum hat das dann so lange dauert, bis Hilfe kam?"

Betreten kratzt sich der ältere Herr am Hinterkopf. „Tut mir leid, Lucas! Aber der Nachtportier hat die Anzeige des Notrufes am Schaltpult einfach übersehen. Als ich heute früh kam, ist es mir sofort aufgefallen und ich habe umgehend die Polizei gerufen."

In diesem Moment wandert Lucas Blick zu mir und wir denken anscheinend beide das gleiche. Hätte der Nachtportier den Notruf nicht übersehen, wären wir viel schneller befreit worden. Dann wäre es auch nicht zu der nächtlichen Liebesaktion gekommen. Ich weiß allerdings nicht, ob ich froh darüber wäre.

Nachdem die Polizei unsere Aussagen aufgenommen hat, packe ich meine immer noch feuchte Kleidung sowie meine Handtasche. „Ich gehe jetzt nach Hause. Wir sehen uns ja heute noch zu den Proben."

Lucas schüttelt den Kopf. „Nein! Ich lasse dich doch jetzt nicht alleine durch die Straßen wandern! Ich fahre dich selbstverständlich nach Hause!" Er schnappt sich seinen Schlüssel sowie seine Jacke und folgt mir aus der Wohnung. Die Heimfahrt verläuft schweigend.

Vor dem Unigelände verabschiede ich mich mit einem Lächeln von Lucas. „Bis später", rufe ich ihm noch zu, bevor er Gas gibt und sein Mini um die Ecke verschwindet.

Langsam drehe ich mich um und gehe den Steinweg entlang Richtung der Unterkünfte.

In Sichtweite des Wohnhauses kommt mir Mary entgegengelaufen. „Julie!", ruft sie aufgeregt und schließt mich glücklich in ihre Arme. „Wo warst du die ganze Nacht? Und was hast du für Sachen an? Wir haben uns solche Sorgen um dich gemacht! Auf dem Handy haben wir dich auch nicht erreicht!", plappert sie ohne Pause drauflos. Beruhigend erzähle ich mit knappen Worten, was mir heute Nacht widerfahren ist. Marys Augen werden während meiner Erzählung größer und größer.

„Und es geht dir wirklich gut? Dir ist nichts passiert?", fragt sie besorgt.

„Ja, wirklich! Aber ich würde jetzt gerne unter die Dusche gehen…", versuche ich ansatzweise zu erklären.

Verständnisvoll begleitet sie mich ins Haus.

Während ich unter der Dusche stehe, verbreitet sich mein nächtliches Abenteuer wie ein Lauffeuer auf dem Campus. Als ich wenig später im Frühstücksraum erscheine, starren mich alle Anwesenden an, während sie leise mit ihrem Nachbarn tuscheln. Unbeeindruckt setze ich mich zu James und Brian an den Tisch und ernte auch von ihnen zuerst nur ungläubige Blicke.

„Stimmt es, was Mary erzählt hat?", stößt Brian unverhohlen aus. James schaut mich nur abschätzend von der Seite an.

„Ja! Wenn sie es richtig weitererzählt hat, dann stimmt es!", gebe ich leise zu.

„Sie sagt, du warst die ganze Nacht mit Lucas eingeschlossen, weil ein paar Verrückte euch umbringen wollten!", flüstert er aufgeregt.

Erstaunt schaue ich auf. „Naja ... ob sie uns umbringen wollten, weiß ich nicht ... aber wir waren in einem Panic-Room eingeschlossen, das stimmt". Mir fällt auf, dass James sich auffällig ruhig verhält. „James, was ist los? Warum bist du so still?", will ich interessiert wissen.

Sein ernster Blick trifft mich ohne Vorwarnung. „Du warst die ganze Nacht mit Lucas zusammen?"

Mit einem leichten Nicken bestätige ich seine Frage, wobei ich bemerke, dass in seiner Stimme ein gekränkter Tonfall mitschwingt. James geht jedoch nicht weiter auf das Thema ein. Als wir fertig gefrühstückt haben, stehen wir auf und begeben uns zum Ausgang. James läuft mit zügigen Schritten voraus und geht, ohne mich eines weiteren Blickes zu würdigen, zu seinem Wohnhaus.

„James, warte!", rufe ich ihm hinterher, während ich mich beeile, ihn einzuholen. Abrupt bleibt er stehen und dreht sich zu mir um.

Fragend schaue ich ihn an. „Was ist los? Warum bist du so abweisend zu mir?"

Nachdenklich schaut er zur Seite. Im nächsten Moment wirft er mir gekränkt entgegen: „Ich überlege die ganze Zeit, ob du jetzt vielleicht lieber mit Lucas zusammen bist, als mit mir!"

Verständnislos betrachte ich ihn.

Die nächsten Worte spukt er regelrecht aus. „Ist heute Nacht zwischen euch was gelaufen? Ich spüre, dass du noch etwas für ihn empfindest! Und ich weiß auch, dass er noch in dich verliebt ist! Das erkenne ich an seinem Blick - wie er dich ansieht. Also was war heute Nacht wirklich los?"

Entsetzt starre ich James in die Augen. Warum schnauzt er mich so an? Glaubt er mir etwa nicht, dass wir eingesperrt waren? Glaubt er, dass das nur eine Ausrede ist? Soll ich ihm alle Einzelheiten berichten? Soll ich ihm von dem Kuss erzählen? Und dass ich beinahe mit Lucas geschlafen hätte? Ich bin mir sicher, dass er das nicht verstehen würde, also entscheide ich mich für eine harmlose Variante der Wahrheit. „James, wir waren wirklich eingeschlossen! Da waren drei total verrückte Typen, die in die Wohnung eingedrungen sind und wir mussten in den Panic-Room flüchten, weil ..."

„Ja! Das glaube ich dir auch! So was Verrücktes denkt sich kein Mensch aus. Aber kannst du mir vielleicht erklären, wie es überhaupt dazu kam, dass du bei Lucas in der Wohnung warst? Wolltest du dich nicht mit Lucy in der Stadt treffen?"

Schlagartig wird mir bewusst, dass James Eifersucht nicht allein auf der verbrachten Nacht mit Lucas beruht, sondern auf dem Umstand, dass ich mich mit ihm getroffen habe.

„Ja, das wollte ich! Aber Lucy musste absagen. Dann bin ich alleine durch die Stadt gelaufen, weil ich wusste, dass du mit Brian beim Kartenspielen bist.

Schlagartig hat es stark zu Regnen begonnen ... ich wollte mich irgendwo unterstellen ... bin über die Straße gelaufen und auf einmal stand Lucas mit seinem Auto vor mir. Er hat mich mit zu sich genommen und mir trockene Sachen gegeben. Und dann sind plötzlich die Typen aufgetaucht."

James schaut mich abschätzend an. Die Geschichte hört sich für ihn wahrscheinlich sehr schräg an. Aber was soll ich sonst erzählen? So war es nun mal!

„Und mehr ist nicht passiert?", hakt er zweifelnd nach.

„Nein! Wir haben uns nur unterhalten, mehr nicht! James, ich bin mit dir zusammen und ich liebe dich, das habe ich dir doch schon gesagt", erkläre ich bestimmt.

Nach einem kurzen Moment, wischt er die letzten Zweifel beiseite, nimmt mich in den Arm und drückt mich fest an sich. „Es tut mir leid Julie! Sorry, dass ich so eifersüchtig war, aber ich liebe dich so sehr und will dich nicht verlieren." Er küsst mich innig. „Glaubst du, wir können noch kurz verschwinden, bevor wir zum Tanzen abgeholt werden?"

Die Erleichterung, dass er nicht mehr sauer auf mich ist, überwiegt über dem Gefühl der Unsicherheit meiner Zuneigung für ihn. Hand in Hand laufen wir in sein Zimmer. James schließt die Tür und dreht den Schlüssel im Schloss um. Eng umschlungen fallen wir auf sein Bett. Die nächste Stunde versuche ich weder an Lucas, noch an die turbulente Nacht zu denken.

Kapitel 29

Gegen Mittag sind wir erneut in den Studios bei den Proben. Wir haben bereits zwei Tänze geübt, als die Tür aufgeht und die fünf Jungs hereinkommen.

Lucas hat seinen Kollegen mittlerweile von der nächtlichen Aktion der Einbrecher erzählt.

Aaron kommt besorgt auf mich zugelaufen und nimmt mich in den Arm. „Julie! Das muss ja der blanke Horror gewesen sein! Lucas hat es uns erzählt. Alles in Ordnung?" Lächelnd versichere ich ihm, dass es mir gut geht.

Als nächstes kommt Eddie zu mir. „Hey Julie! Da kann ich eigentlich froh sein, dass ich heute Nacht nicht nach Hause gekommen bin. Wer weiß, was die Typen gemacht hätten, wenn sie mich plötzlich gesehen hätten." Ich stimme ihm zu und begrüße als nächstes Miguel und Ryan. Zum Schluss kommt Lucas zu mir und reicht mir spontan die Hand. Danach begrüßt er auch James und Brian. James beobachtet jede seiner Bewegungen und nur mein strafender Blick hält ihn davon ab, Lucas anzusprechen.

Die Proben verlaufen gut und ohne größere Fehler. Lucas hält sich von mir fern, wie er es gestern

Nacht versprochen hat. Die Pausen verbringe ich mit James und Brian, oder auch mit Olivia und Agnes. Auch Aaron kommt einmal zu mir und unterhält sich mit mir über die bevorstehende Tournee.

Am Ende des Tages tritt Pete vor uns. „Leute! In vier Tagen geht es nach Amerika. Die Tänze habt ihr alle drauf! Die letzten Tage könnt ihr euch noch erholen und Kraft tanken." Gutgelaunt verabschieden wir uns voneinander und wünschen uns erholsame Tage. Als Lucas mir gegenüber steht, um mir die Hand zu reichen, schaut er mir nur kurz in die Augen und wünscht mir eine gute Zeit. Anschließend dreht er sich um und verlässt mit Eddie den Probenraum.

Warum schmerzt mein Herz schon wieder? Weil ich ihn vier Tage nicht sehe? Ich wollte es doch so! James nimmt mich in den Arm und zieht mich Richtung Ausgang. Hoffnungsvoll schaue ich ihn an. Ich wünsche mir so sehr, dass ich die freie Zeit mit ihm genießen kann, ohne ständig an Lucas denken zu müssen.

Obwohl Pete uns die Tage frei gegeben hat, führen wir täglich unsere Dehnübungen aus und arbeiten an unserer Kondition. Abends sitzen wir oft mit Freunden zusammen. Ich versuche wirklich, die Tage mit James zu genießen, was mir aber nur zeitweise gelingt, da meine Gedanken immer wieder zu Lucas abschweifen.

Am Abend vor der Abreise nach Amerika sitze ich allein in meinem Zimmer. Ich ziehe den Koffer unter dem Bett hervor und werfe ihn auf meine Matratze. Beim Öffnen fällt mein Blick sofort auf Lucas weißen Pulli, den er mir in Berlin gegeben hat. Wehmütig nehme ich ihn an mich und vergrabe mein Gesicht in ihm. Der Geruch, welcher mich monatelang in einsamen Stunden getröstet hat, ist mittlerweile verflogen. Er riecht nur noch nach Staub und Koffer. Ich beschließe, Lucas den Pulli sowie die ausgeliehene Kleidung bei nächster Gelegenheit zurück zu geben.

Kapitel 30

Am nächsten Morgen ist es endlich soweit. Aufgeregt stehe ich auf, ziehe mich schnell an und laufe zum Frühstücksraum. James, Brian, Olivia und Agnes sitzen bereits am Tisch und unterhalten sich über die bevorstehende Tournee. Nervös setze ich mich zu ihnen.

Einige Momente später kommt Leon zu uns an den Tisch. „Ich bin so glücklich, dass ihr für die Tournee ausgewählt wurdet! Genießt die Zeit und nehmt wichtige Erfahrungen mit! Diese Auftritte können der Anfang eurer Karriere sein! Ich wünsche euch alles Gute und natürlich auch viel Spaß!"

Gerührt von seinen eigenen Worten nimmt Leon jeden einzelnen von uns in den Arm und drückt uns zum Abschied. Um zehn Uhr werden wir mit zwei Taxis zum Flughafen Heathrow gebracht, wo wir die anderen Mitglieder der Band treffen sollen.

Wir sitzen auf den Stühlen in der Abflughalle und warten auf das Boarding. Die gesamte Crew der Band ist mittlerweile anwesend. Wie bereits letztes Jahr beim Dreh im Hyde Park überrascht es mich wieder, wie viele helfende Hände notwendig sind, damit diese Band auf Tournee gehen kann. Ein paar Minuten vor dem Boarding trödeln endlich auch die Jungs ein und begrüßen uns sowie die Crewmitglieder herzlich. Gekränkt stelle ich fest, dass Lucas mich mit der gleichen freundlichen Art begrüßt wie Olivia und Agnes. Weder hält er meine Hand länger, noch schaut er mich intensiver an.

Wir begeben uns ins Flugzeug und setzen uns auf unsere zugewiesenen Plätze. Bei einem Blick durch das Flugzeug stelle ich fest, dass Lucas ein paar Reihen hinter mir zwischen Eddie und Aaron sitzt. Somit laufen wir wohl während der langen Flugzeit keine Gefahr, aufeinander zu treffen. Und warum stört mich das? Was habe ich erwartet? Ich war doch diejenige, die ihn abgewiesen hat, weil ich mit James zusammen bin. Jetzt, wo Lucas sich von mir fern hält, bin ich wieder nicht zufrieden! Das wäre alles einfacher, wenn ich endlich wüsste was ich will!

Gleich zu Beginn des achtstündigen Fluges lehne ich mich an James Schulter und schlafe ein.

Ich bin auf dem Weg zur vorderen Bord-Toilette. Als ich bemerke, dass diese besetzt ist, drehe ich auf dem Absatz um und gehe in den hinteren Teil des Flugzeuges, wo sich eine weitere Toilette befindet. Als ich diese endlich erreicht habe, muss ich feststellen, dass sie ebenfalls besetzt ist. Geduldig warte ich, bis das Freizeichen erscheint. Als die Tür sich öffnet, steht plötzlich Lucas vor mir. Wir sehen uns in die Augen, können den Blick nicht abwenden. Blitzschnell greift Lucas nach meiner Hand und zieht mich zu sich in die Kabine. Nachdem er die Tür hinter mir geschlossen hat, verriegelt er sie. Es ist so eng, dass wir mit unseren Körpern eng aneinandergepresst in dem kleinen Raum stehen. Langsam nimmt Lucas mein Gesicht in seine Hände und fängt an, mich zärtlich zu küssen. Vorsichtig schiebt er seine Hände unter meinen Pulli und streicht mir zärtlich über den nackten Rücken. Auch meine Hände suchen den Weg unter sein Shirt. Unser Verlangen wird immer stärker. Seine Hände wandern zum Reißverschluss meiner Jeans. Mein Körper zuckt zusammen. Seine Küsse wandern an meinem Hals entlang bis zum Dekolltee. Ich habe das Gefühl unter seinen Händen zu zerschmelzen, zu explodieren. Plötzlich ruckelt das ganze Flugzeug und wirft uns fast um. Immer kräftiger schüttelt es uns von einer Seite zur anderen. Was passiert hier? Panisch reiße ich meine Augen auf.

Kapitel 31

Mit einem leisen Schrei öffne ich die Augen und blicke in James Gesicht. „Was ist los? Ist etwas passiert?", frage ich orientierungslos.

„Nein! Es ist alles in Ordnung! Aber du hast so fest geschlafen, dass ich dich wachrütteln musste. Wir landen in einer Stunde und falls du vorher noch etwas essen möchtest...", erklärt er beruhigend. Dabei zeigt er auf das Tablett vor mir, auf welchem ein Sandwich sowie verschiedene kleine Schalen mit Salat, Quark und Obst stehen.

„Hast du was Schönes geträumt?", fragt James liebevoll, während er mich küsst.

Unsicher verziehe ich den Mund. „Ja! Zwar etwas verwirrend, aber schön", antworte ich nachdenklich. Nach dem Essen schnalle ich mich ab und stehe auf, da ich nun wirklich auf die Toilette muss. Für einen Moment überlege ich, ob ich nach vorne oder nach hinten gehen soll. Beim Blick zur vorderen Toilette bemerke ich, dass bereits drei Leute anstehen und warten. Kurzerhand drehe ich mich um und begebe mich in den hinteren Teil des Flugzeugs. Als ich an der Sitzreihe von Lucas, Eddie und Aaron vorbeikomme, fällt mir auf, dass Lucas und Eddie nicht auf ihren Plätzen sind. Nachdenklich steuere ich auf die hintere Bordtoilette zu. Kurz bevor ich mein Ziel erreiche kommt mir Eddie entgegen. Freundlich lächelt er mich an, während er sich in dem engen Gang an mir vorbei schiebt. Vor der Tür angekommen werden meine Befürchtungen wahr. Die Tür ist verschlossen. Schlagartig holen mich die Erinnerungen an meinen Traum ein. In meinem Bauch breitet sich ein kribbelndes Gefühl aus. Plötzlich schnappt das Schild von „besetzt" auf „frei". Meine Anspannung wächst. Wer wird die Tür öffnen? Wie in Zeitlupe schiebt sich die Tür auf – im nächsten Moment schaue ich direkt in Lucas blaue Augen. Mein Herz setzt einen Schlag aus und mir schießt das Blut ins Gesicht. Was kommt jetzt? Wird der Traum wahr? Da ich die Situation weiterhin wie in Zeitlupe wahrnehme, erkenne ich, wie Lucas langsam seine Hand hebt und mir entgegenstreckt. Zieht er mich jetzt gleich zu sich hinein? Oh mein Gott! Meine Knie werden weich. Hoffnungsvoll mache ich einen Schritt auf ihn zu und bin bereit zu ihm in die Kabine zu treten. Lucas steht direkt vor mir, zwischen unseren Lippen sind nur ein paar Zentimeter Abstand. Sein Körper presst sich an meinen und dreht mich zur Seite. Tief atme ich den Geruch seines Parfums ein. Das Kribbeln in meinem Bauch weitet sich aus. Wird er mich küssen?

In diesem Moment schiebt er sich an mir vorbei und lässt mich allein in der Tür zur Toilette stehen. Ohne sich noch einmal umzudrehen geht er den schmalen Gang zu seinem Sitz zurück.

Augenblicklich wird mir die Situation bewusst und es ist mir peinlich, welche Erwartungen ich hatte. Schnell schließe ich die Tür hinter mir und setze mich auf den geschlossenen Sitz. Angestrengt versuche ich tief durchzuatmen und mich zu beruhigen. Wie konnte ich nur glauben, dass es wirklich wie im Traum abläuft? Und warum will ich überhaupt, dass es wie im Traum abläuft? Ich bin total verwirrt. Bin ich überhaupt fähig wirklich zu lieben? Oder ist es nur die körperliche Gier, die mich steuert? Genervt löse ich mich von meinen verwirrenden Gedanken und beende meinen Toilettengang. Abschließend spritze ich mir noch etwas kaltes Wasser ins Gesicht, bevor ich auffällig locker zurück zu meinem Sitz schlendere.

Nach der Landung holen wir unsere Koffer und Taschen vom Gepäckband, bevor wir uns zu den wartenden Kleinbussen begeben. Auf der Fahrt vom Flughafen ins Zentrum von New York komme ich aus dem Staunen nicht mehr heraus. Die Stadt ist mit keiner anderen vergleichbar. Die Menge an Wolkenkratzern sowie die Massen an Menschen, die sich auf den Straßen bewegen, sind beeindruckend.

Unsere Fahrzeuge kommen in dem dichten Verkehr nur langsam voran. Nach einer knappen Stunde kommen wir am Hotel nahe des Madison Square Gardens an. Nachdem wir unsere Zimmer bezogen haben, stelle ich mich an das große Fenster und genieße den Ausblick. James tritt von hinten an mich heran und schließt mich in seine Arme.

„Was hältst du davon, wenn wir uns die drei Tage, die wir hier frei haben, New York ansehen?", flüstert er mir liebevoll ins Ohr.

„Auf jeden Fall! Es gibt so vieles, was ich hier sehen will", antworte ich begeistert. James hebt mich hoch und geht ein paar Schritte rückwärts. Eng umschlungen fallen wir auf das breite Bett. Verlangend beginnt er mich zu küssen und zu streicheln. Er zieht sein Oberteil aus, anschließend schiebt er mir mein T-Shirt über den Kopf und befreit mich von meiner engen Jeans. Ich genieße seine Liebkosungen, jedoch blitzen immer wieder Bilder von Lucas vor meinem inneren Auge auf. Lucas und ich in seiner Wohnung im Panic-Room…Lucas und ich im Flugzeug auf der Toilette. Ich schaffe es nicht, meine Gedanken völlig auszuschalten. Plötzlich klopft es an der Zimmertür. James springt auf und öffnet sie, noch bevor ich mich wieder vollständig anziehen kann. Ich schaffe es gerade noch, mein Shirt überzuziehen.

Lucas und Eddie stehen vor der Tür. „Hey James! Pete will sich in einer halben Stunde mit uns in der Lobby treffen", sagt Eddie freundschaftlich. Lucas blickt zuerst auf James, der mit nacktem Oberkörper vor ihm steht und anschließend auf mich. Ich bemerke seinen schmerzvollen Blick, als er erkennt, dass ich in meiner Unterwäsche auf dem Bett sitze. James verabschiedet sich schnell und schließt die Tür. Enttäuscht wendet er sich an mich. „Das müssen wir dann wohl auf heute Abend verschieben." Er zieht mich vom Bett hoch, küsst mich noch einmal kurz und geht dann ins Bad, um sich nach dem langen Flug zu duschen.

Während James gutgelaunt unter der Dusche steht, sitze ich auf dem Bett und starre aus dem Fenster. Ob das so eine gute Idee war, mit James und Lucas zusammen auf Tournee zu gehen? Aber habe ich eine andere Wahl? Ich will Tänzerin werden und es ist für meine weitere Karriere sicher hilfreich, wenn ich mit einer Band wie den Dizzy Boys auf Tournee war. Das gleiche gilt für James.

Bei der Besprechung in der Lobby klärt uns Pete nochmals kurz über den Ablauf der nächsten Tage auf. „Morgen Abend ist das erste Konzert im Madison Square Garden, nachmittags Soundcheck. Übermorgen dann am Nachmittag und am Abend jeweils ein Konzert. Am Montag habe ich einen Ausflug zur Freiheitsstatue geplant. Da hätte ich euch gerne alle dabei, da wir den Besuch mit einem kurzen Fotoshooting verbinden. Am Dienstag und Mittwoch haben die Tänzer frei, ihr fünf müsst allerdings zu Interviews und Auftritten bei Fernsehshows sowie beim Radio. Und wer heute noch Lust hat, mit auf das Empire State Building zu fahren, der kommt jetzt gleich mit. Es geht in fünf Minuten los."

Kapitel 32

Wir alle haben uns dazu entschlossen mitzufahren. Wer lässt es sich schon entgehen, das Empire State Building zu besichtigen, wenn er in New York ist?

Lediglich James ist sich unsicher, ob wir mitfahren sollen. „Wir haben doch noch Dienstag und Mittwoch genug Zeit uns alles anzusehen. Da können wir in Ruhe alleine durch die Straßen schlendern, ohne den ganzen Stress mit den Fans, die den Jungs hinterher schreien."

„James! Die beiden Tage können wir doch auch was anderes anschauen. Ich möchte wirklich gerne mitfahren", bitte ich mit enttäuschtem Blick. Glücklicherweise lässt er sich von mir überreden, so dass wir zu den anderen in die Kleinbusse steigen, die uns zu dem bekannten Wolkenkratzer bringen.

Vor dem Gebäude steigen wir aus und begeben uns schnell zum Eingang. Die anwesenden Sicherheitsleute halten einige Fans zurück. Ich befürchte, dass sich die Anzahl der Fans, wenn wir später wieder herunter kommen, vervielfacht haben wird.

Der Aufzug bringt uns nach oben. Die Kabine ist klein, daher stehen wir eng aneinandergepresst zusammen. Neben mir stehen James und Brian. Vor mir Ryan und hinter mir Pete. Lucas befindet sich in der anderen Ecke der Kabine bei Aaron und Olivia. Er würdigt mich keines Blickes, sondern unterhält sich angeregt mit Olivia. Seit dem Abflug in London ignoriert er mich. Erneut stelle ich mir die überraschende Frage, warum mir das solche Schmerzen bereitet.

Erst beim Aussteigen aus dem Lift bemerke ich, dass nur wenige Leute hier oben sind. Anscheinend wurde die Auffahrt für andere Besucher kurzfristig gesperrt, nachdem bekannt war, dass die Band mit Anhang zur Besichtigung kommt.

Wir betreten die Plattform und bewundern augenblicklich die atemberaubende Aussicht. James legt den Arm um mich und zieht mich an sich. Der Wind bläst hier oben zwar nicht so stark, wie ich es erwartet hätte, trotzdem fröstelt es mich. Suchend halte ich nach Lucas Ausschau, kann ihn aber nicht entdecken.

Zur gleichen Zeit auf der anderen Seite der Plattform:

Lucas steht mit Eddie, Ryan und Aaron am Absperrgitter und blickt in die Ferne.

„Lucas! Komm, lass uns mal zu den anderen rüber gehen, dort können wir auf den Hudson River schauen", sagt Eddie auffordernd.

Lucas schüttelt den Kopf. „Geht ruhig alleine. Ich bleibe lieber hier."

Eddie betrachtet Lucas abschätzend. „Hey Bro! Was ist los? Du verhältst dich seit einer Woche schon so komisch - so verschlossen! Hat es mit dem Einbruch in unsere Wohnung zu tun?" Lucas geht nicht auf seine Frage ein. Er schaut einfach weiter in die Ferne.

„Lucas! Ich rede mit dir!", versucht Eddie es erneut und schüttelt seinen Freund leicht an der Schulter.

Mit Tränen in den Augen dreht Lucas sich zu Eddie um. Sofort legt Eddie besorgt den Arm um Lucas Schultern. „Was ist denn los? Und sag mir nicht, es ist der kalte Wind, der dir die Tränen in die Augen treibt."

Lucas schmunzelt und entschließt sich im nächsten Moment, Eddie sein Herz auszuschütten. „Es ist wegen Julie. Ihre Anwesenheit macht mich verrückt! Ich liebe sie noch genauso wie vor eineinhalb Jahren! Es ist eher noch stärker geworden. Und dass sie mit James zusammen ist, macht es nicht einfacher. Es tut echt weh, die beiden so glücklich miteinander zu sehen."

„Lucas? Darf ich dich daran erinnern, dass es deine Idee war, Julie mit auf Tournee zu nehmen?"

„Ich weiß! Aber da wusste ich noch nicht, dass sie einen Freund hat!"

„Ach so! Und jetzt, da sie einen Freund hat, willst du sie nicht mehr um dich haben? Hast du schon mit ihr gesprochen? Ihr wart doch zusammen im Panic-Room eingeschlossen. Habt ihr euch da nicht darüber unterhalten können?"

„Doch schon! Sie hat mir deutlich zu verstehen gegeben, dass sie James liebt und ihn nicht verlassen will."

Eddie reißt verwundert die Augen auf. „Das hat sie gesagt?"

Lucas nickt. Eddie kann seine Überraschung nicht verbergen. „Das hätte ich nicht gedacht! Ich bin mir sicher, dass sie dich liebt. So wie sie dich anschaut... anders als James. Mag sein, dass sie glaubt, mit ihm glücklich zu sein, aber wenn sie dich sieht ... da sprüht Sehnsucht aus ihren Augen. Glaub mir, das erkenne sogar ich!"

Leichte Hoffnung keimt in Lucas auf, welche er jedoch selbst gleich wieder zerstreut. „Ich habe ihr versprochen, dass ich ihr nicht mehr zu Nahe komme, auch wenn es mir schwer fällt. Mit wem sie zusammen sein will, das muss Julie allein entscheiden."

„Gib nicht so schnell auf, Bro! Ich bin mir sicher, dass ihr beide zusammen gehört. Das wird auch Julie noch begreifen", versucht Eddie Lucas aufzumuntern. Beide blicken schweigend zum Horizont.

Nach einer Stunde Aufenthalt sind wir alle so durchgefroren, dass wir dankend die Wärme der kleinen Fahrstuhlkabine aufnehmen. Am Ausgang des Gebäudes stehen, wie erwartet, hunderte von Fans, die beim Anblick ihrer Idole laut loskreischen. Schnell steigen wir alle in die bereitgestellten Fahrzeuge und fahren zurück zum Hotel.

Auf der Rückfahrt sitzt Lucas mir gegenüber. Unsicher schaue ich ihn an, bis unsere Blicke sich treffen. Mir versetzt es einen Stich ins Herz. Ich erkenne in seinen Augen Trauer, Sehnsucht und Schmerz. Warum tue ich ihm das alles an? Ich drehe meinen Kopf zu James und bemerke, dass er Lucas beobachtet. Ihm kann nicht entgangen sein, mit welchem Blick Lucas mich angesehen hat. Da ich weiß, dass James sehr eifersüchtig ist, hoffe ich im Stillen, dass dieser Blickkontakt für Lucas keine Folgen haben wird.

Zurück im Hotel ziehen wir uns alle schnell in unsere Zimmer zurück, um mit einer heißen Dusche oder einem warmen Bad unsere Glieder wieder aufzuwärmen.

Während das heiße Wasser in die Badewanne einläuft, stehe ich über meinen Koffer gebeugt und krame in meinen Sachen. James kommt zu mir und legt seine Arme um mich. „Cherie? Kann ich mit in die Wanne, oder willst du lieber allein baden?"

„Das nächste Mal gerne, James! Aber momentan ist mir wirklich kalt und ich möchte einfach nur das warme Wasser genießen. Außerdem muss ich meinen Jetlag noch überwinden." Nachdem ich ihm einen kurzen Kuss gegeben habe, drehe ich mich um und gehe zurück ins Badezimmer. Ich steige in die wärmende Wanne und schließe die Augen.

Zur gleichen Zeit nebenan:

James ist sich nicht sicher, ob Julie wirklich zu müde dazu ist oder ob sie den Jetlag nur als Ausrede vorschiebt. Er hat die sehnsüchtigen Blicke zwischen den beiden im Auto beobachtet und kocht vor Eifersucht. Er weiß, dass dies keine seiner besten Eigenschaften ist. Es sind viele seiner früheren Beziehungen wegen seiner Eifersucht zerbrochen. Aber wenn das Gefühl zu heftig wird, dann kann er sich einfach nicht mehr beherrschen.

Er schnappt sich den Schlüssel und stürmt aus dem Zimmer. Entschlossen marschiert er zu Lucas Zimmer, wo er kräftig gegen die Tür hämmert.

Wenige Augenblicke später öffnet Lucas die Tür. Lediglich mit einem Handtuch bekleidet sowie mit nassen Haaren steht er vor James.

„Hallo James! Willst du zu mir oder zu Eddie? Der ist allerdings gerade unter die Dusche gegangen."

James unterdrückt seinen Zorn und versucht höflich zu bleiben. „Ich wollte mit dir reden! Hast du Zeit?" Lucas tritt einen Schritt zur Seite und lässt James eintreten. Dieser schaut sich anerkennend in der geräumigen Suite um. „Ihr habt sogar ein extra Schlafzimmer? Nicht schlecht!", bemerkt er mit sarkastischem Unterton. Lucas geht nicht auf diese Anspielung ein, setzt sich stattdessen auf das Sofa. Während James ihm gegenüber Platz nimmt, überlegt Lucas, was der Tänzer mit ihm besprechen will. Eine böse Vorahnung steigt in ihm auf. Es kann sich eigentlich nur um Julie handeln. Hat sie ihm etwas von der Nacht im Panic-Room erzählt?

Bevor er sich die Frage selbst beantworten kann, unterbricht James ihn. „Lucas! Ich möchte dir nichts unterstellen, aber kann es sein, dass du Julie immer noch liebst?"

Mit einer so direkten Frage hat Lucas nicht gerechnet. Nur kurz verliert er die Fassung, ist allerdings durch die vielen Interviews, die er bereits gegeben hat, gewohnt, auch mit unerwarteten und unangenehmen Fragen richtig umzugehen. Schnell fängt er sich wieder und stellt eine Gegenfrage: „Wie kommst du darauf?"

„Ich habe gemerkt, wie du Julie ansiehst."

„Ja und? Ich war mal mit ihr zusammen, falls du das noch nicht weißt. Und ich empfinde immer noch viel für sie, das stimmt."

„Sie ist aber jetzt mit mir zusammen!", presst James wütend heraus.

„Das weiß ich und das respektiere ich auch. Du brauchst dir keine Sorgen machen, ich nehme sie dir nicht weg."

„Kann ich dich noch etwas fragen?", sagt James etwas freundlicher.

Lucas befürchtet, dass es um die Nacht in seiner Wohnung geht. „Ja klar!", antwortet er lässig.

„Was war in der Nacht in deiner Wohnung? Als ihr in diesem Panic-Room eingeschlossen wart?"

Lucas Gehirn arbeitet auf Hochtouren. Was hat Julie James erzählt? Er will nicht mehr erzählen, als sie. Vor allem will er nichts anderes erzählen! „Hat Julie dir nichts erzählt? Wir haben uns nur lange unterhalten. Sie hat mir erklärt, dass sie mit dir zusammen ist und dich liebt."

Ein erleichtertes Lächeln huscht über James Lippen. In diesem Moment ist Lucas sich sicher, dass er die richtigen Worte gewählt hat.

James steht auf und reicht Lucas die Hand. „Danke Lucas, dass du so gut mit der Situation umgehen kannst. Ich könnte das vermutlich nicht. Und ich glaube dir, dass du nicht mehr versuchst, sie für dich zu gewinnen. Weißt du, Julie und ich hatten bisher wirklich eine sehr schöne Zeit zusammen und ich liebe sie sehr." Diesen letzten Satz hätte James sich sparen können, wenn es nach Lucas ginge. Das wollte er eigentlich nicht hören. Höflich verabschieden sie sich, bevor James das Zimmer verlässt.

Erst jetzt kommt Eddie aus dem Bad, während er sich seine nassen Haare mit einem Handtuch abtrocknet. „Wer war denn gerade da?", fragt er neugierig.

„Das war James. Er wollte mir nur klar machen, dass ich die Finger von Julie lassen soll."

Leise stößt Eddie einen Pfiff aus. „Na, das kann ja noch spaßig werden, wenn Julie sich irgendwann für dich entscheidet". Lucas schlägt die Hände vor sein Gesicht und lässt sich entmutigt auf das Sofa fallen.

Kapitel 33

Am nächsten Tag fahren wir in den Madison Square Garden. Die Halle ist riesig und ich bekomme schon jetzt weiche Knie, wenn ich mir vorstelle, dass ich vor tausenden von Menschen tanzen muss. Die Proben verlaufen gut und es herrscht eine ausgelassene Stimmung bei den Jungs. Sie scherzen und lachen, was mir bei meiner Aufregung unverständlich ist. Die verbleibende Zeit bis zum Auftritt am Abend verbringt jeder auf eine andere Weise. Schlafend, Fußball spielend oder in angeregte Gespräche vertieft.

Wenige Minuten vor Beginn der Show stehen wir hinter der Bühne der ausverkauften Halle. James und ich schauen verstohlen durch den Vorhang in das Publikum. Wow! So viele Menschen! Aaron macht sich einen Spaß daraus, die Wartenden zu ärgern. Er hüpft durch den Vorhang auf die Bühne. Die Fans kreischen laut los. Im nächsten Moment springt er wieder zurück, was den Lautstärkenpegel umgehend sinken lässt. Dieses Spiel wiederholt er einige Male, so dass eine Welle von hysterischen Schreien zu hören ist. Aaron schüttet sich aus vor Lachen, wodurch er uns mit seiner guten Laune ansteckt. Jetzt geht es los!

Während die Musik beginnt, stellen die Jungs sich hinter der Bühne auf. Sie scheinen nicht sehr aufgeregt zu sein. Kein Wunder, sie haben schon so viele Konzerte gegeben! Gemeinsam laufen sie auf die Bühne, wir Tänzer folgen ihnen.

Nach knappen drei Stunden ist das Konzert zu Ende. Anfangs war ich noch sehr aufgeregt, tanzte die Schritte nur automatisch mit. Jedoch wurde ich mit jedem Tanz lockerer und hatte zum Schluss richtig Spaß bei den Aufführungen.

Nach der Show fahren wir alle wieder ins Hotel. An der Hotelbar wird noch gefeiert und gelacht. Die Jungs erzählen von verschiedenen Situationen beim heutigen Konzert. Fans, die verrückte Schilder hochhielten, „I love you" brüllten oder tränenüberströmt ihre Hände nach den Jungs ausstreckten.

Gegen Mitternacht ziehen wir uns in unsere Hotelzimmer zurück. Nachdem ich mich neben James gelegt habe, schlafe ich augenblicklich ein.

Ich sitze auf einer Parkbank und beobachte die spielenden Kinder. Fußgänger gehen an mir vorüber ... Ein altes Ehepaar, das sich an den Händen hält und verliebt miteinander tuschelt ... Ein junges Pärchen, das Arm in Arm dahinschlendert, während es zärtliche Küsse austauscht ... Zwei junge Männer, zwischen sich ein junges Mädchen. Sie halten sich an den Händen und flirten beide mit der Schönheit in ihrer Mitte ... Und zwei Hunde, die sich auf der Wiese rollen und liebevoll miteinander umgehen.

Lauter Liebe umschließt mich. Ich sitze alleine auf der Bank. Plötzlich sehe ich Lucas, etwa zwanzig Meter von mir entfernt. Er steht auf der Wiese und schaut in meine Richtung. Ich winke ihm zu, aber er reagiert nicht. Ich rufe seinen Namen, stehe auf und mache mich mit wedelnden Händen über dem Kopf bemerkbar. Keine Reaktion von ihm! Ich will loslaufen, zu Lucas, aber mein Bein steckt plötzlich fest. Von irgendetwas werde ich zurückgehalten. Erstaunt blicke ich an meinem Körper hinunter und sehe, dass mein rechtes Bein an ein anderes Bein gebunden ist. Erst jetzt bemerke ich, dass James neben mir steht. Er lächelt mich an. Ängstlich blicke ich von ihm zu Lucas und wieder zu James. „James mach mein Bein los!", rufe ich verzweifelt. Er lächelt mich jedoch nur weiterhin an, reagiert aber nicht auf mein Flehen. Ich schreie laut nach Lucas, er solle kommen und mir helfen. Er bewegt sich nicht! Er scheint mich nicht einmal zu erkennen. Er ignoriert mich! Immer fester ziehe ich an meinem Bein, aber ich komme einfach nicht los. Es scheint so, als wären unsere Beine miteinander verschmolzen. Panik ergreift mich.

Ich will weg! Ich will zu Lucas! Von irgendwo her höre ich plötzlich leise meinen Namen. „Julie, Julie". Ich kann die Stimme nicht orten, aber sie wird immer lauter …

Ich öffne meine Augen und erkenne James, der sich besorgt über mich beugt.

Behutsam schüttelt er mich an den Schultern. „Julie, wach auf! Es war nur ein Traum", versucht er mir begreiflich zu machen. Völlig verwirrt schaue ich mich um. Es ist dunkel im Zimmer. Die Erinnerung an die vergangenen Minuten überkommt mich, mein Blick fällt sofort nach unten auf meine Beine. Die Decke hat sich stramm um mein rechtes Bein gewickelt. Ich kann es kaum bewegen. Erleichtert und erschöpft falle ich auf mein Kissen zurück.

„Hast du öfters solche Albträume?", fragt James beunruhigt.

„Eigentlich schon lange nicht mehr, aber in letzter Zeit werden sie wieder häufiger."

„Willst du mir erzählen um was es ging?", hakt er behutsam nach.

Langsam schüttle ich den Kopf. „Es war irgendwie verwirrend. Mein Bein war festgebunden und ich konnte mich nicht mehr bewegen."

James nimmt mich in den Arm und streicht mir zärtlich über die Haare. So liegen wir beisammen, bis James schließlich wieder einschläft. Vorsichtig löse ich mich aus seiner Umarmung und starre aus dem Fenster. Mein Traum lässt mich nicht los. Schnell wird mir klar, was er zu bedeuten hat. Fühle ich mich zu sehr an James gebunden? Will ich weg von ihm und habe Angst, dass ich es nicht schaffe?

Irgendwann in den frühen Morgenstunden schlafe ich wieder ein. Dieses Mal ohne Albtraum.

Kapitel 34

Der nächste Tag wird noch anstrengender. Wir haben zwei Auftritte. Einmal nachmittags und dann nochmals abends. Vormittags sitzen wir alle in unseren Zimmern, um die freie Zeit zu genießen. Einige von uns spielen Playstation, X-Box, lesen, hören Musik oder schauen Fernsehen. Ich liege die meiste Zeit im Bett und hole meinen versäumten Schlaf nach. James geht gelegentlich zu den Jungs und spielt mit ihnen FIFA auf der Spielekonsole.

Gegen Mittag geht es dann los zum ersten Termin. Das Konzert findet wieder vor vollem Haus statt. Unsere Tänze und Choreographien sind zwar immer die gleichen, trotzdem unterscheiden sich die einzelnen Konzerte voneinander. Durch die Spontanität der Jungs, verläuft jeder Auftritt anders. Ihnen fallen immer wieder neue Scherze und Blödsinn ein, welche sie auf der Bühne vorführen. Dadurch wird jedes Konzert einzigartig.

Bei dem vorletzten Tanz passiert es dann: James lässt sich von den spontanen Ideen der Jungs anstecken und springt von einer zwei Meter hohen Plattform auf die Bühne. Dabei landet er so unglücklich, dass er sich sein linkes Knie verdreht. Krachend stürzt er zu Boden. Miguel, der neben ihm steht, hilft ihm sofort auf und fragt ihn besorgt, ob alles in Ordnung sei. James grinst und tanzt ohne Anzeichen einer Verletzung weiter.

Nach Ende des Konzertes laufen wir hinter die Bühne. James setzt sich mit schmerzverzerrtem Gesicht auf eine Kiste.

Besorgt eile ich zu ihm. „James! Was ist passiert?"

„So ein Mist! Ich bin falsch aufgekommen. Dann gab es einen Stich im Knie und seitdem tut mir jeder Schritt höllisch weh!", erzählt er genervt.

„Du musst sofort ins Krankenhaus!", rufe ich besorgt.

„Nein! Bloß nicht! Ich leg etwas Eis drauf, dann geht es schon wieder. Wir haben heute Abend doch noch einen letzten Auftritt, den will ich auf jeden Fall mittanzen", wehrt er ehrgeizig ab.

Miguel und Ryan bringen James stützend zum Auto. Nach Ankunft im Hotel, kommt ein Arzt auf unser Zimmer und schaut sich James Knie an. Pete ist auch anwesend.

„Es ist eine leichte Quetschung der Weichteile im Knie", stellt der Arzt fachmännisch fest.

„Kann ich weitertanzen?", will James umgehend wissen.

Nachdenklich lässt der Arzt sich Zeit mit seiner Antwort. „Können ja ... mit einer festen Bandage kann man den Knieapparat soweit stützen, dass die Verletzung sich nicht verschlimmert. Aber ich würde Ihnen trotzdem davon abraten. Sie werden höllische Schmerzen haben und die Heilung wird dadurch verzögert."

Mit ernster Miene mischt Pete sich ein. „James! Wir bekommen die Tänze auch ohne dich hin. Glaubst du nicht, es wäre besser, wenn du dich erholst, um zu den nächsten Konzerten in Frankreich wieder fit zu sein?"

Energisch schüttelt James den Kopf. „Auf keinen Fall! Ich möchte heute noch mittanzen! Danach habe ich genug Zeit mich zu erholen."

Bevor der Arzt das Zimmer verlässt, verschreibt er noch ein Schmerzmittel und legt eine feste Bandage an. James steht sofort auf, um seine Beweglichkeit zu testen. Zufrieden humpelt er ins Badezimmer.

Am Abend stehen wir erneut alle hinter der Bühne, um uns für den Auftritt bereit zu machen. Die Jungs haben sich bei James erkundigt, ob es ihm wirklich gut genug ginge, um mitzutanzen. Dieser bedankt sich für die Fürsorge und spielt die Verletzung herunter.

Die ersten drei Tänze verlaufen gut - man merkt James kaum an, dass er eine Bandage trägt. Als wir während einer Pause hinter die Bühne gehen, humpelt James mit blassem Gesicht zu einem Stuhl.

„Lass doch bitte die letzten Tänze aus, wenn du solche Schmerzen hast", flehe ich ihn an.

Hektisch kramt er die Pillendose aus seiner Hosentasche und schluckt zwei Schmerztabletten auf einmal. Besorgt setze ich mich neben ihn, dabei betrachte ich seine angespannte Miene. Ich finde es nicht richtig, dass er seine Gesundheit aufs Spiel setzt, vor allem, da auch Pete ihn gebeten, ja fast angefleht hat, nicht mehr mitzutanzen.

Als wir für die letzten Tänze die Bühne betreten, lässt James sich vor dem Publikum nichts anmerken. Er tanzt die Schritte in gewohnter Perfektion, ohne mit der Wimper zu zucken.

Nach Ende des Konzertes humpelt James schnell zum Auto und lässt sich erschöpft auf den Sitz fallen. Zurück im Hotel schluckt er nochmals zwei Schmerztabletten, bevor er sich langsam aufs Bett legt. Als er die Bandage abnimmt sehe ich, dass das Knie stark angeschwollen und leicht blau verfärbt ist.

„James! Das sieht aber nicht gut aus! Bitte lass dich im Krankenhaus untersuchen!", bitte ich besorgt.

„Nein, Julie! Morgen ist das wieder gut. Du wirst schon sehen." Er dreht sich zur Seite und schläft im nächsten Augenblicke ein. Da ich noch nicht müde bin, überlege ich, ob ich noch zu den anderen an die Bar gehen soll. Kurz entschlossen greife ich nach meiner Strickjacke und fahre mit dem Lift hinunter ins Erdgeschoss.

Schon von weitem hört man das Gelächter der Anwesenden. Als sie mich kommen sehen, begrüßen sie mich lautstark.

Besorgt wende ich mich an unseren Manager. „Pete! James Knie ist dick angeschwollen und blau verfärbt. Ich mache mir echt Sorgen um ihn, aber er will nicht ins Krankenhaus."

„Liegt er jetzt oben?"

„Ja! Er hat nochmals zwei Schmerztabletten genommen und schläft jetzt."

„Dann lassen wir ihn erst einmal schlafen. Wenn das Knie morgen nicht besser ist, muss er ins Krankenhaus. Er muss ja schnellstmöglich wieder fit werden für die weiteren Konzerte", erklärt Pete mit Nachdruck.

Mein Blick schweift über die Runde, wobei ich bemerke, dass Lucas mich von der Seite beobachtet.

Eddie kommt zu mir und legt seinen Arm um meine Schultern. „Kommst du dann morgen gar nicht mit zur Freiheitsstatue?", will er enttäuscht wissen.

„Ich weiß es noch nicht! Wenn es James nicht besser geht, bleibe ich lieber bei ihm", antworte ich unsicher. Eddie nickt verständnisvoll und reicht mir ein Glas. Wir stoßen auf die beiden gelungenen Konzerte an und feiern noch bis spät in die Nacht. Lucas hält die gesamte Zeit Abstand zu mir. Er unterhält sich intensiv mit Olivia. Als sich spät in der Nacht die gemütliche Runde auflöst, gehen wir alle in unsere Zimmer. Ich lege mich neben James und schlafe schnell ein.

Kapitel 35

Am nächsten Morgen werde ich durch ein leises Stöhnen neben mir geweckt.

Alarmiert drehe ich mich um. „James! Was ist los? Ist es schlimmer geworden?"

Mit glasigen Augen schaut er mich an. „Ich glaube schon. Mein Knie sticht wie wahnsinnig. Kannst du mir bitte meine Tabletten bringen?" Schnell springe ich auf, um die Packung vom Tisch zu holen. Als ich sie öffne stelle ich fest, dass sich nur noch eine Tablette darin befindet.

„Hast du etwa schon neun Tabletten geschluckt? Das ist viel zu viel, James!", rufe ich entsetzt. Besorgt laufe ich zu ihm, um seine Stirn zu fühlen. Sie ist glühend heiß.

„Du hast Fieber!", stelle ich ängstlich fest. „Ich hole sofort den Arzt!", rufe ich aus und stürme im nächsten Moment aus dem Zimmer. So schnell ich kann laufe ich zu Pete.

Fordernd hämmere ich gegen seine Tür, bis er aufmacht. „Pete! Wir brauchen dringend einen Arzt! James geht es ganz schlecht. Er hat starke Schmerzen und Fieber", berichte ich ihm aufgeregt.

Pete greift sofort nach seinem Telefon, während ich zurück zu James laufe.

Nachdem auch Pete unser Zimmer erreicht hat, beugt er sich besorgt über James. „Ich habe den Krankenwagen gerufen. Du kommst jetzt ins Krankenhaus, ob du willst oder nicht!"

Zehn Minuten später erscheinen zwei Sanitäter. Sie legen James auf eine Trage und schieben ihn Richtung Ausgang. Ich weiche meinem Freund nicht von der Seite und halte besorgt seine Hand.
„Kann ich mit ins Krankenhaus kommen?", frage ich einen der Sanitäter. Dieser nickt und lässt mich in das Fahrzeug einsteigen.
„Ich komme euch mit dem Auto hinterher", ruft Pete mir zu, bevor die Türen des Krankenwagens sich schließen.

Nach einer schnellen, kurzen Fahrt kommen wir in der Klinik an. James wird an die Ärzte übergeben und in ein Behandlungszimmer geschoben. Dabei weiche ich ihm nicht von der Seite. Während die Ärzte ihn ausgiebig untersuchen, legt eine Schwester ihm einen Zugang, an welchen ein Tropf angeschlossen wird. Sie geben ihm ein Schmerzmittel sowie etwas gegen das Fieber.
Besorgt stehe ich an der Tür und beobachte, wie eine junge Schwester James mitsamt dem Bett hinaus schiebt. „Warten Sie bitte hier! Ihr Freund muss

geröntgt werden. Wir rufen Sie, wenn wir das Ergebnis haben!", erklärt sie freundlich.

Auf dem grell erleuchteten Flur setze ich mich auf einen der harten, grünen Wartestühle.

„Julie!", höre ich plötzlich meinen Namen. Abrupt drehe ich mich um und sehe Pete, der auf mich zugelaufen kommt.

„Wie geht es ihm? Haben die Ärzte schon etwas gesagt?", will er neugierig wissen.

„Sein Knie wird gerade geröntgt. Sie geben uns dann Bescheid", antworte ich leise.

Schweigend sitzen wir nebeneinander, während wir auf eine Nachricht der Ärzte warten.

Plötzlich fällt mir ein, dass Pete heute einen Ausflug geplant hat. „Pete! Du wolltest doch heute mit den anderen zur Freiheitsstatue. Du musst nicht mit mir hier warten."

„Du glaubst doch nicht im Ernst, dass ich jetzt zum Sightseeing gehe, solange ich nicht weiß, was mit James los ist!", sagt er mit strengem Ton. Dankend lächle ich ihn an, weil ich es zu schätzen weiß, dass er sich um jeden seiner Tänzer Sorgen macht. Plötzlich schwingt eine der Türen auf und eine Schwester winkt uns herbei. Als wir das Zimmer betreten, liegt James mit einem dick verbundenen Knie auf dem Bett. Er lächelt mich an.

Erleichtert laufe ich in seine Arme. „Geht es dir besser? Was ist mit deinem Knie?", frage ich neugierig. James lächelt mich an, gibt mir einen Kuss und schaut anschließend zu dem anwesenden Arzt.

„James muss nicht operiert werden. Es sind keine Bänderrisse vorhanden. Allerdings hat sich unter der Kniescheibe ein großer Bluterguss gebildet, welcher sehr schmerzhaft ist und ein paar Tage zum Abheilen benötigt. Das Fieber kam von den Schmerztabletten. James hat einfach zu viele auf einmal geschluckt, das kann schwere Nebenwirkungen auslösen", klärt der Fachmann uns auf.

„Muss er hier bleiben?", will ich unsicher wissen.

„Ja! Eine Nacht möchte ich ihn auf jeden Fall zur Beobachtung hier behalten. Wenn es ihm morgen gut geht, kann er entlassen werden", antwortet der Arzt geschäftsmäßig. Erleichtert lächle ich erst James und dann Pete an. Der Arzt sowie die Schwester verlassen den Raum und wir bleiben alleine zurück.

James wendet sich an Pete. „Danke, dass du mitgekommen bist. Aber jetzt solltest du lieber los. Ihr habt doch heute noch ein Fotoshooting und wolltet zur Freiheitsstatue."

Pete klopft James freundschaftlich auf die Schulter. Dann dreht er sich zu mir. „Kommst du mit, Julie?"

Nach kurzem Überlegen, schüttle ich den Kopf. „Nein! Ich bleibe bei James. Ich will ihn nicht alleine lassen".

Liebevoll nimmt James meine Hand und schaut mich wissend an. „Ich weiß, dass du gerne mitgehen würdest. Du brauchst wirklich nicht bei mir zu bleiben. Es geht mir gut. Es wäre schade, wenn du von New York nichts siehst, nur weil ich hier rumliegen muss."

„Aber…"

„Nichts aber", unterbricht mich James. „Du gehst mit und genießt den Tag! Wenn du willst, kannst du mich ja heute Abend noch einmal besuchen. Spätestens morgen komme ich hier eh wieder raus."

Ich schaue ihm in die Augen und erkenne an seinem Blick, dass er es ernst meint. Er will, dass ich mit Pete gehe. Langsam beuge ich mich zu ihm hinunter, um ihm einen zärtlichen Kuss zu geben. „Danke", flüstere ich ihm zu. Anschließend drehe ich mich um und verlasse mit Pete das Zimmer.

Wir fahren zurück ins Hotel. Trotz der Sorge um James freue ich mich auf den gemeinsamen Tag mit der Gruppe. Möglicherweise liegt das auch daran, dass ich mir vorstelle, wie ich den ganzen Tag an Lucas Seite verbringen kann, ohne eifersüchtige Blicke von James erwarten zu müssen.

In der Hotelhalle erwarten uns bereits die Jungs. Als ich Lucas erblicke wird mir schlagartig bewusst, dass der Tag anders verlaufen wird, als von mir erträumt.

Kapitel 36

Dicht neben Lucas steht Olivia, die sich angeregt mit ihm unterhält. Lucas schaut zwar kurz zu mir herüber, wendet sich allerdings schnell wieder Olivia zu und antwortet ihr mit charmantem Lächeln auf ihre gestellte Frage.

Ein schmerzhafter Stich fährt mir durch die Brust. Olivia! Warum hängt sie seit gestern wie eine Klette an Lucas? Sucht sie den Kontakt oder geht es von ihm aus? Während ich meinen Gedanken nachhänge, erzählt Pete den Anwesenden was passiert ist, dass wir den Ausflug aber durchführen, wie geplant.

Wir steigen in die Kleinbusse und fahren Richtung Freiheitsstatue. Am Battery Park steigen wir auf eine Fähre, die uns zuerst auf Ellis Island bringt. Hier, in den Hallen und Gängen, wo die Einwanderer erstmals amerikanischen Boden betraten, soll das Fotoshooting stattfinden. Bereits im Bus, wie auch auf der Fähre weicht Olivia nicht von Lucas Seite. Enttäuscht stelle ich fest, dass Lucas Olivias Gesellschaft anscheinend genießt. Sie lachen und scherzen. Nur selten wirft Lucas mir einen undefinierbaren Blick zu. Er macht seine Ankündigung wirklich wahr! Er hält sich von mir fern. Allerdings zieht es mich gerade heute, da James nicht dabei ist, noch stärker zu Lucas hin. Zwei Fragen schwirren mir belastend im Kopf herum: Wie soll ich es anstellen, mit ihm ins Gespräch zu kommen. Und wie soll ich Olivia von ihm fernhalten?

Das Fotoshooting dauert nur dreißig Minuten. Die Fotografen schießen zügig ihre Bilder. Auch wir Tänzer sind auf einigen Fotos mit drauf.

Schließlich begeben wir uns wieder zur Anlegestelle und fahren mit der Fähre nach Liberty Island. Unauffällig beobachte ich Lucas und Olivia. Sie schlägt ihre Arme um ihren Körper, um Lucas zu signalisieren, dass es ihr kalt ist. Dabei lehnt sie sich dicht an ihn und sagt etwas zu ihm. Daraufhin legt er seinen Arm um ihre Schultern und zieht sie zu sich heran. Ich koche vor Wut! So ein billige Anmache! Und Lucas fällt auch noch darauf rein? Bin ich eifersüchtig? Das Gefühl ist unerträglich! Mit einem Schwung überkommen mich Schmerz, Wut, Verzweiflung und Rachelust. Während ich versuche, meine Gefühle unter Kontrolle zu bringen, spüre ich, wie sich ein Arm um meine Schultern legt. Ich drehe mich um und schaue in die treuen Augen von Aaron.

„Warum stehst du hier so alleine rum?", fragt er lächelnd.

Ohne ihm darauf zu antworten lehne ich meinen Kopf an seine Schulter.

„Machst du dir Sorgen um James?", will Aaron jetzt wissen. James! An ihn habe ich seit heute Mittag nicht mehr gedacht. Warum mache ich mir eigentlich keine Sorgen um ihn? Warum bin ich eifersüchtig auf Olivia?

„Ja, auch", antworte ich knapp. Aaron fragt nicht weiter nach. Kurz darauf legt das Schiff auf Liberty Island an.

Einer der Vorteile, mit einer bekannten Band unterwegs zu sein, ist, dass wir an der Kasse nicht anstehen müssen. Die kreischenden und laut rufenden Fans werden zurückgehalten, so dass wir direkt in den Sockel der Freiheitsstatue gehen können. Mit einem Lift fahren wir in den sechzehnten Stock, zu einer Aussichtsplattform. Der Ausblick auf Manhattan ist atemberaubend. Aaron weicht seit der Fähre nicht mehr von meiner Seite. Vermutlich hat er es sich zur Aufgabe gemacht, mich zu unterhalten und dafür zu sorgen, dass ich nicht mehr alleine bin. Nach einigen Minuten begeben wir uns zum Aufstieg in die Krone der Statue. Eine enge Wendeltreppe führt hinauf in den Kopf der bronzenen Figur. Wir gehen einzeln nacheinander in den Aufgang. Vor mir geht Aaron und wie es der Zufall will, steigt dicht hinter mir Lucas die Metallstufen hoch. Allein bei dem

Gedanken, dass Lucas so nah bei mir ist, durchfährt ein Kribbeln meinen Körper. Nach einer gefühlten Ewigkeit kommen wir oben an. Wir befinden uns in der Krone der Statue und müssen uns teilweise ducken, da die Höhe des Raumes nur 1,70 m – 1,80 m beträgt.

Während ich die Aussicht genieße, jammert Aaron neben mir. „Leute, hättet ihr mir nicht vorher sagen können, dass wir eine Gipfelbesteigung unternehmen? Dann hätte ich mir etwas zu Essen mitgenommen. Ich habe Hunger!"

Von der gegenüberliegenden Seite antwortet Ryan: „Du hast immer Hunger, Aaron! Auch wenn wir uns nicht bewegen."

Pete tritt an Aaron heran und reicht ihm eine Packung Cookies. Dieser nimmt sie dankend an und reißt sie umgehend auf. Geräuschvoll schiebt er sich gleich mehrere Kekse auf einmal in den Mund. Während ich auf die andere Seite des Raumes wandere, sehe ich Lucas alleine am Fenster stehen. Unsere Blicke begegnen sich und wir schauen uns, länger als üblich, tief in die Augen. Kurz entschlossen gehe ich einen Schritt auf ihn zu, um ihn anzusprechen. In diesem Moment schiebt sich Olivia zwischen uns und zieht Lucas Aufmerksamkeit völlig auf sich.

Nach einiger Zeit begeben wir uns zurück zur Treppe. Vor mir geht Eddie und hinter mir steht Olivia. Noch bevor ich meinen ersten Fuß auf die Stufe setze, bemerke ich, wie Lucas sich an Olivia vorbeischiebt. „Lass mich lieber vor! Falls du fällst, kann ich dich auffangen", erklärt er fürsorglich. Olivia kichert und strahlt Lucas an. Erneut geht also Lucas hinter mir, dieses Mal die Treppe abwärts. Völlig in Gedanken versunken, und nervös durch seine Anwesenheit, steige ich Stufe für Stufe die enge Wendeltreppe hinunter. Meine rechte Hand liegt auf dem Geländer knapp unterhalb von Lucas Hand.

Plötzlich ruft Aaron von oben. „Julie! Wartest du unten auf mich?" Abrupt drehe ich mich um und verliere für einen Moment das Gleichgewicht. Mein Fuß tritt ins Leere … ich stürze. Blitzschnell greift Lucas nach meiner Hand und bewahrt mich so vor einem unsanften Aufprall auf der Metalltreppe. Mit meinem rechten Bein schramme ich an der Treppe entlang, was einen kurzen Schmerz auslöst. Schockiert schaue ich zu Lucas auf und blicke ihm in seine blauen Augen.

Besorgt zieht er mich zu sich hoch. „Alles in Ordnung? Hast du dich verletzt?"

„Nein! Alles ok! Danke, dass du mich festgehalten hast", antworte ich verlegen.

„Ich werde dich immer retten, wenn es mir möglich ist", flüstert er mir zu. Mein Hals schnürt sich zu. Mein Herz rast, meine Hand fängt an zu kribbeln und meine Knie werden weich. Schnell befreie ich mich von seinem Griff und drehe mich um. Irritiert steige ich weiter die Stufen hinab. Was sollte denn dieser Spruch? War das eine Anspielung? Den ganzen Tag ignoriert er mich und dann kommt so eine Aussage!

Unten angekommen bleibt Lucas neben mir stehen und blickt mir in die Augen. Keine Sekunde später zieht Olivia ihn von mir weg.

Kapitel 37

Vor dem Bootssteg stellen wir uns in die Reihe der Passagiere und warten auf die Ankunft der Fähre. Aaron steht vorne bei Pete, da er mit ihm etwas besprechen will. Dann kommen die Tänzer und die Band. Direkt vor mir stehen Lucas und Olivia. An letzter Stelle der Gruppe stehe ich, hinter mir nur noch fremde Touristen. Ungewollt höre ich dem Gespräch vor mir zu.

Olivia lächelt Lucas an. „Wir könnten doch heute Abend noch ausgehen, wenn du Lust hast. In einen richtig angesagten Club hier in New York!"

Lucas verzieht leicht den Mund. „Mal sehen was die anderen noch so vorhaben."

Jetzt hängt sich Olivia bei Lucas ein. „Ich finde, dass du die süßeste Stimme von allen hast. Wenn du singst, schmelzen alle Herzen dahin", schwärmt sie gefühlvoll.

Angewidert verdrehe ich die Augen und muss die in mir aufsteigende Übelkeit unterdrücken.

Olivia säuselt weiter. „Schade, dass ich nicht annähernd so gut tanze wie Agnes oder Julie."

Interessiert spitze ich meine Ohren.

Freundlich widersprich Lucas. „Das stimmt nicht, Olivia! Du tanzt mindestens so gut wie die beiden."

Entsetzt reiße ich meine Augen auf. Meint er das ernst? Er macht ihr Komplimente, obwohl sie nicht stimmen! Olivia tanzt gut, aber Agnes tanzt viel besser und ich … na ja, das kann ich nicht objektiv beurteilen, aber ich glaube besser als Olivia bin ich schon. Während ich mir noch Gedanken über das soeben Gehörte mache, tastet Olivia nach Lucas Arm und legt ihre Hand in seine. Er wehrt sich nicht dagegen. Mein Magen krampft sich zusammen, am liebsten würde ich vor Wut schreien!

Langsam bewegt sich die Menge vorwärts. Das Schiff hat angelegt und die Passagiere steigen ein. Plötzlich werde ich von einem älteren Mann von hinten unsanft angeschoben, wobei dieser unsanft mit seinem Fuß an mein rechtes Bein stößt.

Ein stechender Schmerz durchfährt meinen Körper. „Autsch!", rufe ich spontan aus, während ich abrupt stehen bleibe. Schnell beuge ich mich nach unten, um über mein schmerzendes Bein zu streichen. Es brennt und sticht. Die Menschenmenge zieht an mir vorbei, geradewegs zur Anlegestelle.

Zur gleichen Zeit vor dem Schiff:

Lucas spürt, wie Olivia ihre Hand in seine legt. Er wehrt sich nicht dagegen. Warum sollte er auch? Er findet Olivia nett und ihm ist momentan jede

Ablenkung recht. Hauptsache, er muss nicht ständig an Julie denken. Er hat ihr versprochen, sich von ihr fern zu halten. Jedoch fällt es ihm so viel schwerer, als er dachte. Ihm fällt auf, dass Olivia heftig mit ihm flirtet, aber solange es nur bei einem Flirt bleibt, stört es ihn nicht. Da kann er auch guten Gewissens einige Notlügen hervorbringen. Zum Beispiel, dass Olivia genau so gut tanze wie Agnes und Julie. Olivia ist nicht schlecht, aber an Julie kommt keine Tänzerin heran! Vielleicht ist er da aber auch nicht objektiv genug - Liebe kann die Wahrnehmung durchaus beeinflussen.

Die Menge bewegt sich langsam weiter, so dass er sich gemeinsam mit Olivia Schrittweise mit treiben lässt.

Plötzlich hört er einen Schmerzensschrei hinter sich. „Autsch!". Er erkennt sofort, dass es sich um Julies Stimme handelt. Als er sich umdreht, sieht er gerade noch, wie sie sich nach unten beugt. Er möchte stehen bleiben, die Menge schiebt ihn aber unaufhaltsam weiter.

Abrupt lässt er Olivias Hand los. „Geh weiter auf das Boot, ich komme gleich nach", weist er sie an. Hektisch dreht er sich um und kämpft sich durch die entgegenkommende Menge.

Olivia möchte Lucas zurückhalten, greift nach ihm, aber schon ist er in der Menge untergetaucht. Sie sieht nur noch seinen Kopf, der sich stetig von ihr entfernt. Unaufhaltsam wird sie von der Menschenmenge auf das Boot geschoben, wo sie wieder auf Pete und die Crew trifft. Als Lucas bei Ablegen des Bootes immer noch nicht aufgetaucht ist, läuft sie umgehend zu Pete.

Ich versuche, aus der Menschenmenge raus zu kommen, was mir jedoch nicht gelingt. Es war eindeutig ein Fehler, mich mitten in der Menge zu bücken. Ständig werde ich angerempelt und fast umgerissen. Ich kann mich nur mühsam auf den Beinen halten. Wie aus dem Nichts packt mich eine Hand und zieht mich hinter sich her aus dem Tumult hinaus. Vergeblich versuche ich mich zu wehren, habe aber keine Chance gegen den festen Griff des Unbekannten.

Ein paar Schritte weiter erkenne ich endlich, wer mein Retter ist.
„Lucas?", rufe ich erstaunt.
Besorgt schaut er mich an. „Was ist passiert? Warum bist du stehen geblieben? Hast du dich verletzt?"
Unsicher ziehe ich meine Hose ein Stück nach oben. Eine nässelnde Schürfwunde kommt zum Vorschein. „Mist! Anscheinend habe ich mich vorhin auf der Treppe doch verletzt, das habe ich gar nicht

gemerkt." Lucas führt mich zu einer Bank. Nachdem ich mich gesetzt habe, kremple ich mein Hosenbein hoch. In diesem Moment klingelt Lucas Handy. Entsetzt blicke ich zur Anlegestelle und sehe, wie die Fähre gerade ablegt.

„Ja?", meldet Lucas sich. Er hört einen Moment stumm zu, bevor er reflexartig zum Schiff schaut. „Nein…ja…nein, schon gut, wir nehmen uns ein Taxi. …Ja. Bye." Lucas legt auf und schaut mich an. „Das war Pete. Er wollte wissen, ob dir etwas passiert ist. Er hat gefragt, ob es uns etwas ausmacht, wenn sie mit den Autos vorausfahren, wegen der Fans, die sicher schon am Parkplatz warten." Ich nicke, während ich erneut mein verletztes Bein betrachte. Lucas setzt sich neben mich. Plötzlich liegt eine eigenartige Spannung in der Luft. Keiner von uns beiden weiß, was er sagen soll.

Die unangenehme Stille wird von zwei Fans unterbrochen, die Lucas erkennen und ihn um ein Foto bitten. Die nächsten fünfzehn Minuten kommt ein Fan nach dem anderen zu Lucas. Ich sitze auf der Bank und beobachte ihn, wie er freundlich jedes der aufgeregten Mädchen in den Arm nimmt und ein Foto von sich schießen lässt. Dann legt das nächste Schiff an und wir gehen an Bord. Auch während der Überfahrt haben wir keine Gelegenheit uns zu unterhalten, da immer wieder neue Fans auftauchen.

Ich fühle mich ständig beobachtet und mir wird wieder einmal bewusst, wie das Leben der Jungs in der Öffentlichkeit aussieht.

Kapitel 38

Am Battery Park gehen wir vom Schiff direkt zu den Taxis. Nachdem wir in ein Yellow Cab eingestiegen sind, nennt Lucas dem Fahrer den Namen unseres Hotels.

Als wir nebeneinander auf der Rückbank sitzen, beobachtet Lucas mich besorgt. „Wie geht es deinem Bein? Tut es noch weh?"

„Es brennt noch ein bisschen", antworte ich verlegen. Sachte legt er seine Hand auf meinen Oberschenkel, während er mir tief in die Augen schaut. Eine Welle des Kribbelns durchfährt meinen Körper bis hin zum Herz.

„Lucas? Warum ignorierst du mich seit Tagen?", schieße ich mutig heraus.

Aus seinen Augen blickt mir Schmerz entgegen. „Ich will es dir einfacher machen, dich zu entscheiden."

„Was soll daran einfacher sein, wenn du nicht mehr mit mir sprichst, mich nicht mehr ansieht und stattdessen mit Olivia flirtest?", frage ich aufgebracht.

„Ich flirte doch nicht mit Olivia!", entgegnet Lucas überrascht.

„Aber du verstehst dich anscheinend sehr gut mit ihr und ihr hängt seit gestern ständig zusammen!"

Abschätzend betrachtet Lucas mich. „Bist du etwa eifersüchtig? Julie! Du hast selbst gesagt, dass du mit James zusammen bist und auch bei ihm bleiben willst. Was erwartest du von mir? Mir fällt es nicht leicht, dich zu ignorieren, aber noch schwerer ist es für mich, dich ständig mit James zusammen zu sehen."

„Heute war James aber nicht da und trotzdem hast du dich nur mit Olivia abgegeben!", werfe ich ihm beleidigt entgegen.

Ungläubig schaut Lucas mich an. „Das meinst du jetzt nicht ernst, oder? Sobald James weg ist, soll ich mich also um dich kümmern?"

Schlagartig wird mir klar, dass er Recht hat. Was erwarte ich von ihm? Dass ich mit ihm wie mit einer Marionette spielen kann?

Langsam drehe ich mich zu ihm, merke, dass meine Augen feucht werden. „Ich vermisse dich so sehr", flüstere ich leise.

Er rückt näher an mich heran und legt den Arm um mich. Mit der freien Hand zieht er mein Kinn zu sich heran und näher sich langsam meinem Gesicht. Im nächsten Moment treffen seine weichen Lippen auf meine. Aus einem anfangs zarten Kuss wird ein leidenschaftlicher und inniger Kuss. Erneut spüre ich tausend Ameisen in meinem Körper und sehne mich nach seinen Umarmungen.

„Du weißt, dass ich dich will", flüstert er mir liebevoll zu. „Aber zuerst musst du dir darüber klar werden, wen du willst. Bis du dich entschieden hast, versuche ich weiterhin mich von dir fern zu halten - auch wenn mir das sehr schwer fällt." Nach einem letzten zärtlichen Kuss rückt er ein Stück von mir weg. Wenige Augenblicke später hält das Taxi vor unserem Hotel.

Geistesabwesend sitze ich wenig später im Hotelzimmer und starre aus dem Fenster. Was soll ich jetzt machen? Ich sehne mich nach Lucas! Ich möchte ihn spüren, riechen, schmecken... Liebe ich ihn mehr als James? Aber wie könnte ich jetzt mit James Schluss machen? Er liegt verletzt im Krankenhaus! Was wäre ich für eine Freundin, wenn ich ihm gerade in diesem Zustand gestehen würde, dass ich Lucas doch noch liebe?

Ein lautes Klopfen reißt mich aus meinen Grübeleien. Als ich die Tür öffne, spaziert ein gut gelaunter Aaron herein.
„Hey Julie! Du fährst doch sicher noch zu James ins Krankenhaus. Ich wollte mitkommen. Brian und Miguel übrigens auch."
Oh Gott! James! Wie konnte ich vergessen, dass ich ihn heute noch besuchen wollte? Habe ich den Verstand verloren? Hat mir Lucas so den Kopf verdreht?

„Ja klar! Wir können gleich los, wenn du willst", antworte ich lässig.

Gemeinsam fahren wir mit dem Lift ins Erdgeschoss, wo bereits Miguel und Brian auf uns warten. In einer Ecke der Bar sehe ich Eddie und Lucas, wie sie mit Agnes und Olivia an einem Tisch sitzen. Lachend unterhalten sie sich. Den Stich in meiner Magennähe versuche ich zu ignorieren. Ohne weiter darüber nachzudenken folge ich den anderen zum Ausgang.

Am Empfang des Krankenhauses erklärt uns eine Schwester in welchem Zimmer James liegt und wie wir dort hinkommen. Ein paar Minuten später klopfen wir vorsichtig an seiner Tür an.

„Herein!", hören wir James Stimme. Als Brian die Tür öffnet, stürme ich an ihm vorbei zu James.

Lächelnd nimmt er mich in die Arme und küsst mich zur Begrüßung. „Wie war der Ausflug?"

„Schön!", antworte ich knapp. „Geht es dir heute besser?", frage ich besorgt.

„Ja! Alles wieder soweit in Ordnung. Morgen früh darf ich endlich raus." Brian, Miguel und Aaron erzählen James von dem Ausflug, während ich versuche, meine Gefühle zu sortieren. Ich bin so froh, dass es ihm besser geht. Ich bin wirklich erleichtert. Allerdings bin ich mir nicht sicher, ob ich mich aus Liebe zu ihm freue, oder ich ein schlechtes Gewissen habe. Während ich noch versuche, eine Antwort darauf zu finden, stupst James mich an.

„Julie? Hast du nicht gehört?"

Erschrocken schrecke ich hoch. „Äh, was? Was habe ich nicht gehört?", stottere ich los.

„Brian hat gerade erzählt, dass du es nicht rechtzeitig auf das Schiff geschafft hast. Du bist mit Lucas nachgekommen." Fragend schaut James mich an. Mein Gehirn arbeitet auf Hochtouren. Mist! Was erzähle ich jetzt? Am besten bleibe ich bei der Wahrheit.

„Ich habe mich in der Freiheitsstatue am Bein verletzt, als ich ausgerutscht bin. Erst vor dem Schiff habe ich die Wunde bemerkt und mich kurz auf eine Bank gesetzt. Als Lucas sich um mich gekümmert hat, haben wir blöderweise das Boot verpasst."

James abschätzender Blick trifft mich. Ich weiß, dass er immer noch auf Lucas eifersüchtig ist.

Schnell lächle ich ihn an und gebe ihm einen kurzen Kuss. „Ich habe nur eine Schürfwunde, es ist nicht so schlimm", erkläre ich ausweichend. Miguel, Brian und Aaron unterhalten sich noch weiter mit James, während ich ruhig neben ihm sitze. Als eine Schwester im Zimmer erscheint und uns darauf hinweist, dass die Besuchszeit gleich zu Ende sei, stehen wir auf und verabschieden uns von dem Patienten.

„Bis morgen früh!", sage ich und küsse ihn zum Abschied.

Wir steigen in ein Taxi und fahren zurück zum Hotel. In meinem Zimmer mache ich mich für das Abendessen fertig. Mein Blick fällt auf das große Bett und ich fühle mich plötzlich unendlich einsam. Ich bin in zwei Männer verliebt und keiner der beiden ist hier. Das wird wohl eine der einsamsten Nächte seit langem.

Kapitel 39

Nach dem köstlichen Abendessen gehen wir gemeinsam an die Bar, um den Abend ausklingen zu lassen. Wir sitzen in einer großen gemütlichen Sitzecke und unterhalten uns über den Tag.

„Julie? Geht es deinem Bein wieder besser?", fragt Aaron interessiert.

„Klar! Das war nur ein kleiner Kratzer, nicht der Rede wert", winke ich gelangweilt ab. „Auf den gelungenen Tag!", rufe ich aus, während ich mein Glas in die Runde erhebe. Lachend stoßen wir mit unseren Getränken an. Lucas sitzt mir gegenüber, neben ihm - natürlich - Olivia.

Leise höre ich ihre Stimme. „Lucas? Hast du Lust noch in einen Club zu gehen?"

Nach kurzem Überlegen verzieht er leicht den Mund. „Eigentlich nicht wirklich! Ich finde es hier auch ganz gemütlich. Vielleicht fragst du lieber Eddie und Ryan, die beiden lieben Clubs, in denen viel los ist."

Olivias Blick huscht kurz zu Eddie und Ryan, die beide Lucas Anspielung nicht gehört haben und wendet sich dann wieder an ihren Sitznachbarn. „Nein! Wenn du hier bleiben willst, bleibe ich auch. Hier ist es schon ok."

Ich muss mich beherrschen, damit mir meine Kinnlade nicht runter fällt. Geht es noch offensichtlicher, wie sie Lucas anbaggert? Dass er das nicht bemerkt! Bislang mochte ich Olivia sehr gerne, aber langsam wird sie mir unsympathisch.

Zu späterer Stunde stehen Eddie, Ryan und Brian plötzlich auf und verkünden, dass sie noch in einen Club gehen wollen.

„Hat noch jemand Lust mitzukommen?", fragen sie in die Runde der Anwesenden. Abwehrend schüttle ich den Kopf. Mir ist heute nicht nach lauter Musik und Tanzen.

Agnes jedoch springt begeistert auf. „Ich würde gerne mitkommen, wenn ihr nichts dagegen habt."

Die Jungs freuen sich über die weibliche Begleitung und verabschieden sich von uns.

Agnes beugt sich zu Olivia, um sie hochzuziehen. „Los komm! Du wolltest doch unbedingt in einen New Yorker Club. Jetzt ist deine Chance!"

Genervt schüttelt Olivia die Hand ihrer Freundin ab. „Nein! Lass gut sein! Heute bleib ich lieber hier."

Erstaunt zuckt Agnes mit den Schultern und läuft im nächsten Moment aufgeregt den Jungs hinterher.

Gähnend erhebt Aaron sich. „Ich geh dann auch mal auf mein Zimmer. Ich werfe mir noch eine Tüte Chips vor dem Fernseher rein." Nachdem Miguel ebenfalls aufsteht, um mit Aaron die Bar zu verlassen, sitzen nur noch Lucas, Olivia und ich am Tisch. Die Situation ist mir unangenehm, weshalb ich beschließe, ebenfalls zu gehen.

„Ich geh dann auch. Ich bin müde", erkläre ich nebenbei. Sofort springt Lucas auf, woraufhin sich auch Olivia langsam erhebt. Gemeinsam gehen wir zu den Fahrstühlen. Mein Zimmer liegt im zweiten Stock, Olivia bewohnt ein Zimmer im dritten Stock und Lucas Suite liegt im fünften Stock. Nachdem Lucas alle drei entsprechenden Knöpfe gedrückt hat, schließen sich die Türen. Während der kurzen Fahrt sprechen wir kein Wort. Als wir mein Stockwerk erreichen, öffnen sich die Türen. Bevor ich aussteige, drehe ich mich kurz zu den Anwesenden um.

„Gute Nacht!", sage ich freundlich, als stünden zwei fremde Personen mit mir im Lift. Mit schnellen Schritten laufe ich den schwach beleuchteten Gang entlang bis meinem Zimmer.

Nachdem die Tür ins Schloss gefallen ist, werfe ich mich deprimiert aufs Bett und überlege, was ich jetzt tun soll. Ich habe das Bedürfnis, mit Lucas darüber zu reden, wie lange er mich noch ignorieren will. Aber soll ich einfach vor seiner Tür stehen und jammern: „Ich wollte dich nur fragen, wie lange du mich noch wie Luft behandeln willst?" Nein! So geht das nicht! Plötzlich fällt mir ein, dass Lucas Klamotten noch in meinem Koffer liegen. Der Pulli, den er mir in Berlin gegeben hat und die Sachen aus seiner Wohnung in London. Ich könnte vorgeben, ihm die Kleidungsstücke zurückbringen zu wollen und wenn ich dann schon mal da bin, ergibt sich hoffentlich ein Gespräch. Mein Vorhaben steht für mich fest. Ich schnappe mir die beiden Pullis sowie die Hose und stürze aus der Tür. Ungeduldig warte ich auf den Fahrstuhl und steige nach dem Öffnen der Tür schnell ein. Ich drücke den Knopf für die fünfte Etage. Voller Vorfreude, mit zittrigen Knien, stehe ich in der Kabine und kann es kaum erwarten, Lucas wieder allein zu sehen. Der Fahrstuhl hält an, die Türen öffnen sich. Mein Blick wandert geradeaus den Flur entlang.

Was ich dort sehe, lässt mich erstarren. Das Blut weicht aus meinem Gesicht und die Klamotten fallen mir aus den Händen. Unfähig, mich auch nur einen Zentimeter zu bewegen, schießen mir die Tränen in die Augen und verschleiern meine Sicht.

Kapitel 40

Zur gleichen Zeit im fünften Stock:

Nachdem Julie im zweiten Stock ausgestiegen ist, stehen Lucas und Olivia schweigend nebeneinander im Fahrstuhl. Der Lift hält im dritten Stock und die Türen öffnen sich.

„Gute Nacht! schlaf gut!", sagt Lucas freundlich.

Ruckartig dreht Olivia sich zu ihm um. Sie macht keine Anstalten auszusteigen. „Ich bringe dich noch nach oben", sagt sie verführerisch. Nachdem sich die Türen wieder geschlossen haben, setzt sich der Fahrstuhl erneut in Bewegung. Lucas kann sich denken, was Olivia vorhat. Die ganze Zeit hat er schon befürchtet, dass sie mehr will. Wie macht er ihr jetzt klar, dass er nur Freundschaft ihr gegenüber empfindet? Im fünften Stock steigen sie aus und wandern den schmalen Flur entlang. Vor der Tür zu Lucas Suite bleiben sie stehen. Jetzt muss er es ihr sagen! Hoffentlich versteht sie es.

„Olivia…", setzt Lucas vorsichtig an.

Zärtlich legt sie ihm einen Finger auf die Lippen. „Kann ich noch kurz mit rein kommen? Nur auf einen Absacker?", flüstert sie hoffnungsvoll. Dabei kommt sie ihm immer näher.

Vergeblich versucht Lucas sie auf Abstand zu halten. „Olivia! Das halte ich für keine gute Idee."

„Du musst dir keine Sorgen um die anderen machen! Es muss ja keiner erfahren, wenn es dir unangenehm ist, mit einer der Tänzerinnen etwas anzufangen", haucht sie ihm entgegen. Offensichtlich versteht sie die Ablehnung falsch, da sie sich noch näher an Lucas lehnt. Sie drängt ihn mit ihrem Körper an die Türe, bis er nicht mehr ausweichen kann. Ihre Arme schlingen sich um seinen Hals. Da Lucas sich kerzengerade an die Tür presst, stellt Olivia sich auf ihre Zehenspitzen, um seinem Gesicht näher zu kommen. Ihre Lippen nähern sich unaufhaltsam. Noch bevor Lucas etwas dagegen unternehmen kann, erreicht sie seinen Mund und küsst ihn. Abwehrend legt er seine Hände an ihre Hüften, um sie von sich zu schieben.

In diesem Moment hört er, wie die Fahrstuhltüren sich öffnen. Er schielt zur Seite und verharrt augenblicklich in seiner Bewegung. Aus dem Augenwinkel erkennt er Julie, die wie angewurzelt in der Kabine steht, während ihr Kleidungsstücke aus der Hand fallen. Ebenso unerwartet, wie die Türen sich öffneten, schließen sie sich wieder. Mit einem kräftigen Ruck schiebt Lucas Olivia von sich.

„Verdammt Olivia! Was soll das?", schreit er sie wütend an. Fluchtartig stürmt er an ihr vorbei zum Treppenhaus.

Zwei Stufen auf einmal nehmend hetzt er drei Stockwerke nach unten. Er reißt die Tür zum Hotelflur auf und rennt zu Julies Zimmer. Kräftig hämmert er gegen die Türe.
„Julie! Mach auf! Ich weiß, dass du da bist!", ruft er laut. Nachdem er keine Antwort erhält, wirft er seine Fäuste erneut gegen die Tür. „Mach bitte die Tür auf! Lass es mich dir erklären!", schreit er verzweifelt. Erneut hört er das Geräusch der sich öffnenden Fahrstuhltüren. Mit einer Mischung aus Erleichterung und Bedauern schaut er auf Julie, die soeben den Flur betritt.

Das glaube ich einfach nicht! Lucas knutscht mit Olivia im Hotelflur! Als sich die Türen schließen sinke ich weinend zu Boden. Warum tut er das? Warum sagt er, er liebt mich und vergnügt sich sofort mit einer anderen, wenn er mich nicht gleich haben kann? Mein Herz verkrampft sich so sehr, dass ich tatsächlich vor Schmerzen weine. Die Fahrstuhltüren öffnen sich erneut und ein Blick auf die Anzeige zeigt mir, dass ich im Erdgeschoss gelandet bin. Vor der Kabine steht ein älteres Ehepaar, welches mich verwundert anschaut.

Die sympathische Frau kommt sofort auf mich zu und hilft mir auf die Beine. „Was ist denn passiert, Kindchen?", fragt sie besorgt.

Betreten wische ich mir die Tränen aus dem Gesicht und sammle die am Boden liegenden Kleidungsstücke auf. „Nichts! Es geht schon wieder!", schluchze ich. Nach kurzem Zögern steigt der zurückhaltende Mann ebenfalls ein und drückt auf den Knopf für die vierte Etage. Anschließend schaut er mich fragend an.

„In die Zweite bitte!", antworte ich auf die stillschweigende Frage. Nachdem er die entsprechende Taste gedrückt hat, wendet er sich von mir ab.

Mitfühlend blickt die Frau mich an. „Liebeskummer ist nicht schön, aber er vergeht", flüstert sie wissend. Ein verkrampftes Lächeln huscht über meine Lippen. Als der Fahrstuhl sein Ziel erreicht hat, trete ich aus der Kabine. Einige Meter vor mir steht Lucas, der wild an meine Zimmertür hämmert.

Langsam gehe ich auf ihn zu, während sein trauriger Blick mich beobachtet. Ohne ihn eines Blickes zu würdigen öffne ich meine Zimmertür.

Lucas hält mich am Arm fest. „Julie! Bitte, lass es mich erklären!", bettelt er.

„Was willst du da erklären? Wir sind nicht zusammen! Du kannst küssen wen du willst!", antworte ich emotionslos. Mit einem Ruck befreie ich mich aus seinem Griff und betrete mein Zimmer.

„Julie! Bitte! Lass mich nicht so stehen! Das ist nicht fair!", ruft er mir nach.

Mit einem Schlag platzt die ganze angestaute Wut und Eifersucht aus mir heraus. „FAIR? Hör bloß auf damit, was fair ist! Das Leben, die Liebe, die Entscheidungen die wir treffen! Nichts davon ist fair!" Wütend drücke ich ihm seine Klamotten in die Arme, drehe mich um und knalle ihm die Tür vor der Nase zu.

Entmutigt werfe ich mich auf das Bett und weine hemmungslos in mein Kissen.

Zur gleichen Zeit vor der Tür:

Julie drückt ihm seine Klamotten in die Arme, dreht sich um und knallt die Tür hinter sich zu. Überrascht von Julies heftiger Reaktion bleibt Lucas wie angewurzelt stehen. Was ist los mit ihr? Warum hat sie so heftig reagiert? Sie muss doch wissen, dass er nichts von Olivia will! Warum will sie nicht mit ihm darüber reden? Sie gibt ihm nicht einmal die Chance, zu erklären, was vorgefallen ist. Verzweifelt dreht er sich um und trottet zum Lift. Er fährt in sein Stockwerk und geht langsam in sein Zimmer. Traurig setzt er sich auf das Sofa und starrt vor sich hin. Er kann nicht verhindern, dass ihm Tränen in die Augen steigen. Hat er Julie jetzt ganz verloren? Jede Chance auf eine glückliche Zukunft vertan? Er will es nicht wahrhaben. Ich muss mit ihr reden, sonst drehe ich noch durch, schießt es ihm durch den Kopf. Entschlossen steht er auf und geht zur Tür. Kurz davor bleibt er jedoch stehen und überlegt, ob er den Schritt wirklich wagen soll. Selbstsicher greift er zur Türklinke und drückt sie herunter. Er öffnet die Tür und glaubt zunächst nicht, wer da vor ihm steht.

Kapitel 41

Nachdem ich mich etwas beruhigt habe setze ich mich auf und wische mir meine Tränen von den Wangen. Plötzlich tut mir Lucas unendlich leid, so wie ich ihn vor der Türe abgefertigt habe. Ich war so wütend! Ich habe doch den ganzen Tag gesehen, wie Olivia sich an Lucas rangemacht hat. Warum verwundert es mich da, dass sie ihn am Abend küsst? Vielleicht wollte er es gar nicht? Ich hätte ihm wenigstens die Chance geben sollen, mir zu erklären, wie es wirklich war. Wir haben uns geschworen, fadenscheinigen Erzählungen Dritter keinen Glauben mehr zu schenken, wenn es um uns beide geht. Und etwas zu sehen heißt nicht automatisch, es auch richtig zu verstehen. Entschlossen stehe ich auf und verlasse mein Zimmer. Mit dem Lift fahre ich erneut in den fünften Stock. Zügig gehe ich auf Lucas Suite zu. Kurz davor bleibe ich stehen, atme noch einmal tief durch. Ich hebe meinen Arm, um anzuklopfen. In diesem Moment wird die Tür von innen geöffnet und Lucas schaut mich verwundert an.

Schweigend stehen wir uns gegenüber.
Lucas findet als erster wieder seine Worte. „Hallo! Ich wollte gerade zu dir."

„Lucas! Es tut mir leid, wie ich vorhin reagiert habe. Aber ... ich war so wütend und eifersüchtig und es tat so weh, dich mit Olivia zu sehen...", erkläre ich schuldbewusst.

Lucas kommt einen Schritt auf mich zu und legt seinen Arm um meine Schulter. „Komm erstmal rein! Ich bin froh, dass du gekommen bist."

Erleichtert lasse ich mich von ihm ins Zimmer führen. Nachdem er die Tür hinter mir geschlossen hat, setzen wir uns nebeneinander auf das Sofa. Mit schlechtem Gewissen erzähle ich weiter. „Ich komme mir so blöd vor, dass ich dich so beschimpft habe. Ich sollte eigentlich klüger sein ... nach der Intrige von Claire damals."

„Ich war gerade auf dem Weg zu dir. Und ich hätte nicht aufgegeben, bis du mich angehört hättest", erwidert Lucas bestimmt.

„Was war da vorhin mit Olivia?", will ich ruhig wissen.

„Da war gar nichts! Sie wollte noch mit in mein Zimmer. Ich habe ihr gesagt, dass ich das nicht möchte. Daraufhin hat sie mich geküsst. Das ist alles!"

„Ich habe schon gemerkt, wie sie dich den ganzen Tag umgarnt hat. Und nach unserem Kuss im Taxi, konnte ich mir eigentlich auch nicht vorstellen, dass du gleich zu ihr gehst."

„Aber warum hast du dann so heftig reagiert?"

„Ich weiß momentan einfach nicht mehr was ich glauben soll. Ich stecke in einem solchen Gefühlschaos!" Langsam steigen mir erneut Tränen in die Augen. Liebevoll nimmt Lucas mich in seine Arme und zieht meinen Kopf an seine Brust. Er streichelt mir sanft über die Haare, während ich meinen Tränen freien Lauf lasse. Sehnsüchtig vergrabe ich mein Gesicht in seinem T-Shirt, um seinen Duft einzuatmen. Eine Mischung aus Parfum, Duschgel und ihm selbst. Der Geruch sowie seine Nähe lösen in mir eine Sehnsucht aus, die schmerzt. Langsam hebe ich meinen Kopf und blicke ihm in seine Augen. Ich erkenne in ihnen das gleiche Verlangen, welches auch ich empfinde. Ich lege meine Hand an seinen Nacken und ziehe seinen Kopf zu mir herunter. Wie in Zeitlupe treffen unsere Lippen aufeinander, werden zu einem zärtlichen und vorsichtigen Kuss. Fordernd ziehe ich ihn stärker an mich heran. Er fängt an, mir über den Rücken zu streicheln, hinab bis an den Po. Seine Hand gleitet unter meinen Pulli und legt sich auf meine nackte Haut. Ein Schauer durchfährt mich. Ein Kribbeln, welches ich nur bei ihm empfinde. Mit beiden Händen ziehe ich ihm sein T-Shirt aus und lasse es neben das Sofa fallen.

Plötzlich löst sich Lucas von mir, schaut mich fragend an. „Bist du sicher, dass du es dieses Mal willst?"

„Absolut sicher!", antworte ich leise.

„Was ist mit James?", wendet Lucas kurz ein.

„Ich werde morgen mit ihm Schluss machen! Ich will dich so sehr!", flüstere ich atemlos.

Obwohl das Gespräch für einen Moment auf James gelenkt wurde, wird mein Verlangen nach Lucas nicht weniger. Plötzlich steht Lucas auf und ich befürchte schon, dass er einen Rückzieher macht. Er nimmt mich auf den Arm und trägt mich ins Schlafzimmer. Nachdem er die Tür mit seinem Fuß zugestoßen hat, legt er mich langsam auf das Bett und beugt sich über mich. Er küsst mich erneut zärtlich und voller Verlangen. Nachdem er mir mein Shirt ausgezogen hat, öffnet er mit geübtem Griff meinen BH. Seine Küsse wandern auf mein Dekoltee, über meine Brüste, an meinem Bauch entlang nach unten, bis sie von meiner Hose gestoppt werden. Mittlerweile vergehe ich fast vor Lust. Er öffnet meine Jeans und streift sie mir ab. Mein Atem wird immer schneller und schwerer. Als er meine intimste Stelle berührt, kann ich ein Stöhnen nicht mehr unterdrücken.

Erst viel später, als wir zu müde und zu erschöpft sind, uns immer wieder zu lieben, schlafen wir glücklich Arm in Arm ein.

Kapitel 42

Ein sanftes Streicheln an meiner Schulter weckt mich. Ich öffne die Augen und sehe in ein lächelndes Gesicht. „Guten Morgen, Babe!", sagt Lucas und küsst mich mit seinen weichen Lippen. Während ich meinen Kopf auf seine Brust lege, streiche ich mit meiner Hand über seinen muskulösen Bauch. Mit geschlossenen Augen erinnere ich mich an gestern Nacht. Es war so schön mit Lucas und ganz anders als mit James. JAMES!

Erschrocken fahre ich hoch und setze mich blitzschnell auf. „Wie viel Uhr ist es?", frage ich panisch.

Lucas dreht sich zur Seite und nimmt seine Armbanduhr vom Nachttisch. „Es ist noch nicht einmal neun Uhr! Was ist denn los?", fragt Lucas verwirrt.

Mit besorgter Miene drehe ich mich zu ihm. „James! Er kommt doch heute aus dem Krankenhaus!", erkläre ich unsicher. Hektisch hüpfe ich aus dem Bett und ziehe mich an. Meine Panik wächst und mir steigen Tränen in die Augen. Verdammt! Wie konnte ich vergessen, dass James heute Früh wieder zurückkommt? Wenn ich nicht in unserem Zimmer bin, wird er sofort Verdacht schöpfen. Vielleicht sucht er mich schon und steht gleich vor der Tür! So wollte ich es ihm eigentlich nicht beibringen, dass ich für unsere Beziehung keine Zukunft mehr sehe.

Schnell beuge ich mich über Lucas, um ihm einen flüchtigen Abschiedskuss zu geben.
Abrupt hält er mich fest. „Julie! Mach dich nicht verrückt. Du wolltest doch sowieso heute mit ihm Schluss machen!"
Ängstlich befreie ich mich aus seinem Griff. „Aber nicht jetzt! Nicht so!" Unruhig öffne ich die Schlafzimmertür. Plötzlich sehe ich auf dem Sofa eine Person liegen. Der braune Wuschelkopf verrät mir sofort, dass es sich um Eddie handelt. Auf Zehenspitzen schleiche ich an ihm vorbei zur Tür. Leise öffne ich sie und schlüpfe hinaus. Ich stürme den Flur entlang zum Treppenhaus. Mehrere Stufen auf einmal nehmend sprinte ich die drei Stockwerke hinunter. Vor meinem Zimmer angekommen mache ich eine kurze Verschnaufpause. Was mache ich, wenn er schon im Zimmer auf mich wartet? Ohne eine sichere Strategie öffne ich die Tür und trete vorsichtig ein.
Erleichtert stelle ich fest, dass James noch nicht hier war. Mit zitternden Knien setze ich mich auf das Bett und versuche mich zu beruhigen.

Wie soll ich es James sagen? Wie kann ich ihm klar machen, dass ich Lucas liebe und mit ihm zusammen sein will? Ich weiß, dass dieses Gespräch längst überfällig ist. Die Liebe zu Lucas übersteigt alle Gefühle, die ich je für James hatte. Trotzdem verbindet auch James und mich eine glückliche Zeit und ich will ihn nicht zu sehr verletzen. Ich muss es ihm schonend beibringen.

Es klopft an der Tür. Nachdem ich sie geöffnet habe, nimmt mich ein grinsender James in die Arme und küsst mich zur Begrüßung. Ich merke sofort, dass sich dieser Kuss anders anfühlt, als noch gestern Abend. Es ist fast wie damals bei Aaron, eher freundschaftlich.

„Cherie! Ich habe dich so vermisst!", flüstert er mir ins Ohr, während er mich zurück ins Zimmer schiebt.

„Wie geht es deinem Bein?", weiche ich seiner Erklärung aus.

Abschätzend blickt er auf sein dick verbundenes Knie. „Es geht schon besser. Ich muss es noch schonen, aber bis Paris sollte ich eigentlich wieder fit sein." Er humpelt zum Bett, setzt sich vorsichtig darauf und zieht mich an sich. Schlagartig wird mir bewusst, was er will, aber ich weiß auch, dass noch der Geruch der Liebesnacht mit Lucas an mir haftet.

Lachend entwinde ich mich seinem Griff und gehe zum Badezimmer. „Sorry, James! Aber ich bin gerade erst aufgestanden, ich möchte noch kurz duschen."

„Du bist gerade erst aufgestanden? Hast du in deinen Klamotten geschlafen?", fragt er belustigt.

Erst jetzt wird mir bewusst, dass ich vollständig angezogen vor ihm stehe und auch die Tagesdecke glatt und unbenutzt über dem Bett liegt.

Verlegen winde ich mich. „Na ja, ich war gestern so müde von dem Ausflug, dass ich tatsächlich so auf dem Bett eingeschlafen bin." Dabei deute ich demonstrativ auf mein Shirt und meine Hose. „Ich hüpfe schnell unter die Dusche", füge ich schnell hinzu.

„Wir können doch später zusammen duschen", versucht er mich verführerisch zu überzeugen.

„Ich fühle mich aber verschwitzt und unwohl, ich beeile mich", verspreche ich erneut, bevor ich schnell ins Bad laufe.

Nachdem ich die Tür versperrt habe, drehe ich das Wasser auf. Einen Moment später stelle ich mich unter den warmen, weichen Wasserstrahl.

Ich bin verzweifelt. Wie und vor allem wann soll ich James sagen, dass ich Lucas liebe? Ich fühle mich schäbig! Ich habe ihn betrogen, obwohl ich das nicht wollte. Was ist, wenn er sauer ist? Wenn er ausrastet? Wenn er auf Lucas los geht? Wieder steigen mir

Tränen in die Augen. Länger als beabsichtigt verweile ich unter der Dusche, um das unweigerlich bevorstehende Geständnis hinauszuschieben.

Langsam trockne ich mich ab und wickle mir anschließend das Handtuch um den Körper. Abrupt bleibe ich vor der Türe stehen, als mir bewusst wird, dass ich, nur mit dem Handtuch bekleidet, James sicher Hoffnungen mache. Schnell werfe ich das Handtuch auf den Boden und schlüpfe in meine alte Kleidung vom Vortag.

Entschlossen öffne ich die Badezimmertür. Mein Blick fällt auf James, der auf dem Bett liegt und schläft. Erleichterung macht sich in mir breit. Vermutlich konnte er im Krankenhaus nicht gut schlafen, so dass ihn jetzt die Müdigkeit übermannt hat. Leise schleiche ich zu meinem Koffer und hole mir frische Sachen heraus. Im Bad ziehe ich mich schnell um, bevor ich meine Haare kämme und mir die Zähne putze. Während ich mich im Spiegel betrachte überkommt mich das starke Bedürfnis mit jemandem über meine verzwickte Lage zu sprechen. Soll ich zu Lucas gehen? Nein! Das ist keine gute Idee! Wenn James das erfährt – außerdem ist Eddie bei ihm im Zimmer. Soll ich zu Agnes gehen? Auch keine gute Idee! Olivia wohnt mit ihr zusammen. Soll ich zu Aaron gehen? Ja! Er ist mein bester Freund, er hat immer ein offenes Ohr für mich. Vorsichtig schleiche ich an dem schlafenden James vorbei zur Zimmertür. Leise öffne ich sie und husche hinaus. Mit schnellen Schritten gehe ich zum Lift und fahre erneut in den fünften Stock. An Aarons Zimmer klopfe ich leise an. Nachdem keine Reaktion von innen kommt, klopfe ich lauter. Beim dritten Versuch hämmere ich mit der Faust gegen die Tür. Endlich höre ich eine Stimme von drinnen, kurz darauf wird die Tür geöffnet.

Verschlafen schaut Aaron mich an. „Julie?" Lediglich mit seiner niedlichen Boxershorts bekleidet steht er vor mir. Bei seinem Anblick muss ich lächeln. Ich schiebe ihn rückwärts ins Zimmer und schließe schnell die Tür hinter mir.

Verwundert reißt er die Augen auf.

„Aaron! Ich muss unbedingt mir dir reden. Ich kann so nicht weitermachen!", sage ich verzweifelt. Dabei schießen mir sofort wieder Tränen in die Augen.

Aarons Gesichtsausdruck verändert sich schlagartig. „Hat es mit mir zu tun? Du wirst dich doch nicht…?", setzt er geschockt an.

Plötzlich wird mir klar, was er vermutet.

Entsetzt unterbreche ich ihn. „NEIN! Es hat doch nichts mit dir zu tun. Du bist mein bester Freund und ich weiß nicht, mit wem ich sonst reden soll."

Erleichtert lässt er sich auf sein Sofa fallen. Während ich mich ihm gegenüber setze, wische ich mir eine Träne von der Wange.

Aaron schaut mich besorgt an. „Es ist wegen Lucas, stimmt's?" Mein kurzes Nicken reicht ihm. „Bestimmt, weil er dich ignoriert! Mach dir nichts draus, er macht das nur, weil es ihm so schwer fällt, dass du mit James zusammen bist."

„Nein! Er ignoriert mich nicht mehr."

„Nicht mehr?", gibt Aaron vorsichtig von sich.

Nach einer kurzen Pause fahre ich fort. „Ich war heute Nacht bei ihm. Ich liebe ihn und weiß jetzt nicht, was ich machen soll."

Nachdem Aaron diese Wendung der Ereignisse realisiert hat sagt er sanft: „Du liebst ihn und er liebt dich. Dann ist doch alles in Ordnung. Ich wusste von Anfang an, dass ihr wieder zusammen findet."

„Freut mich, dass du an unsere Liebe glaubst, aber James ist auch noch da. Er ist heute aus dem Krankenhaus gekommen und ich weiß nicht, wie ich es ihm sagen soll. Ich will ihn nicht verletzen."

Aaron überlegt, während er sich am Kopf kratzt. „Dir wird aber nichts anderes übrig bleiben, als es ihm zu sagen. Wenn du es verheimlichst verletzt du ihn umso mehr, wenn er es dann irgendwann erfährt!" Aaron steht auf und kommt auf meine Seite. Er nimmt mich in den Arm und hält mich lange fest.

„Danke Aaron! Du hast Recht! Ich werde es James heute sagen. Ich weiß nur noch nicht wie."

Ich verabschiede mich von Aaron und gehe zurück in mein Zimmer. James liegt immer noch schlafend auf dem Bett. Unerwartet klopft es an der Tür.
Als ich öffne steht Pete vor mir. „Ist James schon da? Ich muss mit ihm sprechen". Ich trete zur Seite, um Pete eintreten zu lassen. Behutsam weckt er James. Anschließend unterhalten sie sich über den Ablauf der nächsten Tage sowie den Zustand der Knieverletzung.

Nachdem Pete sich wieder verabschiedet hat setze ich mich zu James aufs Bett. Glücklich lächelt er mich an.
„Julie! Ich bin so froh, dass ich dich habe. Ich liebe dich mehr, als du dir vorstellen kannst." Aus seinen Augen strömt mir so viel Liebe entgegen. Ich bringe es nicht übers Herz, mit ihm Schluss zu machen und beschließe, dieses Gespräch auf später zu verschieben.

Kapitel 43

„Was willst du heute unternehmen? Was möchtest du noch sehen in New York?", fragt James aufgeregt.

„Keine Ahnung! Aber glaubst du, dass dein Knie die Strapazen aushält? Sollst du dich nicht schonen?", entgegne ich unschlüssig.

Enttäuscht schaut er auf sein bandagiertes Bein. „Ja ... eigentlich schon. Hast du Lust, dass wir heute Abend zu der David Letterman Show gehen, zu welcher die Jungs eingeladen sind?"

„Ja! Das wäre toll. Glaubst du wir können da einfach so mitgehen?", antworte ich begeistert.

James rappelt sich vom Bett hoch. „Komm! Zuerst gehen wir Frühstücken. Ich kläre das gleich mit Pete ab." Gemeinsam verlassen wir unser Zimmer, um in den Frühstücksraum des Hotels zu gehen.

Als wir den gemütlichen Saal betreten, sitzen die fünf Bandmitglieder bereits am Tisch. Lucas Blick wandert von unseren Gesichtern zu unseren umschlungenen Händen. Mit fragendem Blick schaut er mich an. In kann nicht verhindern, dass mein Magen sich zusammen zieht. Nachdem wir uns am Buffet verschiedene Leckereien geholt haben, setzen wir uns an den Nebentisch zu Olivia, Agnes sowie Brian. James und Brian unterhalten sich sofort angeregt, während ich Olivia beobachte. Obwohl sie heute etwas ruhiger und zurückhaltender ist als sonst, verraten ihre Blicke keine Wut gegenüber Lucas.

Nachdem wir das Frühstück beendet haben verabschieden sich die Jungs von uns. Sie müssen zu ihrem Auftritt beim Radio NY. Am Nachmittag wird eine Live-Show mit ihnen übertragen. Brian fragt James und mich, ob wir Lust hätten, zusammen mit ihm ein wenig New York zu erkunden. James könnte sein Knie schonen und wir würden trotzdem etwas von der Stadt zu Gesicht bekommen. Agnes und Olivia wollen lieber im Hotel bleiben. Sie haben vor, sich im Beauty-Bereich verwöhnen zu lassen.

Wir nehmen uns einen der Leihwägen und fahren los. Brian chauffiert uns sicher durch die verstopften Straßen New Yorks. James und ich sitzen auf der Rückbank, wobei sein Arm auf meiner Schulter ruht. Durch Brians Anwesenheit scheint mir der Zeitpunkt erneut ungünstig, James von mir und Lucas zu erzählen. Ein weiteres Mal verschiebe ich mein Vorhaben und genieße unbeschwert den Nachmittag.

Nach dem Abendessen im Hotel machen wir uns fertig für die Fahrt zur David Letterman Show. Olivia und Agnes beschließen, heute Abend einen der angesagten Clubs von New York zu besuchen.

Kapitel 44

Da der Weg zu den Studios relativ kurz ist, kommen wir bereits nach ein paar Minuten Fahrt an. James und ich fahren gemeinsam mit Brian und Pete in einem Auto, während die Jungs in dem weiteren Fahrzeug sitzen. Als wir aussteigen werden wir sofort von den mittlerweile bekannten Rufen sowie dem Gekreische der Fans begrüßt. Im Backstage-Bereich werden die Jungs sofort in die Maske geführt, während wir direkt ins Studio gehen dürfen. Wir nehmen am Rand der Tribüne in der ersten Reihe Platz. Kurze Zeit später strömen die anderen Zuschauer herein und innerhalb weniger Minuten sind alle Plätze besetzt.

Die Show beginnt. Nachdem der Moderator die Jungs von den Dizzy Boys angekündigt hat, erfüllt lauter Beifall das Studio. Die Bandmitglieder treten aus dem Backstagebereich heraus und setzen sich neben den Moderator auf ihre Stühle. Zuerst werden verschiedene Fragen über die Tournee, ihren Aufenthalt in New York und zukünftig zu besuchende Städte, gestellt. Abwechselnd antworten mal Miguel, Ryan, Aaron, Eddie und Lucas.

Dann werden die Fragen präziser. „Miguel! Für wann ist die Hochzeit mit Ivana geplant? Werden deine Bandkollegen auch kommen?"

„Der Termin steht noch nicht fest. Die Jungs sind natürlich alle eingeladen", antwortet Miguel lächelnd.

„Und wer wird ihr Trauzeuge?"

Unsicher schweift Miguels Blick über seine Freunde. „Das wird die schwerste Entscheidung meines Lebens", schmunzelt er.

Jetzt wendet Letterman sich an Lucas. „Lucas! Sie sind seit über einem Jahr Single. Da kommen natürlich erneut Gerüchte über Ihre besondere Beziehung zu Eddie auf. Ist da was dran?"

Neben mir vernehme mir ein leichtes Grunzen von James und merke, dass er krampfhaft ein Lachen unterdrückt. Neugierig beobachte ich Lucas und Eddie. Sie tun mir beide leid, dass sie immer wieder diesen Gerüchten ausgesetzt werden. Nur weil diese emotionslosen Personen, die solche Gerüchte verbreiten, sich nicht vorstellen können, dass zwei Jungs sich wie Brüder lieben, wird ihnen sofort unterstellt, jede ihrer Berührungen hätte einen homosexuellen Hintergrund. Die Bandmitglieder waren alle noch sehr jung, als sie zusammen kamen. Von heute auf morgen verbrachten sie Tag und Nacht zusammen, waren unzertrennlich. Ohne Familie, ohne Freunde, sie hatten nur sich. Da ist es nur normal, dass sie in ihren Kollegen eine Ersatzfamilie fanden. Und Liebe muss nicht immer etwas mit Sex zu tun haben. Ich liebe Aaron auch, aber eben wie einen Bruder.

Lucas verdreht die Augen, Eddie schüttelt leicht genervt den Kopf und schaut zu Boden.

Lucas schaut Letterman fest in die Augen. „Nein! Da ist nichts dran! Aber wir sind es auch leid, uns immer rechtfertigen zu müssen. Egal wie oft wir erklären, dass wir nur Freunde sind, egal wie viele Freundinnen wir haben, egal ob wir uns umarmen oder nicht – dieses Gerücht hält sich, damit haben wir uns schon abgefunden."

Nach diesen Worten ist es absolut still im Studio. Demonstrativ nimmt Lucas Eddie in den Arm und drückt ihn fest an sich. Erst als einer der Zuschauer zu klatschen beginnt, löst sich die Anspannung und das gesamte Publikum applaudiert. Irritiert schaut Letterman auf seine Moderatorenkarte und richtet anschließend noch zwei Fragen an Ryan und Aaron. Nachdem diese die Fragen mit Humor beantwortet haben, verabschiedet er die Jungs von Dizzy Boys.

James, Brian und ich müssen noch bis Ende der Show auf unseren Plätzen bleiben, bis wir ebenfalls aufstehen dürfen und hinter die Bühne gehen können. Gutgelaunt gratuliere ich jedem Einzelnen der Bandmitglieder zu ihrem Auftritt und nehme sie spontan nacheinander kurz in den Arm. Vor Lucas verharre ich eine Sekunde und schaue ihm in die Augen. Anschließend umarmen auch wir uns. Aus dem Augenwinkel erkenne ich, dass James uns beobachtet.

Ryan macht den Vorschlag, dass wir noch in einen Club in der Nähe fahren könnten, um den Abend ausklingen zu lassen. Begeistert erklären wir uns einverstanden und begeben uns zu den Autos.

Wenige Minuten später halten wir vor einem Nachtclub mit dem Namen „Pink Elephant". Direkt hinter dem Eingang führt eine lange Treppe nach unten. Laute Musik schlägt uns entgegen, jedoch nicht unangenehm, sondern gerade so laut, dass man sich noch unterhalten kann.
Der Manager führt uns zu einer reservierten Sitzgruppe in der Ecke. Fröhlich lassen wir uns auf die bequemen Polster fallen.
Überrascht beuge ich mich zu Aaron. „Die wussten doch gar nicht, dass wir kommen!. Wie konnten die einen Tisch für uns reservieren?"
„Der ist nicht für uns reserviert! In den angesagten Clubs halten sie immer ein paar Tische für VIPs frei", erwidert Aaron wissend. Wieder einmal wird mir bewusst, welche Vorteile es bringt, mit den Jungs unterwegs zu sein. Die erste Flasche Champagner ist

schnell geleert und der Nachschub lässt nicht lange auf sich warten. Mir fällt auf, dass James das prickelnde Getränk anscheinend besonders gut schmeckt, er kippt ein Glas nach dem anderen weg wie Wasser. Natürlich lässt die Wirkung des Alkohols nicht lange auf sich warten. James wird lustig und ausgelassen. Immer häufiger zieht er mich in seine Arme, um mich zu küssen. Da mir seine Art der Zuneigung irgendwann zu aufdringlich wird, wehre ich ihn ab, was dieser jedoch nur mit noch festeren Umklammerungen und groben Küssen quittiert. Als einzige Rettung sehe ich die Flucht auf die Tanzfläche.

Entschlossen stehe ich auf und dränge mich an James vorbei. Lachend klatscht er mir mit seiner flachen Hand auf den Po. Ohne darauf zu reagieren, gehe ich schnell weiter zur Tanzfläche. Ich fühle mich unwohl und bewege mich stocksteif zur Musik. Während mein Blick über die Jungs am Tisch wandert, bemerke ich, dass Lucas James beobachtet. Plötzlich steht er auf und setzt sich neben James.

Zur gleichen Zeit am Tisch:

Beunruhigt beobachtet Lucas, dass James immer häufiger Julie zu sich zieht und sie grob küsst. Er merkt an ihrer Haltung, dass es ihr unangenehm ist und überlegt ernsthaft einzugreifen. Plötzlich steht Julie auf. James klatscht ihr mit der flachen Hand kräftig auf den Po. Lucas kocht vor Wut. Er findet James Verhalten unmöglich und will ihm das jetzt auch sagen.

Er steht auf und setzt sich neben den Betrunkenen. „James! Willst du nicht mal was anderes trinken? Ich finde, du hast schon genug für heute!"

Leicht verzögert reagiert James auf die Ansprache und dreht sich langsam zu Lucas um. „Du willst mir verbieten zu trinken? Wer glaubst du, dass du bist? Ich weiß genau, wie viel ich vertrage!", funkelt er Lucas streitsüchtig an. Lucas bemerkt, dass es keinen Zweck hat, sich mit James in seinem Zustand zu streiten und setzt sich wieder zurück auf seinen Platz.

Einige Minuten später beobachtet er Julie auf der Tanzfläche. Er sieht, wie ein etwas älterer Mann, der offensichtlich stark angetrunken ist, auf sie zusteuert. Der Unbekannte spricht Julie an. Desinteressiert dreht sie sich weg. In diesem Moment greift der Fremde nach ihrer Schulter und dreht sie grob zu sich um. Mit seinen starken Armen zieht er sie an sich und presst seinen Körper an ihren. Vergeblich versucht Julie sich aus der Umklammerung zu befreien.

Jetzt reichts! Lucas springt auf und stürmt auf die Tanzfläche.

Nachdem Lucas sich kurz mit James unterhalten hat, setzt er sich zurück auf seinen Platz. Plötzlich taumelt von der Seite ein Typ auf mich zu.

„Hey, Süße! Hast du Lust mit mir zu tanzen?", lallt er lüstern.

„Nein! Ich glaube nicht!", antworte ich angewidert und drehe mich hastig von ihm weg. Völlig unerwartet packt er mich an der Schulter und reißt mich zu sich herum. Im nächsten Moment schlingt er seine Arme um mich und zieht mich eng an seinen Körper. Übelkeit macht sich in mir breit. Die Mischung aus seiner Alkoholfahne sowie dem aufdringlichen Schweißgeruch ist unerträglich. Vergeblich versuche ich, mich aus der Umklammerung zu befreien.

Plötzlich wird der Typ mit einem heftigen Ruck von mir weggerissen.

„Verzieh dich du Penner!", schreit Lucas ihn an. Abwehrend hebt der Betrunkene seine Hände und taumelt anschließend zu seinem Tisch zurück.

Ohne zu überlegen, nimmt Lucas mich sofort in seine Arme. „Ist alles in Ordnung?"

Erleichtert drücke ich mich an ihn und vergrabe mein Gesicht in seinem Shirt.

„Danke, dass du mir geholfen hast", flüstere ich ihm zu.

„Das wäre eigentlich sein Job gewesen!", bemerkt er genervt, während er auf James deutet. Beim Blick zum Tisch bemerke ich, wie James uns skeptisch beobachtet.

Ruckartig löse ich mich aus Lucas Armen. „Er kann doch nicht - wegen seinem Knie".

„Ich glaube eher, er kann nicht, weil er so voll ist. Mich würde ein schmerzendes Knie nicht davon abhalten, dir zu helfen. Niemals!", antwortet Lucas gereizt.

Kurze Zeit, nachdem Lucas mich zurück zu unserem Tisch gebracht hat, brechen wir auf und fahren zurück ins Hotel.

Nach der Ankunft verabschieden wir uns voneinander und ziehen uns in unsere Zimmer zurück. Während ich ins Bad gehe, lässt James sich auf das Bett fallen. Nachdenklich ziehe ich mich um und schminke mich ab. Als ich zurück ins Zimmer komme liegt James bereits ausgezogen unter der Decke. Meine Hoffnung, dass er schon eingeschlafen ist, zerplatzt im Nu. Verführerisch grinst er mich an und streckt seine Arme nach mir aus.

Kapitel 45

Obwohl es mir widerstrebt, sehe ich keine andere Möglichkeit, als mich neben ihn ins Bett zu legen. Heute wird aus meinem geplanten Geständnis wohl nichts mehr. Mit einem betrunkenen James Schluss zu machen, ist keine gute Idee!

Langsam krieche ich unter die Decke. „Gute Nacht, James", sage ich müde, wobei ich auffällig und geräuschvoll gähne. Ich drehe ihm meinen Rücken zu und schließe die Augen. Es dauert keine zwei Minuten, da spüre ich seine Hand an meinem Rücken. Zärtlich streichelt er mich, während er langsam nach vorne zu meinem Bauch wandert. Behutsam dreht er mich zu sich um und will mich küssen.
„James! Ich finde, es ist schon sehr spät und wir haben viel getrunken...", wehre ich ihn deutlich ab.
„Ich bin noch nicht müde und ich habe dich so vermisst", lallt er an mein Ohr. Seine Lippen treffen hart auf meine. Plötzlich steigt Panik in mir auf. Nein! Ich will das nicht! Und seine Alkoholfahne ist so eklig, dass mir übel wird! Hektisch befreie mich aus seinem Griff und setze mich auf.

Mit ungläubigem Blick setzt er sich neben mich. Aus Unverständnis wird Wut. Seine Augen versprühen blanken Hass.

„Was ist los? Liebst du mich nicht mehr?", motzt er mich aggressiv an. Schweigend starre ich auf meine Hände.

„Hast du dich jetzt wieder in diesen Lucas verliebt? Ich habe gesehen, wie du ihn angehimmelt und umarmt hast. Und auf der Tanzfläche wolltest du ihn gar nicht mehr loslassen!", presst er wütend hervor. Mir steigen Tränen in die Augen. Unbeschreibliche Angst kriecht in mir hoch, denn so wütend habe ich ihn noch nie erlebt. „Antworte mir!", schreit er mich an. Ich zucke zusammen. Wie aus dem Nichts schießt seine flache Hand seitlich hervor und landet in meinem Gesicht.

Ein brennender Schmerz breitet sich auf meiner Wange aus. Reflexartig lege ich meine Hand auf die wunde Stelle. Obwohl ich mich vor seiner weiteren Reaktion fürchte, halte ich seinem Blick stand. Als hätte jemand einen Schalter umgelegt, ändert sich schlagartig der Ausdruck in seinen Augen.

„Julie! Es .. es tut mir leid!", stammelt James bedauernd. Langsam hebt er seinen Arm, um mich zu trösten. Ruckartig ziehe ich meinen Kopf vor ihm zurück. Mit seiner Unsicherheit kommt meine Entschlossenheit zurück.

„Leg dich hin und schlaf deinen Rausch aus!", befehle ich mit fester Stimme. Geknickt schaut er mich mit seinen rehbraunen Augen an, dreht sich um und legt sich ohne ein weiteres Wort schlafen.

Langsam sinke ich auf mein Kissen zurück, rutsche jedoch möglichst weit an den Rand des Bettes. Mit angezogenen Beinen wickle ich fest die Decke um mich. Ein Gefühl, gemischt aus Wut, Entsetzen und Traurigkeit überkommt mich. Er hat mich geschlagen! War der Alkohol daran schuld? Sicher! Nüchtern habe ich ihn noch nie so erlebt. Seit ich mit ihm zusammen bin, war er erst zweimal betrunken. Beide Male in Roehampton, als wir mit Freunden unterwegs waren. Er war jedes Mal sehr anhänglich und liebesbedürftig, was mich damals jedoch nicht gestört hat. Plötzlich habe ich unsagbare Angst davor, ihm erklären zu müssen, dass ich unsere Beziehung beenden möchte. Wie wird er darauf reagieren? Noch länger kann ich es nicht hinausschieben! Morgen muss ich mit ihm reden!

Kurz bevor ich einschlafe, denke ich an die Nacht mit Lucas. Wie gerne wäre ich jetzt bei ihm, würde in seinen Armen liegen. Doch zuerst muss ich klare Verhältnisse schaffen und James über meine Gefühle aufklären.

Kapitel 46

Laute Schnarchgeräusche wecken mich. Blitzschnell überkommt mich die Erinnerung an James aggressives Verhalten sowie den Schlag ins Gesicht. Schnell krieche ich aus dem Bett und schleiche ins Bad. Nachdem ich mich geduscht und angezogen habe, kehre ich zurück ins Zimmer. Behutsam setze ich mich auf den weichen Sessel und überlege, wie ich James möglichst schonend beibringen kann, dass ich Lucas liebe. Gerade als ich aufstehen will, um alleine zum Frühstücken zu gehen, raschelt die Bettdecke.

„Julie!", sagt James bettelnd. „Es tut mir so leid, was gestern passiert ist. Ich weiß nicht, was in mich gefahren ist.... ich liebe dich so sehr.... bitte verzeih mir."

Langsam atme ich tief ein. „James! Das ist nicht so einfach. Ich hatte gestern echt Angst vor dir!"

James quält sich aus dem Bett und humpelt auf mich zu. Kurz vor mir bleibt er stehen und schaut mich liebevoll an. „Bitte! Gib mir noch eine Chance! Das war der Alkohol! Sag mir wie ich es wieder gutmachen kann."

Sein trauriger Blick verrät mir, dass er jedes gesprochene Wort ernst meint.

„Ich gehe schon voraus zum Frühstücken. Lass mir etwas Zeit zum Überlegen!", erkläre ich ernst, während ich auf die Tür zusteuere.

Verständnisvoll nickt er. „Natürlich! Ich dusche nur schnell und komme dann nach. Bis gleich!"

Im Fahrstuhl denke ich über seine Worte nach. Ich soll ihm eine Chance geben? Wofür? Ich will doch mit ihm Schluss machen. Warum schiebe ich die Angelegenheit ständig vor mir her?

Im Frühstücksraum sehe ich Aaron alleine an einem großen Tisch sitzen. Ich hole mir eine Schale Müsli und setze mich zu ihm.

„Guten Morgen", sage ich lächelnd.

„Guten Morgen", begrüßt mich Aaron gutgelaunt. Einen kurzen Moment lang überlege ich, ob ich Aaron von James Reaktion gestern Nacht erzählen soll, entscheide mich aber schnell dagegen. Wenn es James wirklich leid tut, möchte ich nicht die anderen unnötig gegen ihn aufbringen.

Wir unterhalten uns über den bevorstehenden Tag. Ein paar Minuten später erscheinen Lucas und Eddie. Mit ihren Tellern in der Hand steuern sie auf unseren Tisch zu. Lucas setzt sich neben mich, Eddie neben Aaron.

„Gut geschlafen?", fragt Lucas mich leise.

„Ja! Es ging so", antworte ich nachdenklich. Lucas bemerkt zwar an meiner Reaktion, dass keineswegs alles in Ordnung ist, hakt aber vor den anderen nicht weiter nach. Kurze Zeit später stehen Eddie und Aaron auf, um sich Nachschub vom Buffet zu holen.

Lucas nützt unsere Zweisamkeit sofort aus. „Julie? Hast du James schon von uns erzählen können?", fragt er leise.

„Leider noch nicht! Gestern war er so betrunken und heute früh war nicht der richtige Moment dafür. Ich werde es ihm aber heute noch sagen. Ich will auch nicht mehr länger warten", erkläre ich bedrückt.

Verständnisvoll nickt Lucas. „Ja! Das dachte ich mir schon. Er war wirklich ziemlich betrunken."

Nach einer kurzen Pause fragt er hoffnungsvoll: „Wir sind heute den ganzen Tag bei dieser Fernsehshow. Sehen wir uns heute Abend noch?"

„Ja! Ich denke, dass ich die Sache bis dahin mit James geklärt habe", antworte ich lächelnd. Unter dem Tisch greift Lucas nach meiner Hand. In diesem Moment kommen Eddie und Aaron zurück und setzen sich wieder auf ihre Plätze. Lucas Finger streicheln zärtlich über meine Hand und spielen dabei mit meinen einzelnen Fingern. Wie gerne würde ich ihn jetzt küssen und umarmen. Während wir uns heimlich, aber verliebt in die Augen schauen, betritt James den Raum. Hastig ziehe ich meine Hand von Lucas zurück und konzentriere mich auf mein Frühstück. Nachdem James sich am Buffet bedient hat, humpelt er auf unseren Tisch zu und setzt sich auf einen freien Platz schräg gegenüber von mir. Gutgelaunt begrüßt er alle Anwesenden, bevor er sich seinem Teller widmet. Einige Minuten später erscheint Pete und fordert die Jungs auf, zu den Autos zu kommen. Nachdem wir uns kurz verabschiedet haben, gehen James und ich zurück auf unser Zimmer.

„Was wollen wir heute unternehmen?", fragt James gutgelaunt. Ratlos zucke ich mit den Schultern. Soll ich es ihm jetzt gleich sagen? Wie fange ich am besten an?

James reißt mich aus meinen Gedanken. „Hast du Lust, dass wir uns einen Film ansehen?" Ohne meine Antwort abzuwarten schaltet er den Fernseher ein und zappt durch die Programme. Bei einer Live-Übertragung eines Basketball-Spiels bleibt er schließlich hängen. Während er sich aufs Bett legt, verfolgt er gespannt das Spiel auf dem Bildschirm. Ich muss hier raus! Ich brauche Ruhe zum Nachdenken!

„James? Schau dir das Spiel in Ruhe an, ich gehe eine Runde im Hotelpool schwimmen", sage ich beiläufig. James nickt, ohne den Blick abzuwenden. Schnell packe ich meinen Bikini sowie ein Handtuch und eile aus der Tür.

Im Untergeschoss, in dem sich der Wellnessbereich befindet, betrete ich zuerst die Umkleidekabine, um mich umzuziehen. Anschließend springe ich in das kühle Nass und schwimme zügig ein paar Bahnen. Bewegung macht schließlich den Kopf frei! Diesem Sprichwort folgend lege ich eine Bahn nach der anderen zurück. Erst als meine Muskeln schmerzen und mein Puls rast, steige ich atemlos aus dem Becken. In mein kuscheliges Handtuch gewickelt lege ich mich auf eine der bequemen, weichen Liegen. Mit geschlossenen Augen grüble ich über mein unangenehmes Vorhaben nach. Welche Worte soll ich wählen? Während ich in Gedanken die verschiedenen Sätze durchspiele, übermannt mich die Müdigkeit und ich schlafe ein.

Zur gleichen Zeit im Zimmer:

James schaut sich das Basketball-Spiel der NBA an und nimmt sich ein Bier nach dem anderen aus der gut sortierten Minibar. Im Fernsehen laufen mehrere interessante Spiele nacheinander, so dass ihm erst bei einer der Werbepausen auffällt, dass Julie bereits seit drei Stunden weg ist. Anfangs macht er sich Sorgen, dann schlägt das Gefühl jedoch in Wut und blanke Eifersucht um. Vielleicht trifft sie sich gerade mit Lucas? Nein! Der ist ja unterwegs... Aber vielleicht ist er schon zurück? Julie ist James große Liebe und er will sie auf keinen Fall verlieren. Er weiß nicht, zu was er fähig wäre, falls sie ihn verlassen würde. Aber eines weiß er: Wenn er sie nicht haben kann, dann soll sie auch kein anderer haben! Vor allem nicht dieser Lucas! Der glaubt wohl, nur weil er berühmt ist, kann er sich jedes Mädchen nehmen. Aber nicht seine Julie! Wütend springt er auf und tigert, mit der Flasche in der Hand, durchs Zimmer. Gerade, als er beschließt, nach seiner Freundin zu suchen, geht die Tür auf und Julie kommt zurück.

Ein lautes Platschen lässt mich hochschrecken. Verwirrt schaue ich mich um. Vor mir im Becken schwimmt ein älterer Herr, der offensichtlich gerade lautstark ins Becken gehüpft ist. Müde setze ich mich auf und suche die große Wanduhr. Oh Gott! Ich habe über zwei Stunden geschlafen! Panisch springe ich von der Liege auf, ziehe mich schnell in der Kabine um und eile zurück in unser Zimmer. Als ich die Tür öffne, stehe ich dem, mich wütend anfunkelnden, James gegenüber. Er hält eine Flasche Bier in der Hand, was mich vermuten lässt, dass das nicht sein erstes Getränk während meiner Abwesenheit ist. Aus seinem Blick schlägt mir eine Mischung aus Wut, Besorgnis und Erleichterung entgegen.

„Wo warst du so lange?", schnauzt er mich leicht lallend an.

Unmittelbar verspannt sich mein Körper. „Ich war im Schwimmbad und bin auf der Liege eingeschlafen", versuche ich ihn zu beruhigen. Krachend stellt er seine Bierflasche auf dem Tisch ab und geht drohend einen Schritt auf mich zu. Seine Augen weisen erneut diese beunruhigende Schwärze sowie diesen aggressiven Ausdruck auf.

„Warst du etwa bei ihm?", schreit er mich an.

„Ich habe dir doch gesagt, dass ich ins …", setze ich zur Erklärung an. Was phantasiert er sich da zusammen?

Schimpfend unterbricht er mich. „Heute Morgen warst du schon neben ihm gesessen! Du glaubst wohl, ich habe eure Blicke nicht gesehen?"

Der Angstpegel in mir steigt an. Trotzdem beschließe ich spontan, obwohl der Zeitpunkt vielleicht nicht gerade der beste ist, es ihm jetzt einfach zu sagen. „James! Ich wollte eh mit dir reden. Lucas und ich….." Weiter komme ich nicht. Schneller als ich reagieren kann, landet seine Hand erneut in mein Gesicht. Augenblicklich schießen mir die Tränen in die Augen. Ich drehe auf dem Absatz um und versuche aus der Tür zu fliehen. Seine kräftige Hand packt mich jedoch am rechten Oberarm und schleudert mich zu sich herum.

„Du bleibst hier! Du bist MEINE Freundin und ich weiß, dass du mich genauso liebst, wie ich dich!" Unbeherrscht zerrt er mich durchs Zimmer und stößt mich auf das Bett. Panisch versuche ich ihm zu entkommen. Er lässt mir jedoch keine Chance. Besitzergreifend wirft er sich mit seinem Körper auf mich, während er mit beiden Händen meine Oberarme umklammert hält. Sein Griff ist so fest, dass meine Arme unter seinem Gewicht schmerzen.

„James! Bitte! Hör auf! Du tust mir weh!", versuche ich ihn zur Besinnung zu bringen.

„Du gehörst mir allein!", presst er wütend hervor und drückt im nächsten Moment seine Lippen auf meine. Mir gelingt es nicht, mich unter seinem Gewicht zu bewegen. Obwohl ich meinen Mund fest schließe, verschafft er sich mit seiner Zunge gewaltsam Einlass und fängt an mich grob und hektisch zu küssen. Meine Panik wächst an, mit ihr jedoch auch meine Kraft, mich zu wehren. In einem kurzen unachtsamen Moment, ergreife ich meine Chance. Als James einen meiner Arme loslässt, um mir gewaltsam meinen Pulli nach oben zu ziehen, schlage ich ihm mit meiner Faust kräftig gegen den Hals. Erschrocken schaut er auf und blickt in meine verweinten Augen.

Genauso plötzlich, wie die Aggression kam, verschwindet sie wieder. Mit schmerzvollem Blick lässt er von mir ab und rollt sich zur Seite. Gekränkt rutsche ich vom Bett und flüchte ins Bad. Dort setze ich mich auf die Toilettenschüssel und weine ungehemmt meine Angst sowie Verzweiflung heraus.

Kapitel 47

Nach einer Zeit klopft es leise an die Badezimmertür. „Julie? Wie geht's dir?", fragt James besorgt.

„Wie soll es mir schon gehen?", frage ich beleidigt zurück.

„Kannst du rauskommen? Ich möchte mit dir reden und durch die Tür ist das irgendwie blöd", bemerkt er schuldbewusst Mittlerweile habe ich mich etwas beruhigt und meine Tränen sind versiegt. Mit gemischten Gefühlen stehe ich langsam auf und öffne die Tür. James schaut mich reumütig an. Gekränkt aber mit erhobenem Haupt schreite ich an James vorbei und setze mich auf den Sessel. James setzt sich auf die Bettkante.

„Wie soll das jetzt weitergehen? Willst du mich jedes Mal schlagen, wenn ich mit Lucas rede?", wende ich mich ungläubig an ihn.

Beschämt schaut er zu Boden. „Nein! Natürlich nicht! Ich hatte nie vor, dir weh zu tun, es ist einfach passiert", erzählt er traurig. „Ich liebe dich Julie! Und ich kann nicht ohne dich leben! Wenn ich mir vorstelle, dass du mich verlässt, dann….ich glaube, das würde ich nicht überleben."

„James! Das ist Quatsch!", rufe ich aufgebracht aus. Ohne lange zu überlegen platze ich mit meinem Bekenntnis heraus. „Was ich dir vorhin eigentlich sagen wollte, ..."

„Nein! Bitte sag es nicht. Ich will es gar nicht hören."

„Egal ob du es hören willst oder nicht, ich muss es dir sagen. Ich will mit Lucas zusammen sein."

Sein entsetzter Blick trifft mich. Seine Augen füllen sich mit Tränen, während seine Lippen leicht zittern. In diesem Moment tut er mir so unsagbar leid, dass ich ihn am liebsten in den Arm nehmen und trösten würde.

„Nein! Bitte Julie ... bitte tu mir das nicht an! Das ertrage ich nicht! Du würdest dadurch alles zerstören! Ich müsste die Tournee abbrechen und könnte dann auch noch meine Karriere an den Nagel hängen."

„James! Rede keinen Blödsinn! Die Tournee dauert nur noch eine Woche, du musst sie deswegen doch nicht abbrechen."

„Wenn ich dich mit ihm sehe, drehe ich durch! Wirklich! Ich kann für nichts garantieren! Ich ertrage es einfach nicht, zu sehen, wie er dich berührt oder gar küsst! Ich würde womöglich auf ihn losgehen. Willst du das?"

Erschrocken blicke ich auf. „Nein! Natürlich nicht!"

„Dann bleibe bei mir, wenigstens noch diese Woche!"

„Versuchst du gerade mir zu drohen? Willst du mir damit sagen, dass du Lucas etwas antust, wenn ich mich für ihn entscheide?"

Schlagartig ändert sich sein Gesichtsausdruck erneut. Mit hasserfüllten Augen schaut er mich an. „Nein! Ich versuche nicht dir zu drohen…..ich drohe dir! Wenn du zu Lucas gehst, wird er es zu spüren bekommen! Das verspreche ich dir! Halte dich fern von ihm!"

Ich kann und will nicht glauben, was ich da höre. Die Angst ergreift erneut Besitz von mir. In diesem Augenblick weiß ich, dass er jedes Wort ernst meint und nicht davor zurückschrecken wird, seine Drohung in die Tat umzusetzen. Vielleicht sollte ich es einfach Lucas und den anderen erzählen? Dann werfen sie James raus! Eigentlich liegt mir nicht daran, seine Karriere zu zerstören, aber wenn er mir droht?

Bedrohlich tritt James einen Schritt auf mich zu. „Und wenn du irgendjemandem davon erzählst, wird Lucas dafür bezahlen! Zerstör mir nicht meine Karriere!"

„Ich habe Angst vor dir, James! Ist es das, was du in mir auslösen willst?", flüstere ich ängstlich.

„Nein! Aber solltest du mich nochmals enttäuschen, dann lasse ich meine Wut an einem anderen aus. Das verspreche ich dir!" Schlagartig werde ich kreidebleich. Ich weiß genau, wen er damit meint. James steht auf und verlässt ohne ein weiteres Wort das Zimmer.

Unschlüssig sitze ich im immer dunkler werdenden Raum und starre vor mich hin. Hoffentlich wache ich aus diesem Albtraum bald auf! Allerdings weiß ich nur zu gut, dass es dieses Mal die Realität ist, die mich in ihren Zwängen hält. Meine Angst um Lucas steigt ins Unermessliche. Was soll ich nur machen? Wie soll ich mich Lucas gegenüber verhalten? Soll ich mich James fügen und Lucas aus dem Weg gehen? Nach langem Grübeln komme ich zu dem Entschluss, dass es die vernünftigste Entscheidung ist, mich diese eine Woche noch von Lucas fernzuhalten. Was sind schon sieben Tage, wenn danach eine Zukunft mit Lucas auf mich wartet?

Mein Vater sagte oft: „Erstens kommt es anders, und zweitens als man denkt."

Kapitel 48

Gegen sieben Uhr abends taucht James wieder in unserem Zimmer auf. Stark angetrunken taumelt er zum Bett. Benebelt schaltet er den Fernseher an und streckt sich neben mir auf seiner Matratze aus. Während ich mit meinem Buch in der Hand auf meiner Seite des Bettes liege, beobachte ihn abschätzend. So betrunken wie er momentan ist, schläft er hoffentlich bald ein.

Eine Weile später klopft es an der Tür. Noch bevor ich reagieren kann, springt James plötzlich neben mir auf und wirft mir einen strengen Blick zu. „Bleib liegen, ich mach auf!" Langsam sinke ich wieder zurück auf das Kissen.

Zur gleichen Zeit im Hotel:

Lucas ist gerade mit seinen Kollegen von ihrem Fernsehauftritt zurückgekommen. Den ganzen Tag hat er sich auf diesen Abend gefreut. Endlich kann er unbeschwert mit Julie zusammen sein. Sie hat mit James sicher schon Schluss gemacht, so dass das Versteckspiel endlich ein Ende hat.

Fröhlich läuft er den Gang entlang zu Julies Zimmer. Während er anklopft, kann er sich ein freudiges Grinsen nicht unterdrücken. Als die Tür sich einen Spalt öffnet, streckt James seinen Kopf heraus.

„Hi James! Ich wollte Julie kurz sprechen. Ist sie da?", fragt Lucas fröhlich. James schaut ihn abfällig an. Lucas spürt sofort, dass etwas nicht stimmt.

„Sie will aber nicht mit dir sprechen", antwortet James abweisend.

Lucas gibt sich damit aber nicht zufrieden. „Kann sie mir das vielleicht selbst sagen?"

„Es muss dir schon reichen, wenn ich es dir sage."

„Tut es aber nicht! Ich will es von IHR hören!", presst Lucas hervor. Seit der Geschichte mit Claire ist auch er vorsichtig, wenn er Mitteilungen über Dritte erfährt.

James verdreht die Augen und stößt die Tür weit auf. Lucas sieht Julie auf dem Bett liegen. Ihre Blicken treffen sich.

In zuckersüßem Ton winkt James mich zu sich herbei. „Julie? Würdest du deinem Verehrer bitte selbst sagen, dass du ihn nicht mehr sehen willst?"

Langsam gehe ich auf die Tür zu. James lächelt, während Lucas mich fragend und verständnislos anschaut. Sobald ich James erreicht habe, legt dieser seinen Arm um mich und grinst Lucas gewinnend an. Ich schaue in Lucas Augen – auf den Boden – wieder in seine Augen. Es fällt mir verdammt schwer, ihn anzulügen. Plötzlich spüre ich einen stechenden Schmerz an meiner Schulter. James drückt mir seinen Daumen fest ins Fleisch, um mich an seine Ansage von vorhin zu erinnern. Anschließend lächelt er mich ermutigend an.

„Lucas,... ich glaube ... es ist besser,... wenn wir uns nicht mehr treffen", stottere ich leise.

Lucas fällt die Kinnlade herunter. Ungläubig starrt er mich an. „Ist das dein Ernst? Hast du mit ihm gesprochen?"

„Ja! Hat sie!", übernimmt James die Antwort. „Und sie ist zu der Überzeugung gekommen, dass sie doch nur mich liebt und dich nicht mehr treffen will. Es ist wohl besser, wenn ihr euch für den Rest der Tournee aus dem Weg geht."

Lucas wendet sich erneut an mich. „Julie? Stimmt das? Was ist passiert? Kann ich ...", setzt Lucas an.

Schnell schneide ich ihm das Wort ab, um es nicht noch schwieriger für ihn und mich zu machen. „Ja! Es stimmt! Es ist besser so, glaube mir!", versuche ich mit fester Stimme zu erklären.

Im nächsten Moment befreie ich mich aus James Armen und stürme ins Badezimmer. Schluchzend setze ich mich auf den Sitz und lasse meinen Tränen freien Lauf.

Erst ewige Zeit später schleiche ich aus dem Bad in mein Bett. James schläft bereits. Ich schlüpfe unter meine Decke und schlafe mit schmerzendem Herzen ein.

Kapitel 49

Am nächsten Tag geht unser Flug nach Frankreich. Wir treffen uns mit unseren Koffern in der Lobby. Nachdem die Crew alle Gepäckstücke in die Autos geladen hat, fahren wir zum Flughafen. Lucas vermeidet es strikt, mich zu beachten. Anscheinend glaubt er meine Worte, welche ich ihm gestern an den Kopf geworfen habe. Es schmerzt mich, von ihm ignoriert zu werden, aber ich muss es aushalten. Lucas zuliebe! Auch ich bin stets darauf bedacht, mich von ihm fern zu halten, um ihn vor James zu schützen.

Vor dem Gate warten wir auf das Boarding. James ist fröhlich und ausgelassen, verhält sich mir gegenüber völlig normal. Er scherzt mit Brian, Aaron sowie Miguel. Sie hecken Streiche aus, wie sie die Crewmitglieder ärgern können. Wüsste ich nicht, dass James zwei Gesichter hat, könnte ich mich darüber amüsieren. Sobald ich jedoch an Lucas denke oder ihn beobachte, habe ich das Gefühl, eine gewaltige Hand umschließt mein Herz und nimmt mir die Luft zum Atmen.

Nach einiger Zeit wird unser Flug aufgerufen. James und ich sitzen mit Brian und Agnes in der Mitte des Flugzeuges. Ein paar Reihen vor uns sitzen Lucas, Eddie, Ryan und Aaron. Davor der Rest der Crew mit Miguel und Olivia.

Nachdem das Flugzeug abgehoben hat, jeder geht seiner eigenen Beschäftigung nach. Nach dem servierten Essen lehnt James sich in seinen Sitz zurück und schläft schließlich ein. Neugierig strecke ich mich, um in den vorderen Reihen nach Lucas zu suchen. Der Wunsch, ihm in die Augen zu schauen, sein Lächeln zu sehen und ihn zu berühren wird übermächtig. Vorsichtig schiebe ich mich an James vorbei, wobei ich mich kurz vergewissere, dass er noch schläft. Anschließend gehe ich langsam zwischen den Reihen hindurch nach vorne. Als ich an Lucas Reihe vorbei komme, drehe ich mich zu ihm um. Unsere Blicke treffen sich und er lächelt mich an. Zaghaft lächle ich zurück, bevor ich weiter in Richtung der Toiletten gehe. Kurz bevor ich mein Ziel erreiche packt mich eine Hand an meinem Oberarm und hält mich fest.

„Autsch!", entfährt mir ein kurzer Schrei. Das war genau die Stelle, an der mich James gestern so brutal festgehalten hat. Ich habe an beiden Oberarmen große blaue Flecken, die bei Berührung schmerzen.

Sofort lässt Lucas mich los. „Sorry! Ich wollte dir nicht weh tun!", entschuldigt er sich schnell. „Hast du dich da verletzt?", hakt er neugierig nach.

„Ich habe mich gestern nur gestoßen. Nicht so schlimm", lächle ich ihn verlegen an.

Lucas tritt näher an mich heran und legt seine Hand auf meine Wange. „Julie! Ich ..."

Ängstlich blicke ich an Lucas vorbei zu James. Lucas beobachtet beunruhigt meine Reaktion. Ruckartig öffnet er die Kabinentür zur Toilette und schiebt mich hastig hinein. Nachdem er mir gefolgt ist, schließt er die Tür hinter sich. Dicht aneinander gepresst stehen wir in dem winzigen Raum. In meinem Kopf erscheint ein Deja vu. Unsere Gesichter sind nur wenige Zentimeter voneinander entfernt. Ich spüre seinen Atem auf meiner Haut und seinen warmen Körper an meinem. Das Herz schlägt mir bis zum Hals. Meine Atmung beschleunigt sich, so dass ich kaum noch klar denken kann.

„Kannst du mir erklären, was das gestern sollte? Ich glaube dir kein Wort von dem, was du erzählt hast. Dass du ihn liebst und mich nicht mehr sehen willst!", presst Lucas leise hervor.

„Es tut mir leid, Lucas! Aber das ist im Moment die einzig richtige Entscheidung für mich. Vielleicht kann ich es dir irgendwann erklären", antworte ich traurig.

„Erklär es mir jetzt! Deine Gefühle zu mir können sich nicht innerhalb eines Tages so geändert haben!"

Mein Kopf fällt nach vorne an seine Brust. Erneut steigt mir sein Geruch in die Nase. Hoffentlich habe ich die Kraft und die Willensstärke, bei meiner Lüge zu bleiben. Er hebt meinen Kopf vorsichtig an, wobei ich Trauer, Verzweiflung und Sehnsucht in seinen Augen erkenne. Zaghaft beugt er sich zu mir hinunter und küsst mich zärtlich auf die Lippen. Verdammt! Was mache ich hier? Wenn James das erfährt, bringt er Lucas um! Mein Körper reagiert mit solcher Intensität auf seine Berührung, dass ich mich nicht dagegen wehren kann. Entgegen aller Vernunft greife ich in Lucas Haare und ziehe ihn näher an mich heran. Mein Verlangen nach ihm ist so stark, dass ich keinen klaren Gedanken mehr fassen kann. Der Kuss ist leidenschaftlich und erotisch. Lucas drückt seinen Körper fest an mich. Meine Hand wandert langsam über seinen Bauch.... Plötzlich reißt ein leises Klopfen uns in die Wirklichkeit zurück. Erschrocken lösen wir uns voneinander.

„Lucas? Julie? Ich wollte euch nur sagen, dass James wach ist", flüstert uns Eddie durch die Tür zu. Fragend schaue ich zu Lucas.

„Er ist der einzige der Bescheid weiß. Er hat gesehen, dass du bei mir übernachtet hast und von deiner Abweisung gestern Abend habe ich ihm auch erzählt", erklärt er beruhigend.

Augenblicklich steigen mir Tränen in die Augen. Meine Angst um Lucas lässt mich fast verzweifeln.

„Du gehst zuerst raus! Ich komme in ein paar Minuten nach", flüstert Lucas mir zu. Ich nicke und schiebe mich an ihm, so gut es eben geht, vorbei. Ein letztes Mal küsst er mich. „Ich liebe dich! Egal was passiert", flüstert er liebevoll. Nachdem ich aus der der Kabine geschlüpft bin, gehe ich zügig zurück zu meinem Sitz.

James ist zwar wach, liest aber konzentriert in einer Zeitschrift. Unauffällig setze ich mich neben ihn und schnalle mich wieder an.
„Alles in Ordnung?", fragt er fürsorglich.
„Ja! Alles o.k.", antworte ich lächelnd. Ich kann nur hoffen, dass er nichts bemerkt hat.

Nach knapp achtstündigem Flug landen wir auf dem Charles de Gaulle Airport in Paris. Wir holen unsere Koffer und begeben uns zu den für uns bereit gestellten Fahrzeugen, die uns in die Innenstadt bringen.
Nach kurzer, zügiger Fahrt kommen wir vor unserem Hotel an. Durch die Zeitverschiebung sind wir alle ziemlich müde. In New York ist es jetzt 1.00 Uhr nachts, hier in Paris dagegen schon 7.00 Uhr morgens. Nachdem wir eingecheckt haben, falle ich erschöpft auf unser Bett. Pete lässt uns allerdings nur ein paar Stunden schlafen. Er will, dass wir uns möglichst schnell an die Zeitumstellung gewöhnen, da bereits morgen Abend der erste der insgesamt drei Auftritte in Paris stattfindet. Deshalb treffen wir uns

bereits nachmittags zu einer Besprechung mit Pete und der Crew.

„Heute Abend fahren wir auf ein kleines Fest - einen Jahrmarkt mit Schießbuden und Karussell. Das Disneyland Paris ist leider zu groß und es sind zu viele Leute dort. Ich möchte, dass ihr euch erholt und Spaß habt." Große Freude macht sich bei den Anwesenden breit. Die Zeit bis zur Abfahrt verbringen James und ich mit Brian, Agnes und Olivia im Aufenthaltsraum. In einer Ecke des Raumes sitzen Lucas, Eddie und Aaron. Miguel und Ryan sind im Hotelzimmer geblieben, um Playstation zu spielen. Mir entgeht nicht, dass Lucas oft zu mir herüber schaut, wobei er auf einen Blickkontakt von mir hofft. Es kostet mich mehr Anstrengung als mir lieb ist, nicht auf ihn zu reagieren. Glücklicherweise taucht Pete auf und teilt uns mit, dass wir in einer halben Stunde losfahren. Kurzerhand begeben wir uns alle nochmals in unsere Zimmer, um uns umzuziehen und fertig zu machen.

James und ich sitzen in einem anderen Auto als Lucas. Wer die Situation aufmerksam beobachtete, dem fiel auf, dass James wartete, bis Lucas sich für einen Wagen entschied und sodann zielstrebig auf das andere Fahrzeug zusteuerte. So bleibt mir wenigstens erspart, mich Lucas Anziehungskraft ausgesetzt zu sehen.

Das Fest ist wirklich nur ein kleines Dorffest. Ein paar Schießbuden, Stände mit Essen und Getränken, ein kleines Riesenrad, ein Karussell und eine Geisterbahn. Ausgelassen verteilen wir uns auf dem Platz.

James zieht mich zu einer der Schießbuden. „Los komm! Ich schieße dir etwas Schönes", bemerkt er fröhlich. An den Seiten des Standes hängen viele Stofftiere. In der Mitte warten Metallsterne und viele schöne Rosen darauf, abgeschossen zu werden. James legt das Gewehr an und beginnt mit dem ersten Schuss. Er schießt auf die Rosen und trifft jede, die er anvisiert. Nach seinem dritten Schuss taucht hinter uns plötzlich Lucas mit Aaron auf.

Kritisch beobachtet er James. „Du bist wohl ein Meisterschütze! Mal sehen, ob ich auch alles treffe, worauf ich ziele", kommentiert er James Leistung. Dabei zwinkert er mir unbemerkt zu.

Lucas stellt sich neben James und legt das Gewehr an. Er zielt und trifft einen der Metallsterne. James schießt weiterhin auf Rosen, Lucas zielt nur auf die Sterne. Beide schießen sehr gut, kein Schuss geht daneben. Nach James letztem Schuss sammelt der Budenbesitzer die am Boden liegenden Blumen ein und überreicht mir einen riesigen Strauß mit langstieligen roten sowie gelben Plastikrosen. Super!

Die darf ich jetzt den ganzen Abend mit mir herumschleppen! Tolle Idee James! Nachdem Lucas seinen letzten Schuss abgefeuert hat, darf er sich ein Stofftier aussuchen. Nachdem er sich entschieden hat, dreht er sich zu uns um und überreicht mir einen mittelgroßen gelben Bären mit rotem Pulli.

James verzieht sein Gesicht. „Oh! Wie passend! Das ist doch Winnie Puuh! Wie süß!", bemerkt er verächtlich. Dankend nehme ich den Bär entgegen und bekomme feuchte Augen. Schnell drehe ich mich von James weg. Dieser legt lediglich den Arm um mich und zieht mich weiter. Vor der Geisterbahn treffen wir auf die anderen.

Sie stehen bereits an und winken uns herbei. „Los kommt, fahrt mit!", ruft Eddie. Erwartungsvoll schaue ich zu James, der mir bestätigend zulächelt. Schnell drücke ich unserem Bodyguard die Rosen sowie den Bär in die Hand und laufe fröhlich auf die wartende Gruppe zu. Obwohl es nur ein kleines Fest ist, stehen bei der Geisterbahn verhältnismäßig viele Leute an. Vor mir stehen Eddie, Ryan, Miguel, Aaron und Lucas. Hinter mir James, Brian, Agnes und Olivia. Die Schlange bewegt sich langsam vorwärts. Als Miguel an der Reihe ist, steigt er ein und zieht Aaron hinter sich her. Jetzt steht Lucas alleine vor dem Einstieg und wartet auf die nächste Fahrt. Der Wagen rollt heran und hält vor ihm. Als er einsteigt, drückt mich die Menge weiter nach vorne. Plötzlich, kurz bevor Lucas Wagen los fährt, schiebt mich der Betreiber der Anlage in den Wagen.

„Bitte die Wägen voll besetzen! Bei diesem Andrang dauert es sonst ewig!" bestimmt er mit kräftiger Stimme. Vollkommen überrumpelt stolpere ich in den Wagon und werde von Lucas gerade noch aufgefangen, bevor ich stürze. Bevor ich die Situation richtig einschätzen kann, fährt der Wagen schon los. James Reaktion bekomme ich nicht mehr mit.

Das Tor vor uns geht auf - wir fahren in die absolute Dunkelheit. Hinter uns schließt sich das Tor wieder, so dass ich nicht einmal die Hand vor meinen Augen sehe. Bereits drei Sekunden später ändert sich das schlagartig. In der Ecke taucht, mit lautem Gebrüll und hell erleuchtet eine blutverschmierte Figur auf, welcher der halbe Hals durchtrennt wurde. Der Kopf hängt schräg herunter, während Blutspuren über den nackten Oberkörper laufen. Panisch schreie ich auf und kralle mich an Lucas Arm. Im nächsten Moment ist es wieder dunkel. Beschützend legt Lucas seinen Arm um mich und zieht mich zu sich heran. Umschlossen von der anonymen Finsternis lege ich meinen Kopf an seine Schulter. Plötzlich erhellt ein Blitz das Gewölbe. Eine riesige, laut zischende Spinne fliegt direkt auf mich zu! Reflexartig vergrabe ich mein Gesicht in Lucas Pulli. Im nächsten Moment ist es wieder stockdunkel.

Auf seine Nähe und den mir bekannten Geruch reagiert mein Körper mit einer übermäßigen Ausschüttung an Dopamin. Die uns umhüllende Finsternis gibt mir Sicherheit. Mein Verstand schaltet aus, so dass nur mein Verlangen nach ihm mein weiteres Handeln steuert. Meine Lippen wandern an seinen Hals. Trotz der lauten Nebengeräusche der Geisterbahn vernehme ich ein leises Stöhnen aus seinem Mund. Er legt seine Hand in meinen Nacken, dreht seinen Kopf, bis sich unsere Lippen finden. Während ich sie leicht öffne, suche ich behutsam Zugang zu seiner Zunge. Alle weiteren Geister, die uns entgegen springen oder anschreien, nehmen wir nicht mehr wahr. Für uns existiert nur noch dieser Augenblick sowie dieser leidenschaftliche Kuss.

Kapitel 50

Die Welt um uns herum scheint zu versinken. Wir bemerken nicht, dass sich die Fahrt dem Ende zu neigt und nur noch ein einziges Tor uns von der Außenwelt trennt. Mit einem lauten Schlag knallt der Wagen an das Tor und öffnet es. In dieser Sekunde wird Lucas bewusst, dass wir beobachtet werden und stößt mich ruckartig von sich weg. Noch immer halb in Trance öffne ich meine Augen und erkenne Eddie, Ryan, Miguel und Aaron, die uns amüsiert angrinsen. Peinlich berührt steigen wir aus. Zum Glück ist James noch in der Geisterbahn. Da er im Wagen hinter uns sitzt, muss er gleich rauskommen. Gespannt warten wir auf die Ankunft der nächsten Fahrgäste. Das Tor öffnet sich erneut und der nächste Wagen rollt auf uns zu. Geschockt stelle ich fest, dass Brian und Agnes in diesem Wagen sitzen. Wo ist James? Unsicher blicke ich mich um. Einige Meter entfernt von uns steht er. Er schaut mich mit starrem Blick an. Oh mein Gott! Hat er gesehen, dass wir uns geküsst haben? Warum war er nicht im Wagen hinter uns?

Unsicher trotte ich auf James zu. „Warum warst du nicht in der Geisterbahn? Wolltest du nicht mehr fahren?", frage ich unschlüssig. In diesem Moment erscheinen die anderen hinter mir und unterhalten sich lachend über die gruseligen Geister.

„Ohne dich wollte ich nicht fahren. Aber hat es dir gefallen?", antwortet James ruhig. Ohne ein weiteres Wort nimmt er mich in den Arm und zieht mich weiter.

Auf der Rückfahrt zum Hotel beobachte ich James mit Argusaugen. Ich traue dem Frieden nicht. Warum ist er dieses Mal überhaupt nicht eifersüchtig, obwohl ich mit Lucas allein in der Geisterbahn war? Gutgelaunt und fröhlich unterhält er sich mit Brian und Aaron, die bei uns im Auto sitzen.

Im Hotel verabschieden wir uns von den anderen und gehen auf unser Zimmer. James verhält sich mir gegenüber freundlich und völlig normal. Bis die Türe sich hinter uns schließt.

Als würde eine Maske von ihm abfallen, ändert sich schlagartig seine Stimmung. Mit wutverzerrtem Gesicht steuert er auf mich zu. Ich habe keine Zeit mehr zu reagieren. Mit voller Wucht schlägt er mir seine Hand ins Gesicht. Mein Kopf schleudert zur Seite, der Blumenstrauß sowie das Stofftier fallen auf den Boden. Ein stechender Schmerz durchfährt meine Lippe. Angsterfüllt reiße ich meine Augen auf. „James, ich…"

„WAS? Willst du mir sagen, du wolltest nicht mit ihm zusammen in dem Wagen sitzen? Oder du wolltest ihn nicht küssen?" Hasserfüllt spukt er mir die Worte entgegen. Ängstlich wende ich meinen Blick ab und versuche, so der kritischen Situation aus dem Weg zu gehen. James packt mich am Arm und reißt mich zu sich herum. Mittlerweile schmecke ich das Blut, welches aus meiner Lippe rinnt.

Da ich keinen anderen Ausweg sehe, versuche ich besänftigend auf ihn einzuwirken. „Hast du mir nicht versprochen, dass du mich nicht mehr schlägst?", frage ich laut, aber doch einfühlsam.

James nickt zustimmend. „Richtig! Ich habe versprochen, dass Lucas dafür bezahlen wird! Und das wird er jetzt auch!" Blitzschnell dreht er sich um und stürmt auf die Tür zu. Oh Gott! Nein!

Entsetzt laufe ich ihm nach und stelle mich schützend vor die Tür. „Bitte! James, nicht! Lass ihn in Ruhe! Es ist nicht seine Schuld, was heute passiert ist!", flehe ich ihn an. „Bitte! Bitte glaub mir, es wird nicht mehr vorkommen!" Er drückt mich mit seinem Körper an die Tür und kommt mir dabei mit seinem Gesicht ganz nahe. Ich rieche seine Alkoholfahne. Unbeherrscht presst er seine Lippen auf meine. Mit beiden Händen drücke ich gegen seinen Oberkörper, aber es gelingt mir nicht, ihn von mir fernzuhalten. Ein paar Sekunden später löst er sich plötzlich von mir und schaut mich traurig an. Sofort bemerke ich, dass sein aggressives Ich den Rückzug angetreten hat und ihm der brutale Angriff leid tut. Nur nützt das meiner Lippe jetzt auch nichts mehr. Schweigend schiebe ich mich an ihm vorbei und ziehe mich ins Badezimmer zurück.

Im Spiegel betrachte ich mein Gesicht. Die Unterlippe ist aufgeplatzt. Sie blutet zwar nicht mehr, schwillt jedoch langsam an. Meine Augen sind vom Weinen gerötet. Ich wasche mir das Blut sorgfältig ab und steige unter die heiße Dusche.

Kurze Zeit später kehre ich zurück ins Zimmer. James liegt bereits im Bett und beobachtet mich. Ich kann mich nicht überwinden, heute Nacht neben ihm zu liegen. Unser Hotelzimmer hat allerdings kein Sofa, auf dem ich schlafen könnte. Ich setze mich in den einzigen Sessel im Zimmer und ziehe meine Beine an.

Während ich überlege, wo ich heute Nacht schlafen soll, sagt James leise und traurig: „Julie! Ich wollte das wirklich nicht! Es tut mir so leid. Ich hasse diese Ausraster an mir, aber ich kann sie nicht abstellen. Ich habe solche Angst dich zu verlieren. Einerseits weiß ich, dass ich dich bereits verloren habe, andererseits will ich es nicht wahrhaben. Wenn ich dich mit einem anderen sehe, kann ich einfach nicht mehr klar denken." Jetzt, da James wieder ruhig und vernünftig ist, habe ich auch keine Angst mehr vor ihm. Ich bin nur noch angewidert von seinem Verhalten.

„Ich werde heute Nacht auf keinen Fall neben dir im Bett schlafen. Ich gehe zu Aaron", erkläre ich sachlich.

Ängstlich blickt James auf. „Nein! Bitte geh nicht! Wenn die anderen davon erfahren, werfen sie mich sofort raus. Ich gehe! Du kannst das Bett für dich alleine haben."

James hüpft aus dem Bett und geht ohne weitere Diskussion zur Tür. Bevor er das Zimmer verlässt, dreht er sich noch einmal zu mir um. „Gute Nacht! Und bitte verzeih mir! Es tut mir unendlich leid." Mit diesen Worten verschwindet er durch die Tür und schließt sie leise hinter sich.

Kapitel 51

Ich liege auf einer Blumenwiese, die Sonne scheint mir warm ins Gesicht, während um mich herum Vögel zwitschern. Eine warme Hand streichelt mir sanft über die Wange. Langsam öffne ich meine Augen. Nur ein Gedanke beherrscht mich: Lucas! Meine Hand greift nach seinem Nacken und ich ziehe ihn zu mir herab. Unsere Lippen treffen aufeinander. Wir küssen uns, wie es nur Verliebte tun. Plötzlich wird es spürbar kühler. Wolken schieben sich vor die Sonne und ein leichter Wind kommt auf. Beunruhigt lösen wir uns voneinander. Dort drüben, am Waldrand, steht eine Person. Ich kneife meine Augen zusammen, um sie besser erkennen zu können. Ein kalter Schauer fährt mir über den Rücken. Erschrocken stelle ich fest, dass es James ist.

Im nächsten Moment steht er vor uns und packt mich am Arm. Brutal zieht er mich hoch und schreit mir ins Gesicht: „Du Miststück! Du hast es schon wieder getan! Du hast versprochen, dich von ihm fernzuhalten!" Er schleudert mich zur Seite - tritt zielstrebig auf Lucas zu. Er packt ihn am Kragen und wirft ihn zu Boden. „Julie! Lauf weg! Lauf!", ruft Lucas mir zu. Ich schüttle den Kopf. Ich will ihn nicht allein lassen. James prügelt mittlerweile auf Lucas ein, dieser kann sich kaum wehren. Es wird immer dunkler.

Plötzlich kommt von oben etwas auf mich zugeflogen. Es kommt schnell näher und wird immer größer. Ein lautes zischendes Geräusch ertönt, bis ich auf einmal erkenne, was es ist. Eine riesige Spinne stürzt mit ihren acht Beinen direkt auf mich zu. Schreiend renne ich über die Wiese, weiter und immer weiter, einfach nur weg. Ebenso schnell wie es aufgetaucht ist, verschwindet das riesige Insekt auch wieder. Atemlos bleibe ich stehen. Ich blicke in Richtung der beiden am Boden kämpfenden Männer – erkenne, wie James aufsteht und sich schnell entfernt. Besorgt und mit Tränen in den Augen laufe ich zurück. Meine Schritte werden immer schneller, während meine Angst immer mehr zunimmt. Was hat er mit Lucas gemacht? Hat er ihn verletzt?

Ein Körper liegt, mit dem Gesicht nach unten, im hohen Gras. Ich erkenne sofort, dass es Lucas ist. Schluchzend beuge ich mich über ihn, wobei ich ihn leicht an die Schulter fasse.

„Lucas? Ist alles o.k.?", bringe ich mühsam hervor. Ich bekomme jedoch keine Antwort. Langsam drehe ich ihn auf den Rücken. Schlagartig stockt mir der Atem, bei dem Anblick, der sich mir bietet. Lucas Hals ist bis zur Hälfte von seinem Oberkörper abgetrennt. Blut fließt in Strömen aus seiner Wunde. Ein lauter Schrei entfährt meiner Kehle…

Verschwitzt und schwer atmend wache ich auf. Hektisch blicke ich mich im dunklen Zimmer um und vergewissere mich, dass es nur ein Traum war. Warum träume ich solche Sachen? Der reinste Horror! Nachdem ich mich etwas beruhigt habe, trotte ich ins Badezimmer. Mit beiden Händen schütte ich mir kaltes Wasser ins Gesicht. Durch einen brennenden Schmerz werde ich an meine aufgeplatzte Lippe erinnert. Ich schaue in den Spiegel und erkenne, dass sie seit gestern Abend noch mehr angeschwollen ist. Wie soll ich das den anderen erklären? Das lässt sich nicht einmal überschminken! Auf dem Weg zurück zu meinem Bett sehe ich am Boden noch immer die Blumen sowie den gelben Bär liegen. Langsam hebe ich das Stofftier auf und drücke es an mich. Ich lege mich in mein Bett und schließe die Augen. Mit dem kleinen Puuh-Bär fest in meinen Armen erinnere ich mich an den Kuss in der Geisterbahn. Mit einem Lächeln auf den Lippen schlafe ich noch einmal ein.

Kapitel 52

Der Duft von frischem Kaffee und Croissants weckt mich. Müde strecke ich mich und öffne langsam meine Augen. James sitzt neben mir im Bett mit einem großen Tablett auf den Beinen.

„Guten Morgen!", sagt er fröhlich. „Ich dachte mir, vielleicht hast du Lust, heute im Bett zu frühstücken?"

Skeptisch betrachte ich ihn. „Wie kommst du darauf?"

Er lächelt mich an, dabei deutet er mit seinem Finger auf meine Lippe. „Na, wegen deiner Lippe meine ich. Muss ja nicht gleich jeder sehen, dass du dich verletzt hast."

Ungläubig reiße ich meine Augen auf. „Dass ich mich verletzt habe? Ist das dein Ernst?"

„Julie! Wir müssen doch nicht jedem auf die Nase binden, dass ich die Beherrschung verloren habe. Und es wird sicher nicht mehr vorkommen, das verspreche ich dir."

„Falls du es vergessen hast – wir haben heute Nachmittag Proben und am Abend einen Auftritt. Wie soll ich da meine Lippe verstecken?"

„Uns wird schon was einfallen", entgegnet er zuversichtlich.

Ich schlage die Decke zurück und springe aus dem Bett. Genervt von seiner Einstellung gehe ich ins Bad, schließe die Tür hinter mir und betrachte mich im Spiegel. Vorsichtig berühre ich die wunde Stelle an meiner Lippe. Die Schwellung ist glücklicherweise etwas zurückgegangen. Vielleicht lässt es sich ja doch überschminken? Während ich mir vorsichtig die Zähne putze beschäftigt mich die Frage, wo James heute übernachtet hat. War er bei Brian? Wenn ja, wie hat er ihm den überstürzten nächtlichen Auszug erklärt? Oder hat er sich irgendwo im Hotel hingelegt? Schlussendlich ist es mir egal, wo er war. Ich stelle mir eher die Frage, wie lange ich dieses morbide Spiel noch durchhalte.

Zurück im Zimmer nehme ich mir ein Croissant und mustere James.

„Kannst du mir wirklich versprechen, dass es das letzte Mal war, dass dir so ein Ausraster passiert ist?", frage ich nachdenklich.

„Ja! Ich verspreche es dir! Ich will dich doch nicht verletzen!", antwortet er kläglich.

Trotz der Schmerzen, meiner Angst und der Wut der letzten Tage, glaube ich James in diesem Moment. Er meint es ernst. Ich beschließe, ihm eine letzte Chance zu geben und seine Tat nochmals zu vertuschen. „Solltest du mich noch einmal grob anfassen, egal in welcher Weise, dann lass ich dich auffliegen! Das verspreche ich dir!", lass ich ihn selbstsicher wissen.

Gegen Mittag klopft es an unserer Tür. Pete teilt uns mit, dass es in einigen Minuten zu den Proben losgeht. Ich überprüfe vor dem Spiegel nochmals meine Lippe.
Lächelnd tritt James hinter mich und reicht mir einen dicken Schal. „Hier! Wickle den rum, dann sieht man deine Lippe nicht mehr." Ich lege den Schal zweimal um meinen Hals und ziehe ihn zur Hälfte über mein Gesicht. Was mache ich da eigentlich? Das geht niemals gut!

Nach kurzer Fahrt mit den Autos kommen wir bei der Konzerthalle an. Die Fans empfangen uns mit lautem Kreischen und Rufen. Schnell begeben wir uns in den Backstagebereich der Halle zu unseren Garderoben.
Nachdem wir uns umgezogen haben, treffen wir uns auf der Bühne wieder. Den Schal lasse ich wohlbedacht vorerst an.
„Hey Julie! Bist du krank?", fragt Aaron besorgt.
Schnell schüttle ich den Kopf. „Nein! Ich habe nur ein wenig Halsschmerzen."

Nach drei Tänzen folgt eine kleine Pause. James setzt sich mit schmerzverzerrtem Gesicht auf einen Stuhl.

Fürsorglich kümmert sich Pete um ihn. „James! Schmerzt dein Knie wieder?"

„Ja! Vielleicht hätte ich doch die Bandage dran lassen sollen".

„Los, komm! Dann verbinden wir dein Bein besser wieder." Pete hilft James auf und verlässt mit ihm die Bühne.

Durstig greife ich nach einer Flasche Wasser und trinke sie gierig zur Hälfte leer. Mit dem dicken Schal ist mir mittlerweile so heiß, dass ich beschließe, ihn abzulegen. Erleichtert wickle ich ihn mir vom Hals und lege ihn zur Seite.

Als Lucas mir entgegen kommt, bleibt er schockiert vor mir stehen. „Mein Gott! Was hast du da?", fragt er entsetzt. Dabei berührt er spontan mit seinem Daumen meine geschwollene Lippe.

Vor Schmerz zucke ich ein Stück zurück.

„Das sieht aus, als wenn dich …..", fängt Lucas an.

„Ich bin gestolpert und habe mir auf die Lippe gebissen", unterbreche ich ihn schnell.

Lucas schaut mir zweifelnd in die Augen. „Bist du sicher?", fragt er mitfühlend.

Ich nicke befangen und drehe mich schnell weg.

Im selben Moment erscheinen James und Pete wieder in der Halle. Während James durch die Halle geht, lässt er mich und Lucas nicht aus den Augen. Er studiert jede unserer Bewegungen und Blickkontakte. Glücklicherweise beschränken sich unsere Gespräche auf den bevorstehenden Auftritt sowie die aktuelle Choreographie.

Nach einer längeren Pause beginnt am Abend das Konzert. Die Show verläuft ohne Zwischenfälle. Die Jungs scherzen auf der Bühne, performen perfekt ihre Lieder, während wir anzen zu den einstudierten Songs tanzen. In einer der kurzen Pausen hinter der Bühne, stehe ich bei Aaron und unterhalte mich mit ihm. Auch ihm musste ich kurz erklären, woher die Verletzung meiner Lippe stammt. Glücklicherweise konnte ich auch ihn davon überzeugen, dass ich zur Zeit etwas tollpatschig bin und mich selbst verletzt habe.

Während Aaron mir gerade erzählt, was ein Fan vorhin im Publikum veranstaltet hat, bemerke ich, wie James und Lucas sich vor den Getränkekisten gegenüberstehen. James baut sich vor Lucas auf und tritt einen Schritt näher an ihn heran. Die Situation sieht bedrohlich aus. Ängstlich verfolge ich, wie James Lucas plötzlich mit beiden Händen kräftig wegschupst. Lucas taumelt, kann sich aber fangen. Er wirft James einen letzten bösen Blick zu, dreht sich um und geht zu Miguel.

Zur gleichen Zeit bei den Getränkekisten:

Lucas geht zu den Getränken, um sich eine Flasche Wasser zu holen. Er öffnet sie und genehmigt sich einen kräftigen Schluck. Plötzlich bemerkt er, dass James neben ihm steht.
„Hey James! Wie geht es deinem Knie?", fragt er freundlich.
„Tu nicht so scheinheilig! Du magst mich genauso wenig, wie ich dich", antwortet James gereizt.
„Richtig! Aber ich kann professionell damit umgehen", entgegnet Lucas bittersüß.
James geht einen Schritt auf Lucas zu und schaut überheblich von oben auf ihn herab. „Lass endlich die Finger von Julie!", presst er leise hervor.
Lucas lässt sich jedoch nicht einschüchtern und hält seinem Blick stand. „Sollte sich rausstellen, dass Julie sich nicht selbst auf die Lippe gebissen hat, dann bist du erledigt!", erwidert er drohend.
James kann seinen Zorn nicht mehr bändigen. Mit beiden Händen schlägt er Lucas auf die Brust und stößt ihn kräftig weg. Dieser würdigt ihn mit einem verächtlichen Blick, dreht sich um und geht zu Miguel.

Auf der Bühne vor den Fans ist von dem Vorfall nichts mehr zu merken. James und Lucas verhalten sich professionell und beenden die Show, wie es die Fans von ihnen erwarten.

Nach dem Konzert steigen wir erschöpft in die Autos und fahren zurück zum Hotel.

Im Hotelzimmer gehe ich sofort unter die Dusche. Es ist bereits spät und ich bin hundemüde. Ich schlüpfe in meine Schlafsachen, putze mir die Zähne und will anschließend ins Bett steigen.

Plötzlich versperrt mir James den Weg. „Danke, dass du heute nichts erzählt hast", sagt er gefühlvoll.

Fragend ziehe ich die Augenbrauen hoch.

„Wegen der Lippe meine ich", fügt er schnell hinzu.

„Schon gut", antworte ich knapp, während ich versuche, ihm aus dem Weg zu gehen.

Blitzschnell hält er mich mit festem Griff zurück und zieht mich zu sich heran. „Was wollte Lucas heute schon wieder von dir?"

Ich blicke in seine Augen und mir wird augenblicklich klar, dass seine Eifersucht wieder die Oberhand gewinnt.

Ich bin bemüht, beruhigend auf ihn einzuwirken. „Nichts! Er hat sich nur Sorgen wegen meiner Verletzung gemacht." Sein Griff wird härter. Die

Angst kriecht in mir hoch. Sein Gesicht kommt meinem ganz nahe und erneut bemerke ich die leichte Alkoholfahne. Wann hatte er Zeit, Alkohol zu trinken?

Leise bedrängt er mich. „Warum kann dieser Typ nicht einfach die Finger von dir lassen? Ermutigst du ihn etwa dazu?"

„Was redest du da? Sobald diese Tour zu Ende ist, verlasse ich dich! Hör endlich auf, den Eifersüchtigen zu spielen!", werfe ich ihm aufgebracht entgegen.

Langsam hebt er seinen rechten Arm. Vergeblich versuche ich mich aus seinem Griff zu befreien, um dem Schlag zu entkommen. Nichts passiert! Stattdessen hebt er mich hoch und wirft mich zur Seite. Aus dem Augenwinkel sehe ich mich auf die Tischplatte zurasen. Im nächsten Moment lande ich unsanft auf dem harten Holz. Ein kräftiger Schlag über meinem rechten Auge raubt mir fast den Atem.

Sofort beugt sich James besorgt über mich. „Julie! Hast du dich verletzt? Verdammt! Das wollte ich nicht!"

Leicht verwirrt setze ich mich auf und lege meine Hand auf das schmerzende Auge. „Was sollte das denn werden? Wolltest du mich aus dem Fenster werfen?", fauche ich ihn wütend an.

Schuldbewusst schaut James zu Boden. „Nein! Ich wollte dich beschützen!"

„Beschützen? Wovor?", rufe ich hysterisch.

„Vor mir! Ich hatte Angst, dass ich wieder ausraste und dich schlage, also habe ich dich lieber von mir weggestoßen."

„Hat ja super geklappt!", antworte ich genervt. Mit schmerzendem Kopf rapple ich mich hoch und gehe in den mir mittlerweile bestens bekannten Rückzugsort. Mein Spiegelbild verändert sich zurzeit täglich! Zum Glück blute ich dieses Mal nicht, aber eine starke Rötung zeigt sich über dem rechten Auge sowie auf der Stirn. Behutsam lege ich mir einen nassen Lappen auf die Verletzung und gehe zurück ins Zimmer.

Enttäuscht baue ich mich vor James auf. „Ich weiß nicht, wo du letzte Nacht geschlafen hast, aber ich gehe davon aus, dass du dort heute nochmals übernachten kannst", fordere ich ihn unmissverständlich auf.

„Bitte! Lass mich heute hier bleiben! Ich kann nicht zu Brian gehen, wie soll ich das begründen? Ich habe letzte Nacht auf dem Hotelflur geschlafen, das war nicht sehr bequem."

Mein Mitleid hält sich in Grenzen. „Mir reicht es! Entweder du gehst, oder ich gehe zu Aaron! Aber keinesfalls schlafe ich mit dir in einem Zimmer!" Reuig packt James sein Kopfkissen sowie seine Decke und verschwindet aus dem Zimmer. Mit zunehmender Selbstsicherheit lege ich mich ins Bett. Das weiche

Kissen sowie die kuschelige Decke umhüllen meinen Körper. Ich drücke meinen Puuh-Bär fest an mich und schlafe wenig später erschöpft ein.

Kapitel 53

Die Sonnenstrahlen scheinen mir ins Gesicht. Langsam wache ich auf und blinzle in die Sonne. Sofort spüre ich den leichten Druck über meinem rechten Auge, was meine Erinnerung an den unsanften Sturz von letzter Nacht weckt. Mein Blick wandert auf die linke Bettseite. Wie lange soll das noch so weitergehen? Die Tour dauert noch ein paar Tage! Doch wenn James jeden Tag ausrastet, ist jeder Tag einer zu viel. In Gedanken versunken stehe ich auf und gehe auf die Toilette. Vor dem Spiegel bleibe ich vor Schreck wie angewurzelt stehen. Oh mein Gott! Bitte nicht! Das kann doch nicht wahr sein! Ein erschrockenes Gesicht mit einem klassischen blauen Veilchen unter dem rechten Auge starrt mir entgegen. Fassungslos setze ich mich auf die Toilettenschüssel. Heute ist der Ausflug zum Eiffelturm, den die gesamte Crew unternimmt. Das glaubt mir doch kein Mensch, dass ich auf den Tisch geknallt bin! Hektisch laufe ich zurück ins Zimmer, reiße meinen Koffer von der Ablage und öffne ihn. Wo ist nur meine Sonnenbrille? Die muss hier irgendwo ….. da, ich hab sie! Hastig laufe ich zurück zum Spiegel, um die Brille aufzusetzen. Leider verdeckt sie nicht das ganze Veilchen, aber wenigstens einen Großteil.

Kurz nachdem ich mich fertig angezogen habe, erscheint James im Zimmer. „Guten Morgen! Auch schon ….?", setzt er an. „Fuck! Wo kommt das denn her?", stößt er entsetzt aus.

„Woher wohl? Der Tisch ist ganz schön hart!", antworte ich mit einem genervten Grinsen.

Nachdenklich begutachtet James mein blaues Auge. „Das glaubt uns doch kein Mensch, dass du gestürzt bist!"

„Du meinst wohl, dass ich gestürzt WURDE?"

„Nein! Ich habe dich nur zur Seite geschoben! Aber du bist alleine gestürzt!", erwidert James überzeugt.

Kopfschüttelnd wende ich mich von ihm ab. Ich habe keine Lust, mich mit ihm über seine verschobene Ansicht zu streiten, belasse es daher bei seiner irrtümlichen Annahme.

„Pete sagt, wir fahren gleich los. Sollen wir lieber hier bleiben?", fragt James unsicher.

„Warum? Wegen dem Auge? Nein James! Mir ist mittlerweile egal, ob die anderen es erfahren!"

„Mir aber nicht!", entgegnet er kleinlaut.

„Das hättest du dir vielleicht vorher überlegen sollen, bevor du mich „beschützen" wolltest!"

Gemeinsam verlassen wir das Zimmer und fahren nach unten in die Lobby.

Dank meiner Sonnenbrille kann ich flüchtige Blicke täuschen, daher bemerkt vorerst keiner meine Verletzung. Wir steigen in die Autos und fahren zum Eiffelturm.

Vor dem Pariser Wahrzeichen steigen wir aus und begeben uns zu den Aufzügen. Lucas hält sich stets ein paar Schritte von mir entfernt, was mir aufgrund meines blauen Auges momentan sehr gelegen kommt. Im Aufzug stehe ich neben Aaron, der mich jedoch genau mustert. Auf der ersten Plattform steigen wir aus, um den Aufstieg über die schmale Treppe zur oberen Plattform in Angriff zu nehmen. Atemlos, aber glücklich über die Eroberung, verteilen wir uns um den Turm und genießen die Aussicht über die romantische Stadt.

Pete tritt neugierig an uns heran. „James? Du bist doch hier aufgewachsen? Kannst du mir bitte erklären, was das da drüben für große Industriegebäude sind?" Dabei zieht er James mit sich auf die andere Seite der Plattform.

Einen Augenblick später steht Aaron neben mir. „Julie? Darf ich dich um etwas bitten? Auch wenn ich weiß, dass du es wahrscheinlich nicht willst?", fragt er vorsichtig.

Verdutzt drehe ich mich zu ihm. „Klar! Was denn?"

„Kannst du bitte kurz deine Brille abnehmen?"

Unbewusst halte ich die Luft an. Vermutet er etwas? Was soll ich jetzt machen? Ich will die Sache nicht hier und jetzt erklären müssen. Außerdem wird er es mir nicht glauben.

„Julie? Nimmst du sie für mich ab?", hakt Aaron liebevoll nach.

Langsam greife ich zum Bügel der Sonnenbrille, um sie ein Stück nach unten zu ziehen. Jedoch gerade soweit, dass Aaron meine Augen und somit das Veilchen sehen kann. Sein wissender Blick verrät mir, dass es nicht einfach wird, ihn von seiner Vermutung abzubringen. Ich schiebe die Gläser wieder zurecht und blicke stumm in die Ferne.

Behutsam legt Aaron seinen Arm um mich. „War das James?", fragt er fürsorglich.

Etwas zu ruckartig löse ich mich von ihm und etwas zu schnell antworte ich: „Nein! Ich bin gestürzt. Wirklich Aaron, auch wenn es anders aussieht. Ich bin ganz blöd mit dem Auge auf die Tischkante geknallt. Ich war heute früh selbst geschockt, wie das aussieht." Ich rede mich um Kopf und Kragen. Aber die Vielzahl der Wörter machen die Aussage nicht glaubwürdiger.

Aaron sieht mich mitfühlend an. Er vergewissert sich kurz, dass James noch mit Pete im Gespräch vertieft ist und wendet sich erneut an mich. „Julie! Ich bin dein Freund, dein bester Freund! Ich finde es etwas auffällig, dass du dich in den letzten 24 Stunden zweimal selbst verletzt hast. Sag mir bitte die Wahrheit!" Aus seinen Augen spricht so viel Mitgefühl und echte Zuneigung, dass ich es nicht übers Herz bringe, ihn weiter anzulügen.

Meine Augen füllen sich mit Tränen, während ein Kloß im Hals gegen meine Stimmbänder drückt. „Aaron! Es ist alles so kompliziert! James wollte das nicht! Wirklich! Er hat mich nur geschupst und ich bin dann auf den Tisch gefallen."

„Und das mit deiner Lippe?", hakt er behutsam nach.

„Das war James", antworte ich kleinlaut.

Schlagartig ändert sich Aarons Gesichtsausdruck. Er fixiert James und kann sich nicht mehr beherrschen. Wütend schiebt er mich zur Seite und will auf ihn losgehen.

Panisch greife ich nach seinem Arm, um ihn zurückzuhalten. „Aaron! Nicht!" Hektisch blicke ich mich um, stelle jedoch erleichtert fest, dass keiner der Umstehenden von Aarons Wutausbruch Kenntnis genommen hat.

„Dieser Mistkerl!", presst Aaron zornig hervor. „Dieser feige Mistkerl!"

Ich klammere mich an Aarons Arm. „Bitte Aaron! Lass es gut sein! Ich will nicht, dass er dich verletzt. Er wird mich nicht mehr anfassen. Er hat es versprochen!", flehe ich ihn an.

Die Wut weicht nur langsam aus Aarons Gesicht. Fürsorglich schaut er mich an. „Versprochen? Was ist das bei so einem Typen schon wert? Wenn wir heute im Hotel zurück sind, packst du sofort deine Sachen und ziehst zu mir ins Zimmer! Ich lass dich keine Minute mehr alleine mit ihm! Eigentlich sollte man ihn sofort anzeigen!"

„Nein! Bitte nicht! Ich ziehe zu dir ins Zimmer, in Ordnung. Aber Aaron, … kannst du bitte das Gespräch vorerst für dich behalten? Ich möchte die Tour noch ohne großes Aufsehen beenden."

Aaron öffnet den Mund, um zu widersprechen.

Schnell komme ich ihm zuvor. „Bitte, Aaron!"

Nach seinem stummen Einverständnis umarmt er mich freundschaftlich.

Kurze Zeit später treten wir den Abstieg an, um auf der unteren Plattform in die Aufzüge einzusteigen. Aaron weicht die gesamt Zeit über nicht von meiner Seite. Lucas bemerkt die veränderte Haltung von Aaron und beobachtet uns nachdenklich.

Zurück im Hotel gehen wir alle auf unsere Zimmer.

Aaron begleitet mich bis vor die Tür. „Ich warte, bis du gepackt hast."

„Das schaff ich alleine! Wirklich!", versichere ich ihm lächelnd.

„Gut! Bis nachher!", erwidert er skeptisch.

Nachdem James die Zimmertür hinter uns geschlossen hat, schaut er mich fragend an. „Was hat Aaron gemeint, als er sagte, er warte auf dich, bis du gepackt hast?"

„Ich ziehe in Aarons Zimmer", erkläre ich bestimmt.

„Du tust WAS?", schreit er empört. „Was hast du ihm erzählt?"

„Er hat mein Veilchen gesehen und er glaubt, dass du es warst. Er hat versprochen, es nicht weiterzuerzählen, wenn ich zu ihm ziehe."

„Und du glaubst ihm, dass er nichts erzählt? Der will dich doch auch nur um den Finger wickeln", schreit er zornig.

„James! Hör endlich auf! Aaron wird nichts erzählen. Er will mich nur in Sicherheit wissen!", erkläre ich mit fester Stimme.

Unvermittelt gibt er auf und geht zur Tür.

„Was hast du vor?", frage ich unsicher.

„Ich gehe Spazieren! Es kann spät werden!", schreit er mir schlechtgelaunt entgegen. Bevor er die

Tür hinter sich ins Schloss wirft, höre ich noch, wie er schimpft: „Ich muss hier raus, sonst platze ich!"
Vermutlich geht er in eine Bar und betrinkt sich. Bis er wieder kommt, muss ich auf jeden Fall aus dem Zimmer sein! Wenn er sich dem Alkohol zuwendet, kann das allerdings ein paar Stunden dauern.

Erleichtert lasse ich mich aufs Bett fallen. Bevor ich meinen Koffer packe und zu Aaron ins Zimmer ziehe, will ich die Einsamkeit noch ausnützen und mich unter einer heißen Dusche entspannen! Ich werfe meine Kleidung achtlos auf den Boden und gehe ins Badezimmer. Anschließend drehe ich die Dusche auf und warte bis das Wasser heiß wird.
Plötzlich höre ich ein lautes Klopfen an der Tür.

Kapitel 54

Nicht jetzt! Mir ist kalt und ich will mich aufwärmen! Das ist bestimmt Aaron, der sichergehen will, dass es mir gut geht. Erneut höre ich ein lautes Klopfen. Schnell drehe ich den Wasserhahn zu und wickle mir ein großes, weißes Handtuch um den Körper. Barfuß laufe ich zur Tür, um sie einen Spalt zu öffnen. „Aaron, ich ….", beginne ich, die restlichen Worte bleiben mir im Hals stecken.

Zur gleichen Zeit in der Lobby:

„Aaron, sag schon, was ist mit Julie?", drängt Lucas.

Aaron windet sich und versucht krampfhaft dem Drängen seines Freundes auszuweichen. „Was soll denn sein? Sie war heute allein rum gestanden, deshalb habe ich mich um sie gekümmert."

Lucas verzieht zweifelnd das Gesicht. „Ha ha! Dass ich nicht lache! Du bist ihr die ganze Zeit nicht mehr von der Seite gewichen. Da steckt mehr dahinter! Aaron, bitte sag mir, was mit ihr los ist. Ich mach mir echt Sorgen."

Unruhig rutscht Aaron in seinem Sessel umher, dabei fühlt er sich sichtlich unwohl. „Also gut! Ich sag's dir! Aber du musst es für dich behalten. Ich soll und darf es eigentlich nicht weiter erzählen."

„Was? Rede schon!", fordert Lucas ihn auf.

„Ich glaube, dass James Julie schlägt", erzählt er leise.

„WAS?", schreit Lucas entsetzt.

„Psst! Leise!", beruhigt ihn Aaron.

Fast flüsternd hakt Lucas nach. „Er schlägt sie? Hat sie dir das erzählt?"

„Das mit der Lippe war James. Und das mit ihrem Auge ist angeblich bei einem Sturz passiert."

„Ihrem Auge? Was ist mit ihrem Auge?"

„Wenn du genau hingesehen hättest, wäre es dir aufgefallen, Lucas! Sie hat ein blaues Auge und das sieht nicht nach einem Sturz aus."

Geschockt über die neuen Informationen starrt Lucas nachdenklich vor sich hin. Plötzlich sieht er, wie James aus dem Aufzug steigt und Richtung Ausgang geht. Prompt steigt die Wut in ihm hoch. Seine Gesichtsfarbe ändert sich und seine Muskeln spannen sich an.

Aaron bemerkt den drohenden Angriff und hält Lucas zurück. „Lass ihn! Das bringt jetzt gar nichts!" James schlendert schnurstracks an den beiden vorbei. Lucas kann sich nur schwer zurückhalten, auf ihn loszugehen.

Nachdem James das Hotel verlassen hat, springt Lucas auf. „Ich muss zu ihr und mit ihr reden." Zügig begibt er sich zu den Fahrstühlen, steigt ein und fährt in das Stockwerk, in welchem Julies Zimmer liegt. Während er im Aufzug steht fällt ihm plötzlich wieder die Situation im Flugzeug ein, als er nach Julies Arm gegriffen hat. Sie hat einen Schmerzensschrei von sich gegeben und hinterher erklärt, sie hätte sich gestoßen. War das auch schon James Verschulden? Mit gemischten Gefühlen steigt er aus. Vor Julies Zimmer klopft er an. Nachdem sich im Zimmer nichts rührt, klopft er erneut, dieses Mal etwas lauter.

Als sich die Tür öffnet, steht Julie vor ihm. Sein Herz zieht sich schlagartig zusammen, als er ihr blaues Auge sieht.

Lucas! Mein Herz setzt einen Schlag aus.

Bedrückt, mit schmerzvollem Blick schaut Lucas mich an. „Darf ich reinkommen?", fragt er vorsichtig. Ich trete zur Seite und lasse ihn eintreten. Nachdem ich die Tür hinter ihm geschlossen habe drehe ich mich zu ihm um. Behutsam legt er seine Hand auf meine Wange und streichelt vorsichtig mit seinem Daumen über mein verletztes Auge. Keiner von uns beiden kann ein Wort sagen. Schweigend stehen wir uns gegenüber und schauen uns an. Unsere Blicke sagen mehr als alle Worte.

Lucas findet seine Sprache zuerst wieder. „Wo ist James hingegangen? Ich habe gesehen, wie er das Hotel verlassen hat."

„Ich vermute er geht in die nächste Bar."

„Warum das?"

„Ich bin mir sicher, er hat ein Alkoholproblem. Und wie du bereits bemerkt hast, ist er nicht sehr nett, wenn er betrunken ist."

„Julie! Es tut mir so leid!", flüstert Lucas traurig.

„Dir muss nichts leid tun, du hast doch nichts getan!"

Sein Blick wandert an meinen Schultern entlang hinunter zu meinen Armen. Als er die beiden blauen Flecke an meinen Oberarmen entdeckt presst er seine Lippen aufeinander. Seine Augen füllen sich mit Tränen. „Es hätte nie soweit kommen dürfen!", sagt er schuldbewusst. „Ich hätte dich viel früher …." Zärtlich lege meine Finger auf seine Lippen, um ihn zum Schweigen zu bringen. Ich will einfach nichts mehr davon hören. Von James, seiner aggressiven Art, was wäre wenn….

Liebevoll küsst Lucas meine Finger. Er umschließt meine Hand mit seiner, während seine Küsse über meine Handfläche wandern, über mein Handgelenk, den Unterarm bis zu dem blauen Fleck an meinem Oberarm. Eine Hitzewelle durchfährt meinen Körper. In meinem Bauch beginnt es zu kribbeln. Ich habe ihn so vermisst! In unseren Augen sehen wir jeweils das Verlangen des anderen. Sanft legt er seine Hand auf meinen Rücken und zieht mich langsam zu sich heran. Behutsam treffen seine Lippen auf meine. Es folgt ein anfangs zärtlicher Kuss, der stetig an Intensität zunimmt. Langsam schiebt er mich rückwärts bis zum Bett. Ich lasse mich auf die Matratze fallen, Lucas beugt sich über mich. Erneut küsst er mich leidenschaftlich, während seine Hände beginnen, den Knoten meines Handtuchs zu öffnen.

Plötzlich wird mir bewusst, wo wir uns befinden. „Warte!", presse ich atemlos hervor und schiebe ihn leicht von mir weg.

„Was ist los?", fragt Lucas verwirrt.

„Nicht hier! Nicht in diesem Bett!", antworte ich auf seinen fragenden Blick. Verständnisvoll nickt er. Vorsichtig zieht er mich hoch, um mich ins Bad zu führen. Kaum haben wir den kleinen Raum betreten, liegen wir uns sofort wieder in den Armen und küssen uns voller Hingabe. Meine Hände wandern unter seinen Pulli, um ihm das Stück Stoff auszuziehen. Bei seiner Hose hilft Lucas mit. Seine Boxershort streife ich ihm ebenso schnell ab, wie er mein Handtuch entknotet und in die Ecke schleudert. Rückwärts schiebt er mich in die Duschkabine. Schnell drehe ich den Wasserhahn auf, so dass das heiße weiche Wasser auf unsere Körper prasselt. Seine Hände sowie seine Lippen erkunden liebevoll meinen Körper. Obwohl er schon jede Stelle kennt, lässt er sich Zeit. Mehrere Schauer durchfahren meinen Körper, während ich die Abwechslung zwischen den elektrischen Impulsen, die Lucas in mir auslöst sowie dem warmen Wasserstrahl, der meinen Körper umhüllt, genieße.

Meine Hände wandern ebenfalls über seinen Körper. Seine muskulösen Arme, seine leicht behaarte Brust, seine Bauchmuskeln ... Unsere Lust steigert sich ins Unermessliche. Lucas drückt mich mit dem Rücken leicht an die Wand, wobei er mich hoch hebt. Ich umklammere mit meinen Beinen seine Hüften, während seine Hände unter meine Oberschenkel greifen. Das Küssen fällt uns immer schwerer, unsere Atmung wird immer schneller. Schließlich geben wir beide dem unbändigen Verlangen nach und gehen in unserer Lust auf.

Glücklich stehen wir eng umschlungen in der Dusche. Nachdem unsere Haut mittlerweile aufgeweicht ist, stelle ich das Wasser ab. Unsere Blicke treffen sich, wobei wir ein glückliches Grinsen nicht unterdrücken können. Liebevoll küsse ich ihn auf den Mund und steige anschließend aus der Duschkabine. Ein großes weiches Duschtuch umhüllt meinen Körper. Lucas nimmt sich ebenfalls ein Handtuch und wickelt es sich um die Hüfte. Im Zimmer stehen wir uns gegenüber.

„Wie soll es jetzt weitergehen? Mit dir und James?", fragt Lucas interessiert.

Liebesbedürftig schmiege ich mich an seinen noch feuchten Körper und umschließe ihn mit meinen Armen. Ich will jetzt nicht an James denken! Ich will jede Minute mit Lucas genießen. Meine Lippen berühren seine Brust. Mit leichten Küssen bedecke ich seinen Oberkörper, seine Arme, seinen Hals und zuletzt seinen Mund.

„Julie! Ernsthaft! Was willst du jetzt machen?", will Lucas unverständlich wissen, da meine Lippen sich nicht von seinen lösen wollen.

Verträumt schaue ich ihm in die Augen. „Am liebsten will ich einfach nur Kuscheln. Ich möchte einfach nur in deinen Armen liegen und dich spüren, riechen und schmecken." Erneut suchen meine Lippen seine. Lucas zieht mich näher an sich heran und gibt meinem Drängen nach.

Plötzlich schiebt er mich ein Stück von sich. „Sollen wir lieber in mein Zimmer gehen?"

Nur ungern löse ich mich von ihm, beginne aber im nächsten Moment, mich anzuziehen. Lucas geht ins Bad und zieht seine Boxershorts an, den Rest der Kleidung hält er in den Armen. Gerade als er aus dem Badezimmer zurück kommt, fliegt plötzlich die Zimmertür auf und James steht im Raum.

Kapitel 55

Erschrocken starre ich James an, mein Gesicht verliert jegliche Farbe. Warum ist er schon zurück? Er war gerade mal eine halbe Stunde weg! Ich wollte eigentlich nicht mehr hier sein, wenn er wieder auftaucht. Wie wird er jetzt reagieren? Panik steigt in mir auf, wie ich sie noch nie empfunden habe. Ich erkenne an seinen Augen, dass er kurz davor ist, auszurasten. Sein Blick wandert von mir zu Lucas und wieder zurück zu mir. Überlegt er, wen er zuerst umbringen soll? Angriff ist die beste Verteidigung!

Entschlossen gehe ich einen Schritt auf ihn zu. „James, das ist ….." Blitzschnell schießt seine Hand hoch und trifft mich im Gesicht. Für einen Moment taumle ich rückwärts, bis ich schließlich aufs Bett falle. Im nächsten Moment stürmt Lucas auf James zu und schlägt ihm mit der Faust ins Gesicht. James, der größer, kräftiger und besser durchtrainiert ist als Lucas, bringt der Schlag nicht einmal ins Taumeln. Er holt aus und schlägt Lucas mit voller Wucht ins Gesicht. Lucas stürzt zu Boden. James wirft sich auf ihn und prügelt auf ihn ein.

Meine Angst um Lucas steigert sich ins Unerträgliche. Angsterfüllt schreie ich los. „James! Hör auf! Bitte hör auf!" Doch er reagiert nicht.

Zur gleichen Zeit im Fitnessraum:

Aaron und Ryan trainieren, wie fast jeden Tag, an den Geräten. Es ist für sie ein Ausgleich zu den Konzerten, sich einfach auszupowern, ohne Show und Gesang nebenher.

Aaron möchte heute etwas früher aufhören, da er weiß, dass Julie noch zu ihm kommt. Nach dem Training schnappen sie sich ihre Handtücher, um in ihre Zimmer zu gehen. Sie fahren mit dem Lift nach oben. Als die Fahrstuhltür sich öffnet, hören beide augenblicklich die ängstlichen Schreie einer Frau. Anfangs können sie die Stimme nicht zuordnen, schauen sich dann jedoch kurz an und wissen plötzlich beide, dass es Julie ist, die Hilfe braucht. Sie sprinten zu dem betreffenden Zimmer, dessen Tür offen steht. Ryan stürmt hinein, verschafft sich einen kurzen Überblick und stürzt sich umgehend auf James.

Ich schreie immer wieder die gleichen Worte. Plötzlich steht Ryan im Zimmer, packt James an der Jacke und zieht ihn von Lucas weg. James dreht sich erstaunt zu Ryan um und hat, noch bevor er reagieren kann, seine Faust im Gesicht. Leicht angeschlagen taumelt er zurück. Glücklicherweise ist auch Ryan gut durchtrainiert und stark. Er hat selbst einmal Kampfsport betrieben, was in dieser Situation nicht unbedingt ein Nachteil ist. James bewegt sich schnell auf Ryan zu und holt zum Schlag aus. Ryan, dessen Reflexe hervorragend funktionieren, weicht dem Schlag aus und trifft mit seiner Faust auf James Rippen. Diesem bleibt augenblicklich die Luft weg. Atemlos versucht er noch, Ryan zu umklammern, der dreht sich jedoch einmal um seine eigene Achse und streckt den Angreifer mit einem gekonnten Fußkick zu Boden.

Ryan beugt sich über den am Boden liegenden James. „Du hast dich mit dem Falschen angelegt! Wer meinen Bro anfasst, bekommt es mit mir zu tun!", faucht er ihn an.

Ich stürme zu Lucas und werfe mich neben ihn auf den Boden. Er blutet aus Nase und Mund, sein linkes Auge ist geschwollen. Vorsichtig hebe ich seinen Kopf an, um ihn auf meinen Schoß zu legen. Mittlerweile fließen mir die Tränen in Strömen über die Wangen.
Lächelnd nimmt Lucas meine Hand. „Nicht so schlimm, Babe! Das war es mir wert! Jetzt bist du endlich frei." Erleichtert küsse ich ihn, was er sofort mit einem leichten schmerzvollen Zucken quittiert.

Während James neben Lucas am Boden liegt, beobachtet er uns. Ryan und Aaron stehen über ihm und schauen ihn verächtlich an.

„Julie?", sagt James leise.

Enttäuscht schaue ich ihn an. „Was ist?"

„Wolltest du vorhin sagen: James, das ist anders, als es aussieht? Hältst du mich für so blöd?"

„Nein! Ich wollte sagen: James, das ist jetzt ein blöder Zeitpunkt, aber ich liebe Lucas - und zwar nur Lucas."

EPILOG

Drei Monate später liege ich in Lucas Armen in seinem Appartement in London.

„Ich muss morgen wieder los auf Europatour", sagt Lucas, während er mich auf die Nase küsst.

„Ja! Ich weiß, für ganze zwei Wochen! Ich werde umkommen vor Sehnsucht nach dir!", antworte ich gespielt verzweifelt.

„Das glaube ich kaum", entgegnet Lucas ernst. „Du bist ja selbst eine Woche lang mit Justin Timberlake unterwegs."

„Richtig! Das habe ich ganz vergessen! Justin…", seufze ich verträumt.

Lucas wirft sich auf mich und grinst mich an. „Wenn du frei hast, kommst du nach, oder?"

Ich küsse ihn lange und zärtlich. „Was glaubst du denn? Natürlich komme ich zu dir, sobald ich kann".

„Naja! Könnte ja sein, dass Justin dir plötzlich den Kopf verdreht…. und dann? Wäre echt schade, wenn das ganze Drama mit Claire und James umsonst gewesen wäre. Es hat lange genug gedauert, bis wir endlich zusammengekommen sind!"

„Da hast du Recht! Und jetzt wirst du mich nie mehr los! Ich liebe dich Lucas Sheffield".

„Ich liebe dich auch, Julie! Und zwar mehr als du dir vorstellen kannst."

ENDE

DANKSAGUNG

Ich danke in erster Linie meiner Lektorin und guten Freundin Andrea Schmid, die wieder einmal hervorragende Arbeit geleistet hat, indem sie kleine Denk- und Formfehler erkannt und ausgebessert hat. Meinem Sohn Danny danke ich für seine kreative Arbeit beim Erstellen des Covers und meiner Tochter Julie, die mir, durch ihre Freude beim Zuhören, den Antrieb gab, weiter zu schreiben.

Suchwörter: One Direction, 5 Seconds of Summer, The Vamps, Janoskians, The Wanted, 5 SOS, Union J., Big Time Rush